Wintereiland

Jenny Colgan

Wintereiland

Vertaald door Els van Son

UITGEVERIJ LUITINGH-SIJTHOFF

MIX
Papier van verantwoorde herkomst
FSC® C014496

Oorspronkelijke titel: *An Island Christmas*
Vertaling: Els van Son
Omslagontwerp: Studio Marlies Visser
Omslagillustratie: Anke Knapper
Opmaak binnenwerk: Crius Group, Hulshout

ISBN 978 90 245 8605 9
ISBN 978 90 245 8606 6 (e-book)
ISBN 978 90 245 8608 0 (luisterboek)
NUR 302

www.lsamsterdam.nl
www.boekenwereld.com

Ter nagedachtenis aan Kate Breame (1979-2018),
met liefs van je hele FFF familie

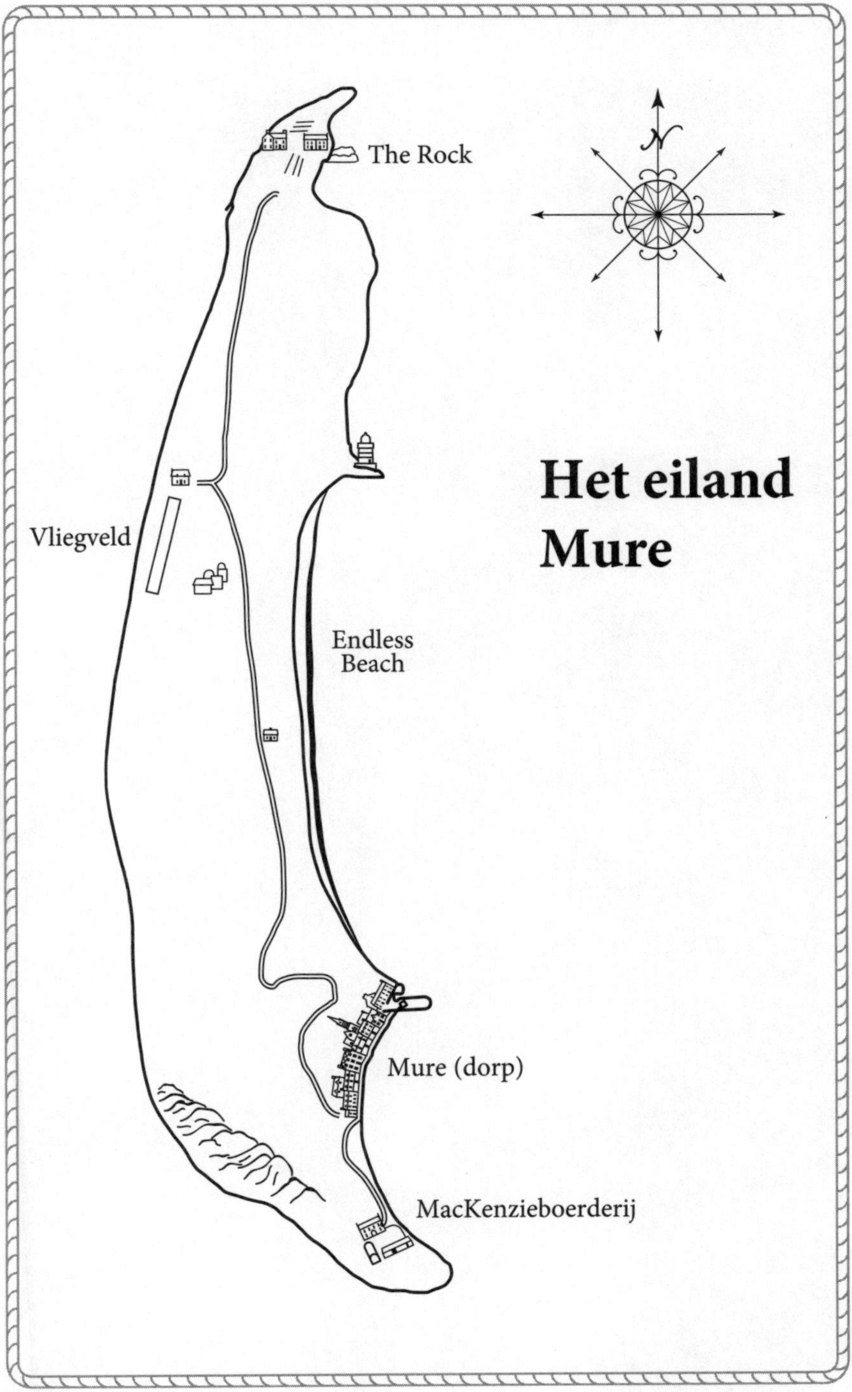
Het eiland Mure
N
The Rock
Vliegveld
Endless Beach
Mure (dorp)
MacKenzieboerderij

'Pas op voor de sneeuwdansers. Ze zijn prachtig en heel wit en o, ze kunnen dansen; je zou het liefst in hen opgaan. Ze arriveren met zacht belgetinkel en draaien en dwarrelen en je rent naar buiten om met ze mee te dansen en ze zullen je omringen en wenken: kom met ons mee, kind, kom mee, dan kun je eeuwig dansen.

Maar zo zijn er veel kinderen verdwaald, kinderen die de sneeuwdansers najoegen en ze achternarenden terwijl de vlokken lachten en dansten en verder wervelden, waarna zo'n kind ijskoud en bevroren achterbleef aan de rand van de zee terwijl de sneeuw verder joeg, vol verlangen naar het tinkelen van de belletjes en ijsbergen en ijskoningen…

En soms, soms verdwijnt zo'n kind helemaal. Dan raakt het verloren in de vlokken en ziet niemand het ooit nog terug. Misschien danst het gelukkig in de bevroren danszaal van de IJskoning. Maar misschien ook niet. Dus. Neem het risico maar niet, schat.'

I

Op Mure, een eilandje hoog boven de noordelijkste kust van Schotland, halverwege op weg naar IJsland (of de Noordpool zou je soms denken als de wind uit het westen komt), is het in de winter 's ochtends lang donker.

Als er geen wolken zijn en de zon schijnt, dan is het er prachtig; ongelofelijk puur en helder met een strakblauwe hemelkoepel, maar in de winter zijn de nachten er heel, heel lang.

Honden malen er natuurlijk niet veel om of het donker of licht is. Ze weten alleen wanneer het ongeveer tijd is om op te staan en te beginnen aan hun zware dagelijkse taken: snuffelen, bedelen om eten en op onderzoek uitgaan naar 'mmm, wat stinkt daar zo lekker?'

Natuurlijk is het geen noodzaak om een hond te hebben als je op Mure woont, maar er is ook geen enkele reden om géén hond te willen. Zo denken alle Murianen erover. Mure is tenslotte *veilig,* er rijden maar weinig auto's, en de auto's die er rijden, kunnen sowieso niet hard op de landweggetjes vol hobbels en kuilen.

Voor een hond is Mure heerlijk: er zijn spannende velden om doorheen te rennen en stranden en baaitjes om te zwemmen, eindeloos veel takken die je in je bek kunt nemen, zeerobben om tegen te blaffen, schapenpoep om lekker in te rollen, en talloze andere honden om mee te spelen. Bovendien hoef je er bijna nooit aan de lijn, mag je in de pub mee naar binnen en zijn er heerlijk warme vuren om uitgestrekt voor te gaan liggen als je moe bent van alle avonturen. Kortom: Mure is een paradijs voor honden.

En niet alleen voor honden. Ook de meeste mensen vinden het een heerlijke plek.

De meeste honden slapen in een schuur, waar ze tevreden indommelen op het zachte hooi terwijl de warme koeienadem over hun flanken strijkt en ze af en toe – als er een schaap hun dromen binnen danst – even met hun poten trekken. Zo ook op de boerderij van de MacKenzies, die op een kleine heuvel lag, vlak bij de zuidelijkste punt van het eiland, in het verlengde van de dorpsstraat met een rij felgekleurde roze, gele en blauwe winkeltjes, die een vrolijk tegenwicht vormden voor de donkere winterhemel.

Alleen voor Bramble, de oudste schaapsherdershond die al jaren met pensioen was, werd een uitzondering gemaakt: iedereen was dol op hem en niemand misgunde hem zijn plekje in de keuken – zo dicht bij het vuur als mogelijk was zonder vlam te vatten. Hij snurkte en snoof luidruchtig in zijn slaap en stond altijd vroeg op, iets wat Flora, die ook op de boerderij woonde, belachelijk vond. Bramble was een oude hond die twintig uur per dag sliep, dus waarom moet hij dan per se tussen vijf en zeven uur 's ochtends al opstaan?

Hoewel Flora zelf ook vroeg op moest om naar Annies Café in de dorpsstraat te gaan, vergeleken met vroeger in Londen een piepklein eindje forenzen.

In het dorp waren de souvenirwinkels geel en blauwgroen van kleur, was de drogist lichtblauw, de schoonheidssalon een fel fuchsia dat niemand mooi vond en de vishandel zacht oranje. De Harbour's Rest was zwart-wit, maar de verf was oud en bladderde af. Het was een wat verwaarloosd hotel dat ook dienstdeed als bar en dat een zaal had voor speciale gelegenheden: trouwerijen, begrafenissen, verjaardagsfeesten of koperen, zilveren, gouden en diamanten bruiloften. Het etablissement werd nogal nonchalant uitgebaat door Inge-Britt, een IJslandse die géén hond had omdat ze graag lang in bed lag 's ochtends(ook al stonden de bierglazen op de vuile tafeltjes in de pub intussen steeds plakkeriger te worden).

Twee deuren verderop was de lichtroze pui van Annies Café. Het was alweer een jaar geleden dat Flora terugkeerde op Mure.

Ooit was ze van het kleine eiland vertrokken om naar de grote stad – Londen – te gaan, waar ze een baan als juridisch medewerker had gevonden. Maar toen was ze door de advocatenfirma waarvoor ze werkte voor een klus teruggestuurd naar het eiland waarop ze was geboren en getogen, terwijl ze had gedacht er nooit meer een voet aan wal te zetten; ze had er zelfs vreselijk tegen opgezien er weer naartoe te moeten.

Maar het was anders gelopen, zoals dat wel vaker gebeurt in het leven... De rechtszaak was niet erg succesvol geëindigd, maar Flora was weer verliefd geworden op het eiland van haar voorouders. En op Joël Binder, haar baas, de man die haar naar Mure had gestuurd.

Joël. Tja. Een gecompliceerde man. Desondanks (en misschien ook een beetje dankzij) hield ze van hem, wat vooralsnog een behoorlijke uitdaging was.

Ze stapte met moeite haar bed uit omdat ze wist dat haar vader haar anders vóór zou zijn en ze niet wilde dat hij met zijn oude artrosevoeten over de ijskoude tegels in de keuken liep en dus het vuur moest opstoken en water moest opzetten zodat hij wakker kon worden van het gefluit van de ketel.

Flora was een bijzondere verschijning. Niet zozeer op Mure, maar in het algemeen; door generaties lang vermenging van Gaelisch- en Vikingbloed, had ze een onvoorstelbaar bleke, haast doorschijnend lichte huid – zo wit als de kuiven op de golven. Haar haren waren niet blond of bruin maar bijna kleurloos, en haar lichte ogen veranderden doorlopend van tint: van blauw naar groen naar grijs en weer terug.

In Londen viel ze niet echt op, daar vervaagde ze als het ware tussen alle schreeuwende kleuren, maar hier kwam ze tot haar recht en werd haar schoonheid juist benadrukt door de wilde, schuimende zee, de bleke kliffen en de witte zeevogels. Ze was één met het landschap.

De oude, slaperige Bramble was al op. Op dit tijdstip van de dag was hij altijd vol leven en veegde hij, als hij met zijn enorme staart kwispelde, alles wat op staarthoogte lag zonder er erg in te hebben op de vloer. Flora sloeg haar armen even om zijn warme, harige borstkas, pookte het vuur op, zette de ketel op de AGA en ging snel onder de douche.

Joël was er niet: hij zat in New York en kwam tegen Kerstmis terug, wat Flora op het moment eigenlijk wel goed uitkwam.

Een tijdje later liepen ze samen, Flora en Bramble, de heuvel af naar het dorp. Flora was met haar hoofd bij de planning voor Isla en Iona, de twee jonge, knappe Mure-meiden die bij haar werkten. Vandaag moesten er cakes, taarten en pasteitjes gebakken worden – en er moest een traditionele Christmas cake gemaakt worden natuurlijk. Daar was Flora begin november al mee begonnen: elke dag een Schotse kerstfruitcake maken, omdat die tijd nodig had om te 'rijpen', zodat ze in december per plak verkocht konden worden. Het was best een risico er elke dag een te maken omdat natuurlijk niet te voorspellen viel of er animo voor was en er uiteindelijk geld aan te verdienen viel – het was lastig om aan de ingrediënten te komen op Mure en dus waren die best prijzig – of dat ze in januari met bergen onverkochte Christmas cakes zou zitten.

Maar gelukkig gingen ze sinds begin december (nu pas een week geleden) als warme broodjes over de toonbank. Er waren zelfs klanten die elke dag een plak kwamen halen en Flora overwoog ze op rantsoen te zetten – louter ter bescherming van hun dichtslibbende aderen en dus voor hun eigen gezondheid. Ondanks de dure ingrediënten – die stuk voor stuk van absolute topkwaliteit waren – en haar beroemde kortingskaart (waardoor ze de toeristen en dagjesmensen hogere prijzen kon rekenen en de bewoners van Mure, die er veel minder warmpjes bij zaten, daar geen nadeel van ondervonden), verdiende ze genoeg aan haar Christmas cakes, en dus bleef ze elke dag een nieuwe maken zodat de cakes drie weken konden liggen en alle smaken goed konden intrekken.

Bramble mocht maar tot de deur van Annies Café en geen stap verder, wat hij ook probeerde. Hij wist donders goed dat hij niet naar binnen mocht, Flora was heel streng wat betreft de hygiëne. Dat laatste gold echter niet voor Inge-Britt van de Harbour's Rest, daar mocht Bramble gelukkig altijd binnenkomen om onder de tafeltjes naar oude pinda's te zoeken, maar die was zo vroeg helaas nog niet open; Inge-Britt sliep graag uit. Dus draaide Bramble zich, net als elke ochtend, gelaten om, en begon hij aan zijn dagelijkse route door het dorp.

Zoals altijd op dit vroege tijdstip, waren Mrs. MacPherson en haar Schotse terriër, Brandy, de eersten die hij tegenkwam. Mrs. MacPherson heeft Flora ooit eens verteld dat 'een mens na z'n zeventigste niet meer slaapt', waarop Flora haar best had gedaan vol begrip te glimlachen, terwijl ze zich stiekem afvroeg hoeveel Mrs. MacPherson zou slapen als ze 's morgens gewoon in bed bleef liggen en er niet zo vroeg uit kwam.

Op maandagen, als Annies Café gesloten was, lag Flora zelf minstens tot een uur of twaalf in bed. En als Joël er was, probeerde ze hem zelfs te verleiden de hele dag in bed te blijven... Wat dan weer tot allerlei andere dingen dan slapen leidde. Maar daar mocht ze nu niet verder over wegdromen; ze had een drukke dag voor de boeg en andere dingen aan haar hoofd!

Bramble rook beleefd aan Brandy's achterste om hem goedemorgen te wensen en vervolgde zijn weg naar de krantenwinkel, waar Iain, de eigenaar, hem de krant van gisteren gaf, die altijd met de eerste veerboot van acht uur aankwam. Flora's vader vond het geen enkel punt dat het 'oud nieuws' was. Hoewel hij de krant tot de laatste letter uitspelde, bleef hij volhouden dat er alleen maar onzin in stond, en dus maakte het niet uit van welke dag hij was.

Iains hond, Rickson, lag achter in de winkel. Toen hij Bramble zag, gromde hij een beetje lui. Rickson had jaren- en jarenlang de krant rondgebracht met zijn baas en te veel honden meegemaakt die woest tegen hem begonnen te blaffen. En daarbij had hij zijn hele leven kleine jochies moeten afschrikken die snoep wilden jatten uit de winkel, waardoor hij een humeurige chagrijn was geworden. En om eerlijk te zijn, gold hetzelfde voor zijn baas. Ze pasten goed bij elkaar.

Bramble liep, zoals altijd, met een wijde boog om Rickson heen, waarna Iain een paar klapjes op zijn kop gaf en de *Highland Times* naar hem uitstak. Met de krant in zijn bek draafde Bramble zelfverzekerd terug over de dorpsstraat, langs Pickle, de tot op het bot verwende jack russell van Mrs. McCrorie; 'Hij eet alleen gegrilde kip,' vertelde ze tot afschuw van de op Mure geboren en getogen Murianen altijd. (De meeste honden op het eiland waren geen verwende schoothondjes maar werkhonden die bij het boerenleven hoorden, en veel Murianen herinnerden zich de tijd nog goed waarin er dagelijks vis of zeehond op het menu stond en kip een luxe was die alleen bij speciale gelegenheden werd gegeten – iets wat overigens voor velen nog steeds zo was.

Bij de haven passeerde Bramble Grey, een gigantische hond met bleke ogen van onbekende afkomst (het verhaal ging dat Grey een geschoren wolf was), die altijd naar de eindeloze horizon lag te staren, maar even opkeek toen hij zag dat het Bramble was wiens nagels hij over de oude keitjes achter zich hoorde. Grey was een zwerfhond die op de een of andere manier op Mure was terechtgekomen; waarschijnlijk vanaf een Russische vissersboot. Hij had op de kade rondgehangen tot de vissers hem adopteerden en hem de restjes voerden die zelfs de vogels lieten liggen.

Daarna liep Bramble ook langs Endless Beach, het strand dat voor de oude pastorie aan de noordkant van de dorpsstraat begon, waar tegenwoordig Saif Hassan woonde, een vluchteling uit Syrië, met zijn twee zoontjes Ash en Ibrahim. Saif was een van de twee artsen op het eiland (de andere was vrijwel opgehouden met werken).

Saif wist dat Kerstmis in aantocht was – een feit dat nauwelijks te missen viel met alle televisiereclames en de nogal onbegrijpelijke stroom briefjes van school over theedoeken en kalenders en iets wat 'het kerstspel' werd genoemd – waarvan hij zelfs na meerdere keren googelen nog niet begreep wat het was. Maar de jongens waren enthousiast en opgewonden over het aankomende feest en hij was van plan hun een fantastische kerst te bezorgen – als het hem tenminste lukte om uit te vogelen hoe dat precies moest. De jongens en hij waren tenslotte twee lange jaren van elkaar gescheiden geweest, dus een feestje was zeker op z'n plaats.

Verderop op Endless Beach had Bramble – als hij wat minder lui was geweest en het strand niet links had laten liggen – Milou met zijn bazinnetje Lorna MacLeod nog tegen kunnen komen, die een frisse neus haalde voor de school begon waarvan zij het hoofd was, hoewel het in deze tijd van het jaar nog aardedonker was en er maar heel vaag een roze schijnsel aan de hemel viel te ontdekken. Lorna zorgde er angstvallig voor dat ze niet in de buurt van de pastorie kwam aan de andere kant van het strand. Ze was al een jaar verliefd op Saif, maar Saif was getrouwd en hield van zijn vrouw, hoewel hij geen idee had waar ze was, of ze ergens in oorlogsgebied zat en niet weg kon, of ergens gevangen werd gehouden, of misschien zelfs wel dood was, of nog erger...

Lorna keek met weemoed terug op het voorbije jaar en de periode voor de jongens terecht waren en op het eiland aankwamen, toen Saif en zij elkaar 's morgens altijd op het strand tegenkwamen, waar hij 's ochtends vroeg voor zijn werk te vinden was om te wachten op de komst van de veerboot en eventueel nieuws over zijn familie, en zij Milou uitliet. Zo raakten ze in gesprek en leerden ze elkaar kennen; ze werden zelfs vrienden. Echte vrienden. Ze keken er allebei naar uit, naar die ontmoetingen zo 's morgens vroeg, weer of geen weer. Soms stormde het, soms was het ijskoud, andere keren was het weer zo helder dat je kilometers ver kon kijken en de hemel zich als een enorme koepel eindeloos uitstrekte tot aan de horizon – dagen die zo puur en wonderschoon waren, met hoog opspattend water van het getij en gekrijs van zeemeeuwen, dat je bijna niet kon geloven dat er achter die horizon de vreselijkste dingen gebeurden.

In ieder geval was ze toen zo stom geweest haar gevoelens voor hem te laten blijken. En dat was niet goed afgelopen. Helemaal niet goed...

Dus nu bleef Lorna uit de buurt van Saifs kant van het strand. En trouwens, hij had het druk met het grootbrengen van zijn twee jongens. Ze gingen naar háár school en begonnen er langzaam, heel langzaam steeds meer bij te horen; hun aarzelende manier van spreken en nervositeit verdwenen stukje bij beetje – zeker bij Ash.

De half verhongerde, te kleine, meelijwekkende jochies die zonder een woord Engels te spreken op een koude dag in de lente op Mure arriveerden, waren haast onherkenbaar veranderd. Ze waren dikker geworden door het gezonde, voedzame eten op Mure (dat meestal afkomstig was van de boerderij van de MacKenzies); Ib was zelfs vijf centimeter gegroeid en begon elke dag meer op zijn vader te lijken. Dus. Dat was goed, toch? Zo moest ze ertegen aankijken. Positief, dat was positief. Behalve, bedacht Lorna een beetje somber, voor haar.

Bij uitzondering was het zelfs voor Milou te koud om een duik te nemen. Lorna zette de capuchon van haar parka op en keerde om om aan de terugweg te beginnen. Op school was het, zo vlak voor Kerstmis, de drukste tijd van het jaar. En ze had nog ongelofelijk veel te doen.

Bramble liep intussen langs de afslag naar The Rock – een ambitieus hotel-met-golfbaanproject van Colton Rogers – dat helaas vrijwel stillag, en zeker niet vooruit werd geholpen doordat Bramble zijn achterpoot optilde en een lange plas deed tegen het bewegwijzeringspaaltje.

Colton was een luidruchtige Amerikaan die op Mure was gearriveerd met het doel het eiland vol te plempen met windmolens en er een winstgevende onderneming van te maken. Maar uiteindelijk was hij gevallen voor de rust en de schoonheid van de natuur en er komen wonen. Hij had een stel bespottelijke honden: doorgefokte husky's met prachtige blauwe ogen, die beter pasten op een hondenshow dan op koude sneeuwvlaktes. Ze waren angstwekkend dom, hoewel dat niet uitmaakte omdat ze alleen maar als een stel witte standbeelden naast Colton op het witte grind van de oprijlaan moesten staan en zo'n beetje in zijn buurt moesten zijn als iemand duidelijk moest worden gemaakt dat hem iets niet beviel en eraan herinnerd moest worden hoeveel geld hij wel niet in het eiland pompte.

Dat was voordat Colton ziek werd. Hij leed aan een gemeen soort kanker en werd verzorgd door Flora's broer Fintan, met wie hij afgelopen zomer was getrouwd.

De honden werden door het personeel van het grote huis verzorgd, Fintan had alleen maar aandacht voor Colton. Tot op dat moment hield Colton zich aan zijn eigen onofficiële recept voor palliatieve medicatie, dat bestond uit zoveel morfine als hij te pakken kon krijgen – en dat was veel als miljardair – en zoveel goede whisky als hij kon drinken – wat ook veel was, met als resultaat dat hij de meeste tijd onder zeil was. Fintan had zijn werk min of meer opgegeven om voor hem te zorgen, maar eigenlijk had hij weinig te doen: er waren verpleegsters voor de lastige dingen, dus bestond zijn taak louter uit het niet verder dan een uitgestoken hand van Colton vandaan zitten op het moment dat hij wakker werd. Maar het was de zwaarste taak van zijn leven.

Bramble liep gestaag door, terug de heuvel op naar de boerderij, waarbij hij Bran en Lowith, twee van de jongere herdershonden die de hele dag in de heuvels mochten loslopen maar absoluut niet het privilege hadden om zich voor het vuur uit te strekken, hooghartig negeerde. Toen Agot, Flora's nichtje, nog heel klein was, had ze nooit gewaarschuwd hoeven worden dat ze niet in de buurt van het vuur mocht komen – Bramble duwde haar altijd zonder pardon opzij. Zo had ze geleerd zich dicht tegen Brambles warme vacht te nestelen, die functioneerde als een enorme, ietwat stinkende deken. Hoewel ze inmiddels vier was, deed ze dat nog steeds. En Bramble vond het allemaal best.

Bramble liep het modderige pad naar de boerderij op. De vrieskou kraakte in de velden, de plassen waren stevig dichtgevroren en de lucht was zo koud dat ademhalen bijna pijn deed in je keel. Hij duwde de oude deur van de boerderij open en liep met de krant nog steeds in zijn bek over de oude plavuizen de keuken binnen. Eck, Flora's vader, keerde zich langzaam om van het fornuis – koude ochtenden betekenden tegenwoordig dat hij zich een oude, roestige machine voelde; het leek eeuwen te duren voor hij op gang was. Bramble tilde zijn kop gedienstig op zodat Eck de krant tussen zijn kaken uit kon pakken en op precies datzelfde moment sprong het overheerlijke brood van Mrs. Laird op uit de broodrooster. Eck besmeerde het dik met de fantastische boter die zijn jongste zoon Fintan op hun boerderij maakte en even later zaten ze samen met een kop thee erbij te ontbijten bij het vuur. Een boterham voor Eck en een boterham voor Bramble – die hem geroutineerd naar binnen werkte. Samen gaven ze zich vredig over aan hun vroege-ochtend-overpeinzingen. Een nieuwe dag op Mure was aangebroken.

2

Flora voelde zich al doodmoe, hoewel de dag nog maar net was begonnen – de eerste vroege klanten kwamen, op zoek naar een goede mok koffie en een plak kerstbrood, het café binnendruppelen. Het was een raar soort vermoeidheid, totaal anders dan anders, ze viel 's avonds al in slaap vóór haar hoofd het kussen raakte.

Hoe vertel ik het in vredesnaam aan Joël? vroeg ze zich nerveus af. Het was niet dat ze dacht dat hij niet van haar hield. Hij vond het moeilijk om dat uit te spreken, oké, dat wist ze. En ze wist ook dat hij, als hij ergens overzee voor een van Coltons projecten aan het werk was, het liefst thuis had willen zijn, bij haar.

Maar het afgelopen jaar was zwaar geweest. Joël had haar eindelijk verteld over zijn trieste jeugd – hij was opgegroeid in pleeggezinnen en tehuizen – en ze was zich er nu veel meer van bewust dat hij ingewikkeld in elkaar zat en dat ze voorzichtig met hem om moest gaan. Hij had nooit een thuis gekend, had al heel vroeg huiselijk geweld meegemaakt en was van het ene naar het andere pleegadres gegaan totdat hij op zijn twaalfde een beurs won en naar een internaat kon.

Slim, knap om te zien en meedogenloos, had hij als vastgoedjurist een bliksemcarrière beleefd, met alles wat daarbij hoorde: mooie, wereldse vrouwen, dure horloges en chique hotels. Het idee om op een piepklein eiland te gaan wonen met een vrouw die daar was geboren en getogen, zou nog in geen miljoen jaar in zijn hoofd zijn opgekomen.

En eigenlijk kon Flora het nog steeds maar nauwelijks geloven.

Hoe langer Joël op Mure was, hoe meer hij van het eiland was gaan houden. En van Flora. Hij was de waarde gaan inzien van een wereld waarin niet de aandelenkoersen, maar de natuur het belangrijkst was, en het leven op het boerenland gaan waarderen, dat werd bepaald door de seizoenen en de zorg voor het land en de beesten. Dat – én Flora – bracht iets in zijn bestaan wat hij nooit eerder had gekend: gemoedsrust, tevredenheid, een huiselijk leven. En er was niets huiselijkers dan de keuken op de oude familieboerderij, waar Flora's broers op alle uren van de dag in- en uitliepen en haar vader met Bramble, de oude gepensioneerde herdershond, zat te dutten bij het vuur. Het was wat hij wilde, met Flora, zo'n leven, zo'n thuis, hoewel hij het gastenverblijf op The Rock nog steeds aanhield.

Flora besefte in Joëls ogen absoluut niet hoeveel ze had; een liefdevol thuis – iets wat hij niet kende en in het begin zelfs angstaanjagend had gevonden. Zijn hele leven was één grote vlucht voor zijn verleden geweest, om zijn trieste jeugd zo snel mogelijk achter zich te laten had hij zich gestort op werk en carrière en gedacht dat een privévliegtuig en dure maatpakken veiligheid boden.

Maar niets was minder waar; uiteindelijk bleken het Flora en het eiland te zijn die hem een veilig gevoel gaven. Er was een burn-out voor nodig geweest, in zijn eentje in Manhattan waar hij bezig was Coltons zaken af te ronden, om dat te beseffen – hoewel het hem nog steeds moeite kostte om zijn liefde voor Flora hardop uit te spreken.

Flora had geduld gehad. Veel geduld. Ze had geen keus: ze was al gek op Joël sinds ze zes jaar geleden bij de advocatenfirma in Londen had gesolliciteerd waar hij haar baas werd.

En nu was er iets gebeurd wat ze achteraf gezien natuurlijk had kunnen voorspellen. Maar als je voorbehoedsmiddelen via het internet moest kopen (als je ergens was opgegroeid waar maar zo'n duizend mensen wonen, deed je dat niet bij de plaatselijke drogist en betekende internetshoppen bijna net zo'n grote omwenteling als de komst van elektriciteit) en een gezond seksleven had – zo gezond als je je maar kon voorstellen met lange, donkere winternachten en knappende romantische haardvuren in The Rock met iemand op wie je al jarenlang verliefd was die plotseling heel, heel vaak seks met je wilde... Logisch dat het dan gebeurde. Maar shit! De timing... Flora wist dat het lot geen slechter moment had kunnen kiezen.

Natuurlijk had ze ervan gedroomd een kind van hem te krijgen. Ooit... Niet nu! Pas over vele jaren! Als ze een huis hadden gekocht en ingericht en alles samen hadden uitgezocht. Oké, om eerlijk te zijn kon ze zich Joël niet echt gebogen over boeken met behangpatronen voorstellen, dus dat niet dan, maar misschien... Dan zouden ze alleen een prachtig huis kopen samen. Hoewel er maar heel zelden een huis te koop stond op Mure. Maar toch... Ze zouden iets prachtigs vinden om te wonen. Misschien zo'n fantastisch modern ecohuis zoals je op tv zag bij *Grand Designs*, helemaal van glas en houten balken, hoewel ze, als ze heel eerlijk was, meer het type was van heel veel gezellige kussens, lekkere warme plaids, stapels boeken en grote mokken thee.

Dat waren haar dromen in ieder geval. Maar verder dan kussens en ramen op het zuiden was ze nog niet, en Joël lag wat toekomstfantasieën betrof kilometers op haar achter, dat was zeker. Ze zuchtte diep. Hij was nog maar nauwelijks bijgekomen van de zomer. Het was verschrikkelijk hem hier nu mee te moeten overvallen, verschrikkelijk, en ze had het echt niet zo gewild, absoluut niet. Eigenlijk was het zíjn fout als je erbij stilstond; híj sleurde haar tenslotte het bed in zodra hij haar zag.

Gelukkig bleef hij nog even weg en hoewel ze het superdruk had in het café, gaf haar dat ook wat ademruimte om te bedenken hoe ze hem het nieuws het beste kon vertellen.

Joël was voor het eerst in lange tijd weer op zakenreis. Hij werkte voor Colton; hij moest Coltons bedrijven zonder dat iemand er lucht van kreeg zien te verkopen, zodat het geld vrijkwam – dat Colton dan aan goede doelen wilde schenken.

Flora maakte zich zorgen of het wel goed met hem ging. Dit was de eerste keer na zijn burn-out dat hij van huis was. Gelukkig zat hij niet in een hotel, maar logeerde hij bij Mark, de kinderpsychiater die Joël al kende vanaf zijn jeugd. Door de jaren heen waren ze op elkaar gesteld geraakt en had zich een vriendschap tussen hen ontwikkeld waar therapeutische gesprekken een vast onderdeel van waren. Mark en Marsha, zijn vrouw, hadden geen kinderen, en Mark had ooit aan Flora bekend dat ze het als de grootste fout van hun leven beschouwden dat ze het slimme, angstige jongetje dat Joël vroeger was, niet hadden geadopteerd en in huis hadden genomen. Iets wat ze hun leven lang hadden geprobeerd goed te maken. Flora vond Mark en Marsha de liefste mensen die ze kende en als er iemand in staat was een oogje op Joël te houden als zij niet in zijn buurt was, waren zij dat wel.

Misschien vertelde ze het wel eerst aan hen voordat ze het aan Joël vertelde, bedacht ze. Ze zouden haar zeker raad kunnen geven. Maar aan de andere kant voelde het verkeerd om hulp van een professional te vragen om Joël zoiets te vertellen. Bovendien had Mark natuurlijk geheimhoudingsplicht – wat hij over Joël mocht zeggen, had een grens. Tot slot voelde het toch eigenlijk verkeerd om het eerder aan anderen te vertellen dan aan de vader van het kind...

Het kind! Een baby! Ze kon het nauwelijks geloven. Ook al maakte ze zich grote zorgen, kwam het ongelofelijk slecht uit, kon ze het zich niet veroorloven en was ze doodsbang om het aan Joël te vertellen... Het kon eigenlijk gewoon niet. Ze had er domweg geen tijd voor. Hoe moest ze dat allemaal organiseren op de boerderij? Een baby die over Bramble heen kroop, rechtstreeks het haardvuur in?

En toch, een baby... Ze legde haar hand op haar buik.

3

Het was bitterkoud buiten en Flora moest heimelijk een beetje lachen om de verwilderde gezichten van de klanten die binnenkwamen en een ijzige vlaag kou van buiten meenamen omdat de deur ver openzwaaide door de straffe wind.

'Er zit sneeuw in de lucht,' waarschuwde een van de oude vrouwtjes die altijd waarschuwden dat er sneeuw in de lucht zat, hoewel er in werkelijkheid maar weinig sneeuw viel op Mure. Er kon wel sneeuw in de lucht zitten, maar er stond ook altijd wind, dus bleef die sneeuw, áls die al viel, haast nooit liggen. Sneeuw op Mure was een levende, dansende wervelwind die, op weg naar de bergen en de diepe dalen van de Schotse Highlands, even overtrok en maar zelden de aarde bedekte met een witte laag.

Flora dacht terug aan die keer toen ze klein was en, gefascineerd door de dwarrelende sneeuw, op een avond haar bed uit was gekomen, stiekem naar buiten was geglipt en in het donker in de witte wereld had gedanst. Zo had haar moeder haar even later aangetroffen, waarna ze haar mee naar binnen had genomen en haar een verhaal had verteld over sneeuwdansers die kinderen meelokten. Ze had gezegd dat Flora al bijna een sneeuwkind wás – zo verkleumd en blauw van de kou – maar dat kinderen van de zee geen kinderen van de sneeuw konden worden, en dus had ze een mok warme chocolademelk voor haar gemaakt om op te warmen. Toen Fintan wakker was geworden en heftig had geprotesteerd dat Flora chocolademelk kreeg en hij niet, had hij natuurlijk ook een mok gekregen, en daarna waren ze allebei met een hete kruik en een dikke knuffel van hun moeder met een heel tevreden en veilig gevoel weer naar bed gestuurd.

Dat er sneeuw in aantocht was, was niet de reden waarom ze vanmorgen aan haar moeder dacht, wist Flora, terwijl ze met haar sterke, bleke armen het dikke fruitcakedeeg van de Christmas cake mengde en Isla en Iona de scones en sandwiches voor die ochtend klaarmaakten.

Ze keek het café rond. Aan een tafeltje in de hoek zat Mrs. Johanssen; die ging Saif natuurlijk weer lastigvallen straks. Ze stond erop wekelijks een afspraak te maken in de praktijk, eigenlijk alleen om nog eens uitgebreid over al haar kwaaltjes te vertellen – wat er, voor een vrouw van achtenzeventig, uitzonderlijk weinig waren. Ze was zo sterk als een os en eerder een medisch wonder dan iemand die reden had tot klagen, na achtenzeventig jaar een dieet van vis met rapen en een leven lang zware lichamelijke arbeid. Mrs. Johanssen was zo'n type dat in Annies Café om een scone zonder rozijnen vroeg en dan nog vier keer moest checken of er écht geen rozijnen in zaten omdat 'ze zo'n zwakke spijsvertering had'. Flora vond het bewonderingswaardig dat Saif Mrs. Johanssen, ondanks zijn overvolle agenda, net zo serieus nam als zijn andere patiënten.

De breigroep, een clubje bejaarde vrouwen met vergroeide, knokige artrosehanden, met vingers die krom stonden van de breinaalden die ze al decennialang vasthielden, zat aan een grote tafel vlak voor de verwarming. Voor veel omzet zorgde het clubje niet, eigenlijk kwam het erop neer dat de dames op Flora's kosten een behaaglijk warme plek hadden, maar Flora kon het hun niet kwalijk nemen. Ze maakten Fair Isle-truien met ingewikkelde patronen, eigenlijk een product van de zuidelijker gelegen Shetland-eilanden, waar ze de vraag ernaar niet aankonden. Op deze manier kon er in ieder geval nog een label 'Made in Scotland' in. De breisters deelden een pot thee en een paar scones met elkaar en zochten altijd een plek bij de radiator zodat hun oude handen door de warmte wat soepeler werden. Flora vond het getik van hun breipennen een gezellig, huiselijk geluid. Het droeg bij aan de sfeer, net als de zachte achtergrondmuziek van BBC Radio nan Gàdheal, die altijd aanstond.

Buiten dwarrelden nu wat sneeuwvlokken. Arthur, een trouwe klant en bovendien degene die de prachtige aardewerken kop-en-schotels van het café had gemaakt, kwam door de deur naar binnen maar bleef stilstaan op de mat. Met een treurig gezicht keek hij Flora recht aan.

'Het antwoord is "nee"!' zei ze gedecideerd.

'Ik wil alleen maar zeggen...'

'Ik heb je verzoek gelezen,' onderbrak Flora hem, 'maar als ik honden in het café toelaat, waar eindigen we dan? Met leeuwen? Bizons?'

'Volgens mij zijn er daar niet veel van op Mure.'

'En alle klanten hier die allergisch zijn voor honden dan? Of de kans op hondenharen in mijn scones?'

'Ik wil alleen...' Arthur kneep zijn ogen tot spleetjes. 'Je bent poepchagrijnig vanmorgen, volgens mij.'

'Helemaal niet! Ik word er alleen nogal moe van om negenhonderdnegenennegentig keer per dag te moeten uitleggen dat honden hier niet naar binnen mogen.'

'Gewoon omdat je niet van honden houdt...'

'Arthur! Wat voor idioot houdt er nou niet van honden? Ik heb zélf honden! Ik hou alleen niet van smerige pootafdrukken op mijn vloer!'

Buiten jankte Ruffalo met verve. Ruffalo was een uit de kluiten gewassen homp vlees, een kruising tussen een beagle en een terriër, die zelf geen flauw idee had van zijn enorme formaat.

'Als je hem niet zo in de watten legde, zou hij zich niks aantrekken van een paar sneeuwvlokjes,' zei Flora.

'Het is toch zielig voor zo'n beestje,' zei Arthur meelijdend.

'Jezus! Hij weegt zowat een ton!' zei Flora. 'En trouwens, ik dwing je niet om hier binnen te komen!'

'Zolang je die kaasscones maakt, wel!' zei Arthur, waarop Flora begrijpend knikte.

De deur ging weer open en opnieuw kwam er een enorme vlaag kou naar binnen. Flora glimlachte. Deze keer waren het Charlie en Jan van Outward Adventures die binnenkwamen, die avontuurlijke vakanties organiseerden in de vrije natuur op Mure. Meestal voor kansarme kinderen uit achterstandswijken op het vasteland, en soms – om geld te verdienen – voor personeel van grote bedrijven dat beter moest leren samenwerken of iets dergelijks. Bij de kinderkampen sprong Joël geregeld bij als vrijwilliger.

'Teàrlach!' riep ze, (de meeste mensen noemden Charlie bij zijn Gaelische naam), 'je neemt die bloedjes van kinderen van je toch niet mee de natuur in op zo'n verschrikkelijke dag als vandaag?' Intussen schonk ze een mok thee voor hem in, ze wist precies hoe hij die graag had.

Charlie stampte zijn voeten, blies op zijn vingers en wapperde ermee in de lucht, hij koesterde zich in de warmte van het café. Jan niet: ze blikte om zich heen met hetzelfde denigrerende gezicht als altijd; alsof warmte een belachelijke extravagantie was en Flora's leven overdreven luxueus.

'Och nee,' antwoordde Charlie terwijl hij zijn mok thee dankbaar van haar aanpakte.

Jan volgde hen met argusogen. Ze vertrouwde Flora voor geen cent omdat ze ooit, ongeveer tien seconden, met Charlie had gezoend, toen zij (Jan en Charlie) niet eens meer iets hadden samen. Het feit dat ze daarna weer bij elkaar waren gekomen en nu zelfs getrouwd, had Jans negatieve houding lang niet zo gunstig beïnvloed als Flora had gehoopt.

'Jij ook thee, Jan?' bood Flora gedienstig aan.

'Ik ben aan het werk,' reageerde Jan, alsof het om een dubbele wodka ging.

Charlie overhandigde Flora wat geld en ook dat werd door Jan met misprijzende blik bekeken, alsof het een schande was dat Flora zich liet betalen wanneer mensen hier iets nuttigden.

'Nee,' vervolgde Charlie het gesprek, zich zoals altijd absoluut niet bewust van alle onderhuidse spanningen. Hij was een heerlijk ongecompliceerde man. 'Nee, deze week is het een bedrijfsuitje. Accountants uit Swindon.'

Flora tuurde naar buiten. Hoewel het al tien uur 's ochtends was, was het nog steeds vrij donker. Ze zag een groep ongelukkig kijkende mannen en vrouwen staan in onflatteuze grote regenjacks die flapperden in de wind. Ze kon een glimlach niet onderdrukken. Ze hadden het zwaarder dan Ruffalo.

'En ze betalen duizenden ponden voor een weekje van deze gezelligheid?' vroeg ze.

'Zeker,' antwoordde Charlie op ernstige toon. 'Vóór de lunch moeten ze Loch Errin over kajakken.'

Flora straalde. 'O jezus! Wat zullen ze dat verschrikkelijk vinden! Hebben ze überhaupt ooit in een kajak gezeten?'

'Nee.'

'Dat moet zwaar voor ze zijn dan. Krijgen ze nog een kop thee buiten, of niet?'

'Ik dacht het niet.'

'O, Teàrlach, het is helemaal niks voor jou om zo wreed te zijn.'

'Ik ben niet wreed. Het is voor een goed doel. Kijk maar!'

De accountants uit Swindon stonden heftig te overleggen buiten.

'Zie je? Ze bediscussiëren of ze gaan muiten of er gewoon vandoor gaan, en staan natuurlijk te mopperen op ons. Ze vinden ons verschrikkelijk, ze háten ons!'

Flora knikte. 'Nou, dat verbaast me niets.'

'En dat is ook de bedoeling,' zei Jan. 'Teambuilding. Zo werkt het. Hun haat jegens ons brengt hen samen.'

Flora knipperde met haar ogen. 'O! Goh, daar had ik nooit bij stilgestaan, dat het zo werkt. Nu je het zegt. Maarre... De jongens krijgen altijd worstenbroodjes voor de lunch?'

Charlie haalde zijn schouders op. 'De jongens krijgen alles wat we ze kunnen geven... Maar inderdaad, maak maar vijftien stuks van je allereenvoudigste sandwiches klaar voor straks. Je mag er gerust brood van gisteren voor gebruiken...'

'Natuurlijk niet!' riep Flora ontzet uit.

'En reken er de hoofdprijs voor, alsjeblieft.'

'Nou, dat hoeft nou ook weer niet,' protesteerde Jan.

'Jawel, gewoon doen, *yarta,*' zei Charlie. Het koosnaampje in het plaatselijke dialect – schat – rolde als vanzelf uit zijn mond en Jan wierp meteen een kwade blik op hem en op Flora, die

Charlies mok aanpakte (hij had een eigen mok die aan een rek achterin hing) en enigszins ineenkromp, waarna ze met een gehaast knikje naar de keuken liep.

Tegen lunchtijd zag het er buiten weinig beter uit en was duidelijk dat het voorlopig niet druk zou worden, in ieder geval tot een uur of drie, wat het moment was waarop iedereen die in het winkelstraatje werkte besloot dat het tijd was voor een plak Christmas cake. Flora vreesde ontwenningsverschijnselen in januari. En daarna, om een uur of vier, kwamen de vissers, die bergen thee en toast wilden hebben en naar een hoekje achteraf moesten worden geloodst zodat er niemand misselijk werd van de stank die om hen heen hing.

Flora besloot haar kans waar te nemen en een lunch naar Fintan te brengen, die de wacht hield bij Colton. Colton en Fintan hadden de hele zomer veel tijd op het strand doorgebracht, waar iedereen vanzelf wel een keer aan kwam waaien. Maar nu was Colton zo verzwakt dat er maar weinig mensen zomaar op bezoek konden komen en bovendien trok hij zich, mede door de medicijnen, steeds verder in zichzelf terug. Dus kwam er alleen nog familie. Ze deed een paar Cumbrea-bladerdeeghapjes met ham in een zakje, vulde een bakje met de cranberrysaus die ze aan het uittesten was, pakte zich lekker dik in en ging op weg.

Zodra ze de deur openduwde, begreep ze de verwilderde gezichten waarmee de klanten het café binnenkwamen: het weer was stukken slechter dan toen ze heel vroeg van huis naar het café was gelopen; de wind blies nu werkelijk dwars door je heen en sneed je de adem meteen af zodra je een stap naar buiten deed. Flora rilde in haar donsjack – een eerste levensbehoefte op Mure – en trok haar sjaal op tot over haar neus. Het regende ijzige druppels die tegen de zijkant van haar hoofd striemden en ze trok haar muts gauw over haar hoofd. Slechts een meter of tien verder waren haar handen al zowat bevroren (parkeren was in deze periode van het jaar geen probleem), waar ze in de oude, modderige Land Rover van haar vader stapte.

In de auto duurde het nog eindeloos voordat de motor startte en de krakkemikkige verwarming aansloeg – hoewel dat er eigenlijk nauwelijks toe deed omdat de wind door het zeildoek achterin naar binnen gierde – maar toen reed ze eindelijk weg en begon het licht te sneeuwen.

4

Coltons landhuis was nogal indrukwekkend. Ooit was het een oude pastorie geweest die flink was uitgebreid en verbouwd tot een luxueus landhuis, een woning voor... tja, een miljardair, bedacht Flora, terwijl ze, nadat de beveiligingshekken als vanzelf waren opengeschoven toen ze haar naam insprak in de intercom, langs de chagrijnige pauwen (die het werkelijk ijskoud moesten hebben) over de onberispelijk witte kiezels van de oprijlaan reed.

Het sneeuwde hier harder omdat ze hoger waren; het huis lag op de rand van een landtong die noordwaarts over het water uitkeek – een schijnbaar eindeloze verte, die zich helemaal uitstrekte tot aan de Noordpool, slechts onderbroken door een park hysterisch ronddraaiende windmolens. De zee was woest en de golven hadden witte schuimkoppen. Het zou een lange en moeilijke dag zijn voor de vissers, zelfs voor die met echte zeebenen.

De hitte die haar in het gezicht sloeg toen de achterdeur voor haar werd geopend (niemand op Mure gebruikte de voordeur en er waren überhaupt maar weinig mensen die hun huis afsloten) was net zo'n schok als de kou was geweest.

Colton stookte zijn huis altijd tropisch warm – ook al voordat hij ziek was – zodat hij, als hij er zin in had, op blote voeten over de originele uit Italië geïmporteerde tegels (met vloerverwarming eronder) kon banjeren.

Binnen ontdeed Flora zich haastig van de vier extra lagen kleding die ze aanhad, terwijl Fintan door de hal op haar af liep. Ze keek om zich heen en zei: 'Het ziet er fantastisch uit hier.'

En dat was ongetwijfeld waar. Hoewel december nog maar net was begonnen, was het hele huis al rijkelijk met kerstversiering getooid. De oude balustrades langs de trap in de grote hal waren omwikkeld met enorme slierten klimop, de schoorsteenmantels in de bibliotheek en de zitkamer waren bedekt met hulst, en in de haarden eronder laaide het vuur op – hoewel er niemand te zien was.

Flora vond het hartverscheurend triest. Het was zo'n prachtig huis, zo geweldig en smaakvol gerestaureerd, iets wat overigens ook gold voor The Rock, het hotel iets verderop dat werkelijk van alle luxe en comfort was voorzien en ook tot Coltons bezittingen hoorde. Het had al open moeten zijn, maar door Coltons ziekte was dat project niet gelopen zoals gepland. In het voorbijgaan wierp ze een blik de keuken in waar alle denkbare kruiden en specerijen keurig in het gelid in lange rijen hypermoderne glazen potten op de onberispelijk schone keukenplanken stonden. Dit huis had een feestelijke plek moeten zijn, waar iedereen plezier had en blij was omdat Colton en Fintan elkaar hadden gevonden en met elkaar waren getrouwd. Maar in plaats daarvan leek het nu een mausoleum. Ze voelde dat Fintan van haar gezicht aflas wat ze dacht.

'Het is niet anders,' zei hij schouderophalend.

'Ik heb iets te lunchen voor je meegebracht,' zei Flora. Ze had hem het liefst een dikke knuffel gegeven, maar was bang dat hij dat overdreven zou vinden en dat het een beetje te veel 'oudere zus troost kleine broertje' was; ze kwamen tenslotte niet uit een gezin waarin veel werd geknuffeld (behalve in de periode rond de dood van hun moeder). Dus zwaaide ze in plaats daarvan met de Tupperwaredoos.

'O,' reageerde Fintan nogal verstrooid. 'We hebben een kok hier, dus...'

'Oké,' zei Flora. 'Geen probleem. Ik eet het zelf wel op. Ik verrek van de hon...' Ze onderbrak zichzelf. Ze had constant honger tegenwoordig. 'Is-ie wakker?'

Fintan knikte. 'Het gaat redelijk vandaag. Wil je hem even gedag zeggen?'

Flora knikte. De trap op lopen voelde een beetje spookachtig; ze wist dat er best veel andere mensen in het huis waren, maar ze hoorde of zag niemand. En het dikke, zachte tapijt dempte hun voetstappen, zodat het doodstil was. Het huis rook naar dure geparfumeerde kaarsen – de geur van dennenbomen, gedroogde sinaasappelschillen en bisschopswijn – maar de desinfectiegeur eronder werd er niet helemaal door overstemd.

Hoewel Flora zo vaak ze kon bij Colton op bezoek ging, was het elke keer weer een schok om hem te zien. Ze herinnerde zich de sterke, lange, gespierde Amerikaan die twee jaar geleden in Londen de directiekamer binnen was komen lopen nog goed; overlopend van zelfvertrouwen, superslim en vol energie. Ze glimlachte verdrietig bij de herinnering en liep achter Fintan aan naar binnen toen hij de zware houten deur van de slaapkamer openduwde.

De zware gordijnen voor het enorme erkerraam waren open en onthulden een spectaculair uitzicht. Het was altijd betoverend, maar deze keer was het uitzonderlijk door de storm die buiten woedde: woest razende golven en wervelende sneeuw.

Flora zette zich schrap en draaide zich om naar Colton.

Ze schrok even: het enorme hemelbed was weg en vervangen door een ziekenhuisbed. Natuurlijk! Dat was te verwachten. Flora herinnerde het zich van de dood van haar moeder; als dat ziekenhuisbed eenmaal in huis stond... Ze wilde er niet aan denken. In plaats daarvan plakte ze een glimlach op haar gezicht.

'Hé!'

Het was zo pijnlijk hem zo te zien. Colton was altijd vrij mager geweest, maar gespierd. En gebruind en gezond op die typische manier van Californische tech-miljardairs.

Nu was hij weinig meer dan een skelet. Hij zag er veel en veel ouder uit dan zijn zevenenveertig jaar: zijn gezicht was ingevallen, zijn lippen begonnen dunner te worden, zijn ogen waren troebel en leken overdekt met een melkachtig waas. Hij had altijd zo vol energie gezeten, was zo'n levendige, enthousiaste, sprankelende geest en zat altijd zo vol plannen en ideeën – sommige geweldig, andere volkomen idioot. En nu sloeg die kloteziekte alle kracht uit hem. Slag na slag, opdoffer na opdoffer, elke dag weer.

Flora liet zich op het bed neerzakken en omhelsde Colton zo voorzichtig mogelijk. Hij glimlachte zwak, maar tot haar opluchting herkende hij haar wel. Dat was niet altijd zo. Hij had goede en slechte dagen, maar de slechte maakte ze niet echt mee. Dan maakte ze iets lekkers voor haar terneergeslagen kleine broertje, dat heel even op de boerderij langskwam en alleen maar op adem wilde komen met een enorme mok thee en een doodgewone shepherd's pie die niet was klaargemaakt door de een of andere ingevlogen veganistische anti-kankerdieetkok, Bramble een knuffel gaf en zijn tranen verborg in de dikke vacht van de enorme hond, en Innes' dochter Agot, als ze er was, liet ratelen over wat er gebeurde in *Paw Patrol*, de een of andere Shellington (een zeeotter die dokter was en op wie ze blijkbaar nogal dol was) en eindeloos 'The Stick Song' van haar aanhoorde.

Flora voelde dat Colton geen zin had om te praten – en wat viel er überhaupt nog te zeggen? Colton had heel erg duidelijk gemaakt waar zijn grenzen lagen en dat die moesten worden gerespecteerd – in de zomer nadat hij was gediagnosticeerd had hij alles wettelijk laten vastleggen door Joël: geen experimentele behandelingen, geen levensverlengende – en misère verlengende – chemotherapie. Colton had zijn plan gemaakt, afscheid genomen en liet het leven nu langzaam, als het terugtrekkende getij, wegglippen – beetje bij beetje.

Fintan was het er natuurlijk niet mee eens. Hij kon het eenvoudigweg niet verdragen. Pas nadat hij Colton had ontmoet, was hij tegenover zijn familie uit de kast gekomen; hij was voor het eerst in zijn leven tot over zijn oren verliefd. En nu werd alles hem weer afgenomen.

Flora had hem willen troosten door te zeggen dat hij andere mensen zou ontmoeten, dat hij ooit weer verliefd zou worden en van iemand anders zou kunnen houden. Maar ze had hen samen gezien, gezien hoe gek ze op elkaar waren. En ze wist niet of wat ze had willen zeggen wel waar was. In ieder geval was zij er zeker van dat ze de gevoelens die ze voor Joël had, nooit meer voor een ander zou kunnen hebben. (En daarom was ze nu ook zo bang haar nieuws aan Joël te vertellen, zo bang om hem te verliezen...)

Ze deden met z'n allen hun best om deze moeilijke tijd zo goed en zo kwaad als het ging door te komen. Door op bezoek te gaan bij Colton en er op de boerderij te zijn voor Fintan. In de vertrouwde keuken waar de oude klok op de schoorsteenmantel de seconden wegtikte boven een laaiend vuur, naast de tinnen schaal – een huwelijkscadeau – die van Ecks moeder was geweest en waarin zich nu van alles verzamelde: voornamelijk sleutels (niet dat er op de boerderij ooit iets op slot werd gedaan) en allerlei andere rommeltjes. Waar op het kastje een stapel post lag die groter en groter werd totdat Innes met een zucht begon aan de rekeningen. Met op de oude, puffende AGA de ketel waarin het water al honderdduizend keer aan de kook moest zijn gekomen. De kleine, gewone dingen van een thuis, waar je niet hoefde te doen alsof je geen verdriet had, niet hoefde te pretenderen dat alles wel goed kwam en dat het een geweldige dag zou worden. Waar je gewoon zo triest, chagrijnig en zwijgzaam kon zijn als je wilde. Eck was sowieso een man van weinig woorden. En al helemaal geen man van oeverloos geklets.

'Kun jij even langs pa gaan thuis?' vroeg Flora. Ze wist dat Fintan soms een excuus nodig had om uit het enorme, stille huis te kunnen ontsnappen.

Hij knikte meteen, zei: 'Ik ben zo terug', gaf Colton heel zacht een kus op de wang en verdween met een schuldig gezicht.

Flora legde haar hand op Coltons schouder. 'En hoe gaat het met die fantastische morfine van je vandaag?' vroeg ze.

'Goed,' antwoordde Colton met schorre stem. 'En ik ga de dokter vragen de dosis medicinale whisky te verhogen.'

'Goed plan!' zei ze op een belachelijk vrolijke toon die ze niet van zichzelf kende. Ze kneep haar ogen even dicht.

'Wanneer verwacht je de dokter eigenlijk?'

Colton staarde een tijdje met een lege blik voor zich uit. 'Ik... Ik weet het niet precies,' fluisterde hij.

'Wil je een slokje water?' vroeg Flora, en Colton knikte. Ze ondersteunde zijn nek en hielp hem een paar druppels te drinken. Alleen dat al was een enorme inspanning voor hem. Zijn huid voelde als vloeipapier onder zijn peperdure flanellen pyjama. Hij was een schim...

'Daar heeft iedereen hier last van in de winter,' kletste ze verder. 'Altijd donker en maar vier uur een soort schemerlicht, zorgt ervoor dat je elk besef van tijd kwijtraakt.'

Colton keek haar niet-begrijpend aan.

'Heeft Fintan je de aandelenkoersen vandaag al voorgelezen?' vroeg ze.

Er lag een onaangeraakte *Financial Times* naast het bed, met de *Economist* en een *Time* ernaast.

Coltons mond vertrok. 'Ik kan het... Hij leest het voor, maar... Ik kan het niet. Niet echt. Te ingewikkeld...' Hij maakte een wegwuivend gebaar met zijn doorschijnende hand.

Flora fronste haar voorhoofd. 'Ik heb een tijdschrift bij me,' zei ze, terwijl ze een roddelblad uit haar tas haalde dat ze had gepikt van Jeannie, de receptioniste van de dokter, die tijdschriften kocht voor de wachtkamer en ze dan later zelf las en achterliet in Annies Café, waarna de meiden wachtten tot er niemand keek en ze achteroverdrukten.

'Zal ik je mijn favoriete rubriek voorlezen? Hij heet "Overdreven paparazziposes van sterren op het strand".'

Tot haar verbazing gingen Coltons wenkbrauwen geïnteresseerd omhoog. Zijn blik focuste zich even op de foto die Flora hem liet zien.

'Oké!' begon Flora terwijl ze er eens goed voor ging zitten. 'We beginnen met Gina. Zij heeft meegedaan aan een tv-programma waarin ze moest overleven in een oerwoud en moest larven eten die ze meteen weer over iedereen uitkotste, en daarom is ze nu beroemd...'

En zo trof Saif hen een halfuurtje later aan, gezellig naast elkaar, verdiept in het roddelblad.

Het was Saifs tweede winter op Mure, maar op de een of andere manier was de eerste niet in zijn geheugen blijven hangen.

Misschien moest dat ook wel, dacht hij terwijl hij die ochtend het ijs van zijn auto stond te krabben, anders begon je nooit meer aan een tweede. Net zoals het schijnt te gaan met een bevalling.

'Hoi,' begroette hij hen. De overgang van buiten naar binnen was heftig, een verschil van minstens dertig graden, en hij begon meteen allerlei lagen kleding af te pellen.

Flora glimlachte bij het zien van zijn knappe, serieuze gezicht – hij had lang, donker haar dat altijd een knipbeurt nodig leek te hebben, een korte baard en in zijn grote, bruine ogen de lichtelijk paniekerige blik die kenmerkend is voor de meeste werkende ouders.

'Ik had Fintan verwacht!' zei hij.

'Die zit hier normaliter ook.' Ze wierp een blik op Colton, die bezig was in slaap te sukkelen. 'Hij heeft af en toe... even pauze nodig.'

Saif knikte. 'Dat snap ik.'

'Hoe gaat het met...'

Saif keek haar streng aan. 'Het spijt me, dat is informatie die ik alleen met...'

'O ja! Natuurlijk. Sorry.' Ze stond op.

Saif verzachtte. 'Ik zou zeggen... Zoals te verwachten valt,' zei hij.

Het maakte niet uit, peinsde Flora, hoe vaak ze het slechte nieuws hoorden, het bleef bijna onmogelijk zich voor te stellen dat Colton er op een dag niet meer zou zijn. Ze kon het gewoon niet echt geloven, en daarom bleef ze ernaar vragen. En elke keer trof het haar weer als een klap in het gezicht.

Saif liep naar het bed en als uit het niets kwam er ook een verpleegster de kamer binnen om hem te assisteren. Colton had een heel bataljon aan medisch personeel paraat, maar dat was zeer discreet en vrijwel onzichtbaar. Saif knikte in Flora's richting en hoewel ze wist dat dat haar sein was om te vertrekken, kon ze zich er niet toe zetten, nog niet.

Saif maakte Colton intussen lang genoeg wakker om zijn vitale functies te controleren. 'Alles is zoals te verwachten, oké?' zei

Saif, terwijl hij zijn horloge in de gaten hield en Coltons zwakke pols checkte. 'Stabiel, medicijnen zijn in orde, pijn is te doen?'

Colton gromde. 'Meer whisky.'

'Dat heb ik niet gehoord.' Maar Colton zag niet dat Saif instemmend knikte naar de verpleegster. Toen pakte hij zijn tas. 'Tot morgen.'

Flora liep Saif snel achterna. 'Eh, heb je misschien een seconde?'

Saif keek verstoord. Dat was het probleem van het werken in een kleine gemeenschap: je kende iedereen en iedereen die je tegenkwam had je iets te vragen over het een of ander, en als hij er één de gelegenheid gaf, moest hij iedereen de gelegenheid geven – en zou hij de rest van zijn leven aan die manier van doen vastzitten. 'Flora! Maak alsjeblieft een afspraak met Jeannie.'

'Dan maakt Jeannie er een hele toestand van en heb ik geen enkele hoop op geheimhouding. Ze schreeuwt het van de daken en in die stomme wachtkamer van je zitten minstens vijfennegentig mensen die ik ken en die meteen naar het café komen om te vragen of wat ik heb besmettelijk is en of het veilig is mijn eten te eten, en dan beginnen de roddels en gaat binnen no-time het gerucht dat ik moet sluiten. Dat wil je toch niet, Saif? Dat wil je toch niet?'

Saif wist dat hij werd gemanipuleerd. Maar hij was ook een heel aardige man, en dus sloeg hij zijn armen over elkaar. 'Ik ga je niet onderzoeken.'

'Dat hoeft ook niet.'

Flora ademde diep in. Nu moest ze het hardop zeggen, woorden die een enorme impact op haar leven hadden, woorden die ze nog nooit had uitgesproken. Het waren er maar een paar, maar ze voelde zich heel nerveus en bang. Het was bijna idioot: één heel klein, eenvoudig zinnetje, maar ze betwijfelde of ze het uit haar keel kon krijgen. Ze slikte. Om de een of andere reden wás ze al zo huilerig de laatste tijd...

'Ik ben zwanger.'

5

In eerste instantie wilde Saif glimlachen en haar feliciteren, maar toen bedacht hij dat dit twee kanten op kon, en dus beheerste hij zich en trok een stoïcijns gezicht. Hoewel... Flora zou hem niet in een hoekje op de gang bij Colton hebben aangesproken als ze de zwangerschap wilde afbreken. 'Dus... eh... Dit is goed nieuws?'

Flora's ogen werden groot en ze zei: 'Ik weet het niet. Ik bedoel, is het dat? Is het goed nieuws? Ik denk van wel. Ik bedoel, het is natuurlijk te vroeg, we zijn nog maar net vijf minuten samen. Is dat goed voor een kind? Ik weet het niet. En Joël is nog bezig te herstellen van zijn burn-out, dus ik...'

Saif stak zijn hand op. 'Sorry! Wat ik bedoel te vragen, is: wil je de baby houden?'

'O! Ja! Ik... Ja! Ja, natuurlijk! Maar ik zou de baby het liefst wel twee jaar in mijn buik willen houden, want dan kunnen we eerst gaan samenwonen en zo. Maarre... Sorry. Dat is jouw probleem natuurlijk niet. Ik wilde het alleen zeggen. En vragen of je het in mijn dossier kunt zetten en me naar het ziekenhuis kunt verwijzen voor scans en dat soort dingen? Zodat ik niet nu al een afspraak hoef te maken op de praktijk?'

Saif kneep zijn ogen tot spleetjes. 'Heb je het al aan Joël verteld?'

'Dat ga ik binnenkort doen! Echt!' zei Flora.

Saif kneep zijn ogen dicht. Het stond buiten kijf dat hij Flora veel verschuldigd was, alleen al om de vele keren dat hij naar een spoedgeval had gemoeten op de vrije dag van Mrs. Laird (die voor de jongens zorgde en ook voor hem) en hij Ib en Ash met twee jus d'oranges en een scone om te delen in het café had moeten stallen en erop had vertrouwd dat Flora wel een oogje op hen hield tot hij ze weer kwam halen.

'Oké,' zei hij. 'Hoeveel weken ben je? Weet je dat?'

'Volgens de test was het 3+,' antwoordde Flora. 'Maar kloppen die dingen wel?'

'Die zijn net zo goed als een onderzoek in het lab. Heb je die test hier in het dorp gekocht?'

'Haha! Je maakt een grapje!' reageerde Flora. 'Natuurlijk niet! Volgens mij zijn het niet eens echte zwangerschapstesten die hier in de schappen liggen. Sinds je ze hier kunt krijgen, heeft echt nog nooit iemand die hiervandaan komt het in zijn hoofd gehaald een zwangerschapstest te kopen bij de plaatselijke drogist. Nee, ik heb er een op het vasteland besteld en die in een neutrale verpakking hierheen laten sturen.'

'Je had spion moeten worden,' merkte Saif op terwijl hij de trap af begon te lopen.

Flora liep met hem mee en zei: 'Nou, ik heb een hoop dingen gedaan in mijn leven. Maar Annies Café bevalt me toch het beste.'

'Dan hoop ik dat je je volgende taak net zo leuk vindt,' zei Saif, en hij stond zichzelf eindelijk een glimlachje toe terwijl ze het enorme huis uit liepen.

Flora werd er liever niet aan herinnerd hoe ingewikkeld alles zou worden, maar ze ademde diep in en keek hem na terwijl hij wegliep. Pff. Nou. De eerste horde was genomen. Ze stond ervan te trillen op haar benen. Maar ze had het hardop gezegd, in plaats van in een soort dromerig waas rond te lopen zoals ze de laatste paar dagen had gedaan, niet in staat te geloven dat het waar was – hoewel het statistisch gezien natuurlijk logisch was. Joël Binder was tenslotte moeilijk te weerstaan.

Ze slaakte een zucht.

O god! Nee, daar ging ze nu niet verder over piekeren. Nee, ze ging iets doen wat ze heel erg graag wilde: het aan iemand vertellen die er blij om zou zijn. Ze ging het huis binnen en de trap op. Buiten kwam de Land Rover met brullende motor de oprijlaan op rijden; Fintan was terug.

Na een zacht klopje op de deur ging ze de slaapkamer weer binnen, waar ze naast Colton, die met halfdichte ogen weer een beetje wegsufte, op het bed ging liggen.

'Ik wil je een geheim vertellen,' zei ze zachtjes. 'Niet doorvertellen, ook niet aan Fintan.'

'Ik vergeet... dingen,' zei Colton.

Flora pakte zijn hand vast. 'Je wordt weer oom,' fluisterde ze in zijn oor terwijl ze een kneepje in zijn hand gaf.

Het duurde eeuwen, maar uiteindelijk kwam er een heel flauw kneepje terug. Er rolde een traan over zijn wang, maar hij was te zwak om zijn hand op te tillen en die weg te vegen, dus deed zij dat zachtjes.

'Daar zal Agot,' zei hij uiteindelijk rasperig, 'niet blij mee zijn!'

'Nee,' zei Flora met een glimlach, 'nee, dat denk ik ook niet...'

6

Lorna zat achter haar bureau met de leerlingenlijst voor zich. Ze voelde zich nerveus, gejaagd.

Kerstmis was op elke school een hectische tijd en de lagere school op Mure was daar geen uitzondering op, hoewel er maar achtendertig leerlingen op zaten. De school was in twee klassen verdeeld: de kleintjes, die Lorna, naast haar taak als hoofd van de school, onder haar hoede had, en de 'groten', die de engelachtige Mrs. Cook voor haar rekening nam, waarnaast ze ook nog hielp met de administratie. De overheid eiste van Lorna, als hoofd van een kleine eilandschool met gemengde klassen die constant moest bewijzen dat ze bestaansrecht had, net zoveel administratief werk als van enorme scholen met zes klassen per jaargroep en een kantoor vol secretaresses en administratief medewerkers, of misschien zelfs meer. Dat voelde ongelofelijk oneerlijk, maar Lorna ploegde zich er moedig doorheen. Omdat ze van de school hield.

Haar schooltje lag op een heuvel boven het dorp (waar de kinderen op de slee af suisden als er sneeuw lag 's winters); een traditioneel Schots schoolgebouw uit rode zandsteen, met twee ingangen waarboven 'jongens' en 'meisjes' was uitgebeiteld (hoewel die natuurlijk niet meer als zodanig werden gebruikt) en een speelplaats met een hinkelbaan erop geschilderd. Binnen stonden enorme olieradiatoren om iedereen warm te houden, zelfs op de allerkoudste dagen als de ramen ratelden in hun sponningen. Honderdveertig jaar geleden, toen de school openging, waren de eilandbewoners sceptisch geweest: onderwijs werd gezien als een onwelkome ontwrichting van het eilandleven. De radiatoren hadden dat allemaal veranderd. Geharde eilandkinderen, gewend aan onverwarmde huizen, ijskoude, tochtige kamers en wc's waarvoor je naar buiten moest, kwamen veel liever naar een gebouw waar ze zich konden warmen aan de kachel dan dat ze op het land werkten. De oude garde had gewaarschuwd dat er op die manier watjes werden gekweekt, en misschien was dat ook zo: de daaropvolgende generaties waren veelal van het eiland vertrokken. Pas nu begonnen er weer mensen terug te komen, gelokt door de vredige rust en de schoonheid van de natuur en het feit dat er tegenwoordig wifi bestond (die op Mure min of meer van het weer afhankelijk was).

Hoewel dat niet betekende dat Lorna zich geen zorgen maakte. Op Canna, vlak bij Eigg, had de school het jaar daarvoor moeten sluiten omdat de laatste vier leerlingen waren vertrokken. Je kon er nooit gerust op zijn.

En nu was het kerstspel in aantocht. De rolverdeling was elk jaar weer een nachtmerrie. En daarbij kwamen nog de protesten van kinderen die teleurgesteld waren dat hun favoriete duif niet mee mocht doen.

Lorna bestudeerde de leerlingenlijst fronsend, piekerend over wie welke rol moest krijgen. Eigenlijk was het logisch om Ibrahim, Saifs zoon, te kiezen voor de rol van Jozef, dacht ze. Tenslotte waren hij en Ash, zijn broertje, de enige oosterse kinderen op school. Maar aan de andere kant was het misschien niet tactisch om hem, als moslim, te vragen voor een hoofdrol in een christelijk verhaal? Waarom moest dat eigenlijk iets uitmaken? Kwam het hypocriet over als ze het enige niet-witte kind die rol gaf? Of juist racistisch als ze dat níét deed? Wat zou Saif ervan vinden? Zou hij het waarderen, of vervelend vinden misschien?

Als het om een andere ouder was gegaan, zou ze die nu gewoon hebben gebeld, maar Saif en zij hadden een geschiedenis. Zelfs als het gepast was geweest om als hoofd van een school met een van de ouders te daten – wat niet zo was – kón ze dat gewoon niet. Bovendien praatte hij nauwelijks tegen haar, wat ook al iets was om rekening mee te houden in de puinhoop die het al was. En aan die puinhoop dacht ze liever niet, dus besloot ze er niet verder over te piekeren en de boel gewoon te regelen.

Jozef: Ibrahim Hassan, schreef ze op. En toen streepte ze het weer door. Even verlangde ze terug naar haar onderwijsopleiding in Glasgow, waar een gezonde mix van kinderen met allerlei soorten achtergronden op school zat en dit soort dingen niet speelden. Hier zouden de mensen er van alles over te zeggen hebben. Ze schreef zijn naam toch maar weer op; het zou goed zijn voor Ib om de hoofdrol te krijgen. Het was een gereserveerd, nogal teruggetrokken joch (wat niemand hem kwalijk nam gezien het feit dat hij, op zijn elfde, al meer dingen had meegemaakt dan anderen hun hele leven, en dan nog van een akelige soort die de meeste mensen zich niet eens konden voorstellen). Op het toneel staan en applaus krijgen zou hem het gevoel geven dat hij werd gewaardeerd... Of zou ze het verwijt krijgen dat ze hem voortrok? Zijn uitspraak was nog niet perfect, dus... Maar wat kon er beter zijn voor zijn Engelse uitspraak dan luid en duidelijk te moeten articuleren op een toneel?

Lorna sloeg haar notitieblok met een klap dicht. Dit moest maar tot morgen wachten. Ze zou Mrs. Cook vragen hoe zij erover dacht; misschien had ze een goed advies.

Haar telefoon pingde en ze wierp een blik op het schermpje. Een appje van Flora.

Harbour's Rest?

Dat was haar code voor: crisis! Het was al bijna halfzes. Joël zou wel weer iets idioots hebben gedaan. Maar het was een fijn vooruitzicht om het malen in haar kop vijf minuten uit te zetten en een gin-tonic te gaan drinken (de wijn was echt niet te zuipen bij de Harbour's Rest). En misschien had Flora wel een goed advies over het kerstspel.

Dus sloot Lorna de school af, stapte ze in haar auto en reed ze voorzichtig de heuvel af terwijl haar ruitenwissers als een razende heen en weer zwiepten in de storm.

7

In de Harbour's Rest zat het gewone rijtje oude mannen die er na een zware dag op het land of op zee een whisky en een praatje kwamen halen, of juist, net zo vaak, zwijgend bij het vuur een krantje wilden lezen en hun hond aaien, of gewoon even wilden ontsnappen aan de storm.

Lorna zat op hun gewone plekje aan de bar, zodat Inge-Britt onder haar werk mee kon kletsen en ook af en toe een duit in het zakje kon doen. Maar toen Flora binnenkwam, gebaarde ze naar een tafeltje in de hoek het verst van de bar, naast de deur naar buiten, waar je elke keer als er iemand binnenkwam een vlaag kou over je heen kreeg. Lorna fronste haar wenkbrauwen. En nog vreemder: Flora bestelde een gin-tonic voor Lorna, maar een glas cola voor zichzelf.

Lorna beschouwde zichzelf in het algemeen als een redelijk evenwichtig iemand. Ze had haar ups en downs gekend in het leven: allebei haar ouders waren overleden en haar broer werkte op een booreiland, waardoor ze zich best vaak alleen voelde zonder familie om haar heen, hoewel de bewoners van het eiland een hechte gemeenschap vormden. En dan was ze ook nog verliefd geweest op een man met wie ze geen toekomst had. Nee, niet geweest, ze was nog steeds verliefd op hem...

Maar ze was dol op haar werk, woonde in een heerlijk appartementje bij de hoofdstraat, midden in de reuring, met alles in de buurt, ze hield van Milou, kende iedereen op het eiland en kon oprecht zeggen dat ze geen enkele vijand op de wereld had. Ze had wat spaargeld én ze had haar gezondheid en haar vrienden. In wezen was Lorna een opgewekt en optimistisch mens en ze was lang niet ontevreden met haar leven.

Dus werd ze verrast door haar eigen reactie: het was alsof ze een stomp in haar maag kreeg. Ze was meteen verschrikkelijk jaloers en kon bijna geen adem krijgen van afgunst. 'Nee toch!' fluisterde ze ontzet.

Flora keek haar boos aan. 'Jezus! Denk je nou echt dat ik zo'n zuiplap ben dat ik niet eens een keer gewoon een colaatje kan bestel...' Maar ze hield het niet vol. 'Fuck. Já toch!'

Het bleef akelig stil, totdat Lorna besefte wat er op dit moment van haar werd verwacht: opspringen en Flora enthousiast omhelzen. En ik ben ook blij voor haar, hield ze zichzelf voor. Superblij. Echt.

'O jezus! Huil je?' vroeg Flora verschrikt. 'Nee, niet huilen – ik méén het. Dan begin ik ook.'

'Nee, nee, niet doen!'

'Wat valt er hier te janken?' vroeg Inge-Britt, die langsliep om lamlendig een doekje over de wc-bril te halen. 'We zijn toch niet met jong geschopt, hè?'

'Oké,' zei Lorna. 'Kunnen we nu weer gewoon aan de bar gaan zitten? Het is hier ijskoud.'

Lorna wierp een blik op haar vriendin terwijl ze hun spullen pakten om te verhuizen. Ze zag wit, maar dat zag Flora altijd, ze had zo'n lichte huid dat die bijna doorschijnend was. Die had ze van haar moeder. Op het eiland werd gezegd dat ze selkies waren; een soort zeemeerminnen, magische wezens die, volgens een oude Gaelische legende, op land veranderen in mensen. Flora wuifde dat altijd lachend weg, maar Lorna dacht dat er misschien iets in zat. Flora's nichtje, Agot, was zelfs nog lichter dan zij, haar haren waren gewoon wit. En magisch was ze eveneens: ze zag eruit als een kleine toverkol, een klein heksje – en dat was ze ook.

Maar inderdaad, dacht ze toen ze Flora goed bekeek, ze zag nog witter dan gewoonlijk, ze had zelfs blauwe kringen onder haar ogen. En... 'Mijn hemel! Je hebt tieten!' zei Lorna opeens.

'Jezus! Ja! O, dat zal Joël wel geweldig vinden. Nog geweldiger dan hij alles al aan jou vindt, natuurlijk.'

Flora vertrok haar gezicht in een grimas. 'Ach...' mompelde ze. 'Ach...'

Het bleef lang stil.

Lorna keek op. Dat had je als je al zo lang bevriend was: de ander hoefde niets te zeggen en toch wist je wat hij/zij bedoelde. Ze nam nog een slokje gin-tonic en voelde zich superschuldig omdat ze zo jaloers was geweest. Flora had het ook niet bepaald gemakkelijk. Lorna mocht Joël wel – of ze dacht dat ze hem wel zou mogen; Joël was iemand die je niet zomaar leerde kennen. En dat maakte het voor Flora ook moeilijk. Lorna wist dat hij een rotjeugd had gehad en dat hij daarom zo gesloten was, maar dat betekende niet dat hij Flora niet op de allereerste plaats kon zetten, vond ze.

Lorna voelde wat er aan de hand was, maar ze wist niet goed hoe ze het moest vragen zonder sarcastisch te klinken, medelijdend, triomfantelijk of iets anders wat ze niet wilde overbrengen. Uiteindelijk vroeg ze het in de oude taal die ze allebei als kind op de knieën van hun grootouders hadden geleerd: 'Doch dhu naw telt?' (Heb je het hem nog niet verteld?)

Flora zuchtte diep en leek weer bijna in tranen. 'Trek je er niks van aan,' zei ze met een wegwuivend gebaar. 'Dat heb ik de hele tijd.'

'Wat?'

'Dat ik moet janken. Echt. De hele tijd. Gisteren nog toen ik Bramble zag.'

'Wat deed hij dan?'

'Niks. De gasrekening opvreten. Niks!'

Lorna knikte en legde haar hand op Flora's arm. 'Ach lieverd. Het komt wel goed! Hij zal het fantastisch vinden! Tuurlijk! Ik bedoel, jullie zijn verliefd en zo...'

Flora knipperde met haar ogen en veegde haar tranen weg. 'Ja, vijf minuten, langer niet. Ik kén hem nauwelijks! Maar ik weet wel dat hij ergens vandaan komt waar "gezin" geen fijn woord is.'

Lorna hield haar hoofd schuin. 'Misschien is hij juist zijn hele leven al op zóék naar een gezin. En hoor jíj daarbij!'

'Ja, ja, mét een kind, zeker? Lorna, waar moeten we in vredesnaam gaan wonen?'

Lorna keek op. Ze had plotseling een idee. 'Luister! Ik zat te denken... Ik bedoel, ik zit sinds vorig jaar al te denken... wat ik met de boerderij moet. Hij is verwaarloosd en vervallen en ik heb niet zoals jij een batterij broers die de boel kunnen runnen. Ik moet hem verkopen.'

'Als ik een vervallen boerderij zoek, kan ik net zo goed thuis blijven wonen, Lorna. Dank je,' zei Flora.

Lorna schudde haar hoofd. 'Nee, nee, dat bedoel ik niet. Ik bedoel dat jullie mijn appartement kunnen huren, dan heb ik geld om de boerderij op te knappen en te verkopen.'

Flora knipperde met haar ogen. Lorna's appartement was haar heiligdom, haar toevluchtsoord. Lorna had al drie jaar geen vriend meer, sinds Gregor, een leuke, energieke visser uit Eigg die zo aardig en gezellig was en zulke lange vissersuren maakte, dat niemand in de gaten had gehad dat hij in Rhum ook nog een vriendinnetje had. En waarschijnlijk ook nog een in Eigg...

Maar dat was het punt allemaal niet; het appartement was een juweeltje. Het lag aan het einde van de boulevard, een beetje achteraf, in een zandstenen gebouw met mooi houtsnijwerk aan de buitenkant dat niet opviel, tenzij je ernaar zocht. Je had er een fantastisch uitzicht over zee, maar woonde er ook beschut zodat je weinig last had van de heftige stormen die over Mure konden trekken. Aan de andere kant keek het uit op het met keitjes geplaveide straatje dat vanaf de haven naar het dorp leidde. Beneden in het gebouw was een klein museum gevestigd, met prachtige, ingewikkelde Keltische juwelen, oude gebruiksvoorwerpen en spullen uit allerlei landen die in de loop van de eeuwen waren aangespoeld op Mure. En er zat een bescheiden bibliotheek waar het altijd zo warm werd gestookt dat Lorna nauwelijks stookkosten had.

Het was een vierkamerappartement, met hoge plafonds.

Er was een ruime zitkamer met een grote haard waar Milou voor lag op een Perzisch kleed, en een enorme bank die de hele achtermuur bedekte. Lorna had alles in donkere kleuren geschilderd, rood- en groentinten, zodat het voelde alsof je in een knusse juwelendoos zat.

In de achterkamer had Lorna een fantastische nieuwe keuken laten installeren die voor een fortuin vanaf het vasteland was getransporteerd en op het zuiden lag, en zodoende elk straaltje zon opving. De schuifpui daar gaf toegang tot een terras – wat technisch gezien de brandtrap was, maar door Lorna vol was gezet met prachtige planten en waar ze, bij mooi weer, enorme waterafstotende kussens neerlegde. Het was een kleine oase waar Flora en zij vele gezellige avonden met een fles wijn en uitzicht over de daken van de huisjes hadden gezeten, terwijl ze de wereldproblematiek doornamen. Verder waren er nog twee slaapkamers (eentje heel groot) en twee badkamers. Het was gewoon perfect!

Flora wist niet hoe ze het had. 'Méén je dat?'

'Je moet wel twee trappen op,' zei Lorna schouderophalend.

'Ja, maar er woont verder niemand,' zei Flora. 'Ik kan de buggy gewoon onder in het trappenhuis stallen. O god! Tjezus! Ik moet een buggy kopen! Tjezus!'

'Hou op met dat gestress,' zei Lorna. 'Of hou het in ieder geval bij één ding om over te stressen.'

Flora knikte. 'O god, ik zal naar Aberdeen moeten...'

'Huh?'

'Een buggy. Om een buggy te kopen. Daar is een John Lewis. En ik heb op internet gelezen dat ze daar de beste babyspullen verkopen.'

'Kom op, Flora. Doe normaal. Hou op over John Lewis. Je hebt belangrijkere zaken aan je hoofd. Vertel het eerst maar eens aan Joël...' Ze dacht even na. 'Maar er is wel één lichtpuntje.'

'En dat is?' vroeg Flora.

'Dat je zeker weet dat Joël niet checkt wat je allemaal uitspookt op internet.'

Flora trok een geërgerd gezicht, waar Lorna zich niets van aantrok. Ze nam nog een flinke slok gin-tonic en pakte Flora's hand vast. Toen vroeg ze op gedempte toon: 'Wil je de baby?'

'Ja,' zei Flora overtuigd. Ze keek op. 'Maar ik wil ook dat Joël de baby wil. En ik weet niet of hij dat kan.'

8

Toen de telefoon in Annies Café de dag daarop rinkelde, had Flora het liefst niet opgenomen, maar dat deed ze natuurlijk toch. Tot haar verbazing was het niet Joël die belde.

Het was een internationaal nummer en ze nam aan dat het weer een stel Amerikaanse toeristen zou zijn die van plan waren een bezoek aan het eiland te brengen en wilden weten of Annies Café glutenvrije producten serveerde. Dan antwoordde ze altijd vriendelijk en geduldig dat dat niet het geval was, maar dat alles werd gemaakt met producten van het eiland zelf, en dat was voor een verrassend groot deel van de bellers min of meer hetzelfde en geen reden om niet te komen.

'Hallo, met Annies Café,' zei ze opgewekt. Eerst klonk er wat gekraak aan de andere kant van de lijn, en toen een klap – alsof iemand de hoorn uit zijn handen liet vallen.

'Hallo? Hallo?' hoorde ze even later een luide mannenstem. En meteen daarop een vrouwenstem: 'Doe niet zo idioot. Je hoeft toch niet zo te schreeuwen. Ze is niet doof. Je belt gewoon naar Schotland!'

Flora voelde dat ze ontspande toen ze de stemmen herkende. 'Mark? Marsha? Zijn jullie dat?'

'Zie je wel,' klonk Marsha's stem. 'Ze hoort je prima.'

Flora dacht meteen terug aan de zomer, toen Mark na Joëls burn-out een aantal weken op het eiland had gelogeerd om hem te steunen. Hij had een belangrijke rol gespeeld in zijn herstel en heel veel tijd met Joël doorgebracht waarin hij hem gedurende hun lange wandelingen in de frisse lucht had geholpen zijn evenwicht te vinden. Daarnaast had hij Joël zover gekregen dat hij als vrijwilliger ging helpen bij de kinderkampen van Charlie en Jan en erop toegezien dat hij goed voor zichzelf zorgde, waardoor hij uiteindelijk in staat was geweest de weg naar Flora terug te vinden. Flora was Mark dan ook verschrikkelijk dankbaar.

'Hallo? Hallo? Flora? Hoor je me?'

Flora schrok op uit haar herinneringen en antwoordde: 'Ja, Mark, natuurlijk! Ik zit op Mure, niet op de maan!'

'Oké. Goed. Oké... Nou, luister... En gewoon "nee" zeggen als je niet wilt.'

Flora spitste haar oren. De meeste mensen die dat zeiden bedoelden juist het tegenovergestelde en namen het je heel erg kwalijk als je 'nee' zei.

'Ja?'

'Nou, ik zat te denken... Ik vond Mure zó prachtig toen ik er was enne, nou, Marsha wil het eiland ook heel graag zien en we dachten... Wat vind je ervan als we met Kerstmis naar jullie komen?'

Flora kneep haar ogen even dicht. 'Mark! Eh... 's Winters is het hier echt heel anders... Je was hier in juli! Toen was het warm en licht en scheen de zon de hele tijd.'

'Ja...'

Flora staarde naar buiten, waar de sneeuwvlokken in het licht van de lantarenpaal bij de haven ronddwarrelden. En hoewel het bijna negen uur in de ochtend was, was het nog aardedonker buiten.

'Echt, het is geen vergelijk, het is totaal anders hier nu...'

'Hoe dan?'

'Nou... Ten eerste is het de hele dag donker. En winderig. Heel erg winderig.'

Het bleef stil.

'Ik bedoel,' ging Flora verder, 'we vinden het natuurlijk heel erg leuk als jullie komen...'

'Ik dacht dat we het jou maar moesten vragen,' hoorde ze Marsha zeggen, 'want Joël spreken we nauwelijks sinds hij hier is. Hij zei dat ik jou moest bellen...'

'Ik weet niet goed waar jullie kunnen logeren.'

'Colton heeft ons op The Rock uitgenodigd,' zei Mark. 'Dat

was in de zomer, dus dat is natuurlijk wel een tijdje geleden. Maar hij zei dat we altijd welkom waren.'

'O, The Rock is prima!' zei Flora enthousiast. Als Colton van plan was het hotel open te houden, was dat zeker een goede optie. 'En met Kerstmis zelf zijn jullie natuurlijk van harte welkom bij ons op de boerderij.'

'Weet je het zeker?'

Flora dacht er even over na. Ze had Marsha maar één keer ontmoet, maar vond haar een wijze, aardige en oprechte vrouw die geen blad voor de mond nam. En bovendien was ze discreet. Ze kende Joël als geen ander. Marsha was waarschijnlijk de beste raadgever om haar geheim aan toe te vertrouwen. Hoewel Mark en Marsha zelf geen kinderen hadden. Maar dat was, vreemd genoeg, juist beter: Marsha was de minst vooringenomen persoon die ze kende. 'Ik zou het heerlijk vinden als jullie komen,' zei ze warm. 'Het is wel streng verboden om te klagen over het weer!'

'We gaan helemaal nergens over klagen,' reageerde Mark. 'Het is gewoon gewel...'

Marsha nam het gesprek weer van hem over. Het toestel stond blijkbaar op de luidspreker. 'We vinden het fantastisch dat jullie weer bij elkaar zijn,' zei ze. 'We zijn er dolgelukkig mee.'

Oef, dacht Flora. Maar ze zei er verder niets over.

9

Wat echt een goede bijkomstigheid was van zwanger zijn, vond Flora, was het feit dat je je geen zorgen meer hoefde te maken over slapeloze nachten. Zodra haar hoofd het kussen raakte, ging het licht uit, en dan was ze de hele nacht onder zeil. Ze schreef het toe aan de combinatie van in verwachting zijn en geen gin-tonics meer drinken uit de beduimelde glazen van Inge-Britt.

Ze zuchtte terwijl ze op dikke sokken naar de keuken schuifelde en dacht afgunstig aan Lorna's appartement met vloerverwarming. Flora vond dat zo'n heerlijke luxe dat ze, zodra ze bij Lorna binnenstapte, haar schoenen uittrok.

Ze schonk kokend water in de theepot. Joël kwam morgen thuis. Dan moesten ze het erover hebben. Nog één dag. Nog één dag om door te komen.

Toen ze Annies Café binnenkwam, trof ze Isla en Iona opvallend giechelig aan. 'Wat is er met jullie aan de hand?' vroeg ze argwanend. De twee meiden waren altijd met jongens bezig, allebei, en constant nieuwe plannetjes aan het smeden. Dus hoogstwaarschijnlijk had het iets met het andere geslacht te maken...

Iona bloosde. 'Niks! Maar we hebben gisteren een goede omzet gedraaid.'

Flora checkte de kluis en ze hadden inderdaad een ongewoon hoge omzet voor deze tijd van het jaar. 'Zijn Charlies cursisten ontsnapt en hier geweest?' vroeg ze nieuwsgierig. Het kwam wel eens voor dat een eenzame ziel zich losmaakte van de groep en ploeterend door de storm met moeite de weg vanuit het woeste binnenland naar Annies Café wist te vinden om zich daar, trillend over zijn hele lijf, met een kom hete soep en een broodje in een hoekje schuil te houden. Flora had altijd een beetje medelijden met zo iemand en serveerde keurig wat zo'n deserteur bestelde, maar ze ging niet zover hem de hand boven het hoofd te houden als Charlie, op zoek naar het verloren schaap, het café binnenkwam.

Isla schudde haar hoofd. 'Nee, zíj niet. Het was een groep...'

'Nee! Sst!' snoerde Iona haar de mond.

'Oké,' zei Isla. 'Goed. Oké. Ik zeg niks.'

Flora ging er niet verder op in en bekeek de agenda. 'O, help. Ik moet het schoolkerstfeest op de boerderij gaan plannen, het komt al zo akelig dichtbij!'

Haar moeder was een traditie begonnen toen alle vier haar kinderen op school zaten: na het kerstspel werd iedereen op hun boerderij uitgenodigd voor een feest. Het was uitgegroeid tot een van de vaste punten op de decemberkalender van Mure.

'Doe je ook mee met het Highland-dansoptreden?' vroeg Isla.

Flora schudde haar hoofd. Ze had sterk het gevoel dat haar dansdagen verleden tijd waren. 'God nee!' zei ze. 'Maar jullie kunnen natuurlijk wél meedoen.'

'Ik heb geen keus,' zei Isla somber. 'Mrs. Kennedy heeft me al ingelijfd.'

'O, echt?' vroeg Flora, en het drong tot haar door dat haar strenge danslerares haar dit jaar niet had gevraagd. Zag je al iets, dan? Nee, dat kon niet. Echt niet.

'Maar dat is niet het belangrijkste vandaag! We moeten driehonderd mince pies maken!'

De meiden kreunden.

'Iedereen houdt van zelfgemaakte mince pies.'

'Ja, maar ze zijn...'

Flora begreep wat ze bedoelden. De vulling, een mix van rozijnen, suiker, appels, gekonfijte citroenschillen, kruiden en vet, was na een paar dagen marineren een plakkerige drab geworden, wat het een hele toer maakte om ze zo in het deeg te vouwen dat dat licht en knapperig bleef. En bovendien was het saai als je er zoveel moest maken.

'Kom op,' zei Flora in een poging hen op te vrolijken terwijl ze de cakes inspecteerde die voor de hongerige klanten die in aantocht waren uit de oven kwamen. 'Dat zijn er maar honderd per persoon. O nee, dat klinkt nog erger! Oké. We klaren die klus wel! Lopendebandwerk!'

Ze keek nog een keer naar de omzet van de vorige dag. 'Ik weet het! We doen het zo: als jullie een avond overwerken om die mince pies te maken, krijgen jullie de helft méér betaald.'

Dat beurde de meiden flink op en Flora liep naar de deur toe om het bordje OPEN om te draaien.

Om een uur of elf begonnen de meiden weer te giechelen samen. Flora was achter in de keuken en vroeg zich af hoe ze nou toch nog zo moe kon zijn. Ze had zowat negen uur geslapen! Nog maar een kop koffie dan, hoewel ze cafeïnevrij dronk nu. Misschien trapten haar hersens erin en kreeg ze er toch wat energie van.

Ze hoorde zware mannenvoetstappen het café binnenkomen, veel leken het er, en stak haar hoofd om de keukendeur om te zien wie dat waren.

Er stond een groepje nogal ongemakkelijk uitziende jongemannen voor de toonbank, allemaal bleek, met een kortgeschoren kop en een dikke jas aan. De meesten van hen waren lang en knap om te zien, met hoge jukbeenderen. Isla en Iona stonden met een schaapachtige grijns op hun gezicht bij de vitrine en zelfs de breigroep leek de pennen even te hebben neergelegd.

'Hallo!' begroette Flora de groep opgewekt.

Een van de jongens deed een stap naar voren; hij zag er verlegen uit en hield zijn pet in zijn hand. 'We willen zeventien...' Hij wees op de Christmas cake.

Flora keek naar hem op. Hij had een sterk accent en plotseling drong tot haar door waar de groep vandaan kwam.

'*Da*, natuurlijk,' zei ze met een glimlach. De jongen leek verrast. 'Jullie zijn Russisch?' vroeg ze in het Engels.

Er werd even gedempt overlegd in een taal die overduidelijk Russisch was.

'Da,' gaf de jongen uiteindelijk een beetje onwillig toe.

Isla en Iona stonden onderdrukt te giechelen terwijl ze al hun Christmas cakes in een grote zak deden. Ze zouden die dag een hoop klanten moeten teleurstellen...

'Vissers zeker?' vroeg Iona.

Het waren zo overduidelijk géén vissers dat Flora bijna in de lach schoot. Om te beginnen droegen ze allemaal grote militaire jassen.

'Da. Da.Vis,' zei de man stotterend. Hij bloosde ongemakkelijk terwijl de meiden ongeveer slap lagen van de lach.

Flora knikte opgewekt. 'Vissers,' beaamde ze. Ze wist dat het groepje flink in de problemen zou komen als iemand begon door te vragen over hoe ze zo op Mure terechtkwamen en of ze misschien met een nucleaire onderzeeër voor de kust lagen. Dus deed ze net of haar neus bloedde.

De knappe jongen bedankte hen, betaalde en draaide zich om om te gaan, toen Iona, knalrood, naar hem toe holde en een uitnodiging voor het kerstavondfeest in de Harbour's Rest in zijn hand drukte.

'Wat?' vroeg ze onschuldig toen ze Flora's afkeurende blik zag. 'Hij is superknap, toch! Ze zijn allemaal superknap!'

'Maar ze spreken geen woord Engels!' protesteerde Flora.

'Ze was ook niet van plan een goed gesprek met hem te gaan voeren,' merkte Isla op.

'Hou je kop, Isla!'

'Rustig aan jullie,' zei Flora, terwijl de breipennen weer begonnen te tikken. 'En Iona, zorg alsjeblieft dat je geen internationaal militair incident veroorzaakt.'

10

Saif was zoals gewoonlijk aan de late kant en spoorde de jongens aan om harder te lopen. Het sneeuwde echt vandaag, sneeuw die ook bleef liggen, en dus moesten ze door de storm de heuvel op. Mrs. Laird had bivakmutsen voor de jongens gebreid en hun gezichten waren nauwelijks zichtbaar, buiten Ibs lange wimpers waar wat sneeuwvlokken aan plakten. Hij was echt een knap joch om te zien, hoewel Saif in Ash het meest herkende van Amena, zijn prachtige vrouw. Ash had hetzelfde hartvormige gezicht als zij, dezelfde hoge jukbeenderen en dezelfde plotselinge, stralende lach.

Maar dat maakte het er geen centimeter gemakkelijker op hen 's morgens naar buiten te krijgen. Dat was een regelrechte nachtmerrie. De eerste zin die ze in het Engels hadden geleerd – niet op school maar thuis – was: 'Schoenen aantrekken!', omdat Saif dat elke ochtend naar hen riep.

Ze spraken nu Engels thuis, geen Arabisch, en dat vond Saif nog steeds een beetje vreemd. Neda, de maatschappelijk werker die hen begeleidde en regelmatig contact opnam om te horen hoe het met hen ging, had er juist op aangedrongen dat ze thuis Arabisch spraken en Engels op school, zodat de jongens het contact met hun wortels niet verloren.

Maar dat was op de een of andere manier te moeilijk, vond Saif. Arabisch was de taal die ze spraken toen ze nog een gezin waren – een compleet gezin. Het was de taal waarin Amena wiegeliedjes had gezongen als ze thuis met hen over het binnenplein liep om ze in slaap te krijgen, waar het rook naar diesel van de voorbijrijdende auto's en de bloesem van het miezerige granaatappelboompje in de hoek, waar ze hun kruippakjes ophing om te drogen, dat ze probeerden in leven te houden. Het was de taal van de tekenfilmpjes die ze als baby hadden gezien samen; Ash constant beweeglijk en bezig en Ib in opperste concentratie. Het was de taal van hun neefjes en nichtjes, hun ooms en tantes, alle mensen die ze nu niet meer zagen en misschien ook nooit meer zouden zien.

Nee. De enige manier om dit nieuwe leven aan te kunnen, was het gewoon te leven. Het te ondergaan en niet achterom te kijken. Ash' voorkeur voor witte bonen in tomatensaus, net zoals alle kinderen hier hadden; en Ibs onnavolgbare plezier in *The Fresh Prince of Bel-Air*, een serie waarvan Saif de lol niet inzag, al helemaal niet omdat hij al zowat dertig jaar oud was.

Maar dat waren juist de dingen die het verleden op afstand hielden. Neda zei dat ze daarmee iets kwijtraakten. Maar Saif had het bittere gevoel dat dat juist móést, wilden ze verder kunnen. Wat konden ze anders dan in het hier-en-nu leven? Hier, op deze plek, met deze taal? Hoe kon hij ze dat ontnemen?

Alleen 's nachts lukte het niet om die afstand te behouden. Dan droomde hij dat Amena op het binnenplein bij hun huis op hen wachtte en de jongens haar niet herkenden en niet met haar konden praten omdat hun moeder alleen Arabisch sprak. Dan schrok hij wakker, badend in het zweet, de lakens in een kluwen om hem heen – meestal lag Ash naast hem – en vroeg hij zich verward en radeloos af of hij dit leven kon leven. Maar dan keek hij naar zijn prachtige zoontje en dacht hij aan zijn andere prachtige zoon in de slaapkamer ernaast, die allebei rustig sliepen onder de maan en de sterren die in vrede en veiligheid boven hen stonden, en wist hij weer: ik ben hier voor hen. Hou vol! Hou vol!

Die ochtend was er een soort oploopje bij de schoolpoort. De andere ouders waren in eerste instantie een beetje afstandelijk geweest tegen Saif – niet omdat ze iets tegen hem hadden maar omdat Ib, na alles wat hij had meegemaakt, zich als een monstertje gedroeg. Hij beet, schopte en schreeuwde in een vreemde taal. Dus werd hij door de andere kinderen buitengesloten.

Dat ging nu allemaal iets beter: Ib was een goede voetballer en bleek, toen hij een stick in handen kreeg, ook een goede shintyspeler te zijn, en daar was altijd een tekort aan als ze een team probeerden te vormen. Dus werd hij nu wat meer geaccepteerd, hoewel hij gereserveerd en afstandelijk bleef.

Ash was tegenwoordig echter het lievelingetje van de meisjes en werd door iedereen gekoesterd en verwend omdat hij klein was voor zijn leeftijd, enorm grote ogen had en gewoon schattig was.

Saif wist niet of dát nou zo ideaal was – jongens en meisjes hadden niet veel met elkaar te maken gehad op de scholen waar hij zelf naartoe was gegaan – maar dat was hier natuurlijk anders. In ieder geval zat Ash in de lunchpauze niet in zijn eentje.

De gesprekken van de andere ouders verstomden toen hij vlakbij was, maar Saif was niet iemand die dat soort dingen opviel. Op het prikbord hing een lijst en het drong langzaam tot hem door dat het de rolverdeling voor het kerstspel was (waarvan hij nog steeds niet wist wat dat precies inhield). Naast de naam 'Jozef' stond Ibrahim Hassan, en naast iets wat 'herbergier' heette (dat zou hij moeten googelen), stond Ash' naam.

Iedereen keek naar Saif om te zien hoe hij reageerde. Maar hij had niet het flauwste idee wat er van hem werd verwacht. Hij moest het aan Jeannie vragen, de receptioniste van de praktijk. Hoewel hij wist dat ze een verschrikkelijke roddeltante was als het om zaken ging die ze niet geheim hoefde te houden vanwege haar beroep – zoals medische gegevens.

Dit was zo'n moment waarop hij Lorna en haar vriendschap enorm miste. O, hij miste haar om duizend redenen; zijn gevoelens voor haar waren sterk. Maar het kon niets worden tussen hen. Het kon niet. Punt! Het was moeilijk. Hij was vierendertig; fit, jong, gezond. En als de jongens 's avonds in bed lagen voelde hij zich eenzaam, heel eenzaam. Soms, als hij naar de praktijk liep 's ochtends, betrapte hij zichzelf erop dat hij liep te mijmeren over haar prachtige rode haar, haar lieve sproetjes, haar warme lach. Maar het kon niet. Het was onmogelijk. Hij was getrouwd. Hij had een gelofte afgelegd. Dat hij zich zo tot haar voelde aangetrokken, betekende alleen maar dat hij uit haar buurt moest blijven. Dat was voor iedereen het beste. Ook voor Lorna. Hij kon haar niet geven wat ze wilde.

Er was nog steeds geen nieuws uit Syrië; Amena's eigen familie was uiteengevallen en zat voor het grootste deel in Turkije. Het contact was moeizaam en beperkt. Het enige wat hij wist, was dat ze op een ochtend was weggegaan om brood voor de jongens te gaan halen en nooit meer thuis was gekomen.

Saif had gestudeerd. Hij was erin getraind om logisch en rationeel te denken. En Ockhams scheermes – de wetenschappelijke gedachte dat de eenvoudigste uitleg van iets naar alle waarschijnlijkheid correct is – gold hier ten zeerste.

Maar er bleef altijd een kans, een heel kleine kans, dat Amena nog leefde. Een heel kleine kans dat zijn jongens nog een moeder hadden, dat zijn gezin zou worden herenigd. Daar moest hij in geloven. Dat móést.

Maar hij miste Lorna zo verschrikkelijk.

II

Toen Saif bij de praktijk aankwam, stond daar de gewone rij oude vrouwtjes, soms met een onwillige man ernaast, te wachten. Na een korte blik schatte hij in dat hij die ochtend te maken zou krijgen met diabetes, hoge bloeddruk, stemmingsverbeteraars en... Mrs. Giffney.

Mrs. Giffney was een apart geval. Een maand of zo geleden had hij een fout gemaakt door haar, toen hij helemaal niets meer kon bedenken om de geheimzinnige pijnen in haar zij te behandelen – die bij geen enkel ziektebeeld pasten en niet op iets wat ook maar in de buurt van iets ernstigs kwam duidden, maar waarschijnlijk meer te maken hadden met het feit dat ze haar hond op haar heup droeg als het regende (en het regende zowat altijd) – in plaats van een of ander duur westers middel om spierpijn te verlichten, een traditionele geneeskrachtige massageolie aan te raden die ze vroeger thuis gebruikten. Het had blijkbaar geweldig gewerkt (en viel ook samen met een zeldzame periode van ongewoon droog weer) en sindsdien was Mrs. Giffney ervan overtuigd dat hij de een of andere traditionele sjamaan was, en vertelde ze iedereen die het maar wilde horen dat ze om zijn traditionele middeltjes moesten vragen – een advies dat door een verrassend aantal patiënten werd opgevolgd.

Saif dacht echter dat het niet zozeer de middeltjes waren, maar tijd en aandacht die voor het wonder hadden gezorgd. Als hij echt dacht dat het nut had, had hij zijn traditionele zalfjes, oliën en kruidenextracten met alle liefde voorgeschreven. Maar Mrs. Giffney viel niet te overtuigen, net als een aantal van haar medestanders die op het spreekuur kwamen en vroegen of hij niet een smeerseltje of een kruidje had in plaats van de reguliere medicijnen, en dus was Saif overstag gegaan; hij had gedroogde koriander besteld via het internet en raadde de dames tegenwoordig aan daar, naast hun gewone medicijnen, een klein snufje per dag van te nemen – waarbij hij hun op het hart drukte zijn instructies uiterst precies op te volgen.

'Wat houdt dat kerstspel op school eigenlijk in?' vroeg hij Jeannie zo nonchalant mogelijk. Hij kende het kerstverhaal natuurlijk wel min of meer, maar wist niet goed wat er op school ging gebeuren.

Jeannie grijnsde breed. 'O ja, Ib heeft de hoofdrol, hè? Ach, wat worden ze toch voorgetrokken, en alleen maar omdat ze niet uit Mure komen. Ze pikken alle goede rollen in...'

Saif schrok. Jeannie wist altijd alles. 'O? Is het niet goed?'

'Nee, ik plaag je maar,' zei Jeannie. 'Het kerstspel is het hoogtepunt van de hele kerst. En daarna is er ook nog een groot feest op de boerderij van de MacKenzies.' Ze fronste haar voorhoofd bij het zien van zijn ongeruste gezicht. 'Heb je liever niet dat ze een rol hebben in de uitvoering?'

Saif rechtte zijn schouders. 'We zijn in een nieuw land,' zei hij, terwijl hij zich bezorgd afvroeg of de autoriteiten zouden nagaan of hij wel had meegedaan. 'Dus doen we alles wat er van ons wordt... geëist.'

'Het is niet iets vervelends, het is juist leuk. In ieder geval, dat vinden we op Mure,' zei Jeannie. 'Maar het is geen eis, het is niet verplicht of zo, hoor.'

Saif slaakte een zucht. 'Nee, nee, het is prima.'

'Kerstmis wordt moeilijk voor je,' zei Jeannie meelevend.

Ze bedoelde dat het moeilijk voor hem was omdat hij alleen was. Maar Saif dacht dat ze bedoelde dat het moeilijk voor hem was omdat hij nooit eerder zo'n kerstspel op school had meegemaakt.

Ze knikten allebei ernstig en Saif pakte de stapel papieren die voor hem klaarlag op Jeannies bureau en liep ermee naar de spreekkamer.

12

Joël haatte New York. Hij haatte alle grote steden. Zelfs als ze op hun mooist waren met overal fonkelende lichtjes en als het zachtjes sneeuwde, stonk het er naar uitlaatgassen en hotdogs en was het er overvol: overal schreeuwende mensen, toeterende taxi's en toeristen op straat.

Colton was bezig met wat de artsen 'orde op zaken stellen' noemden, wat in Coltons geval nogal een klus was. Joël moest ervoor zorgen dat alle contracten waterdicht waren. Colton wilde alles afgewikkeld hebben: al zijn geld, behalve zijn bezittingen op Mure – het huis en The Rock gingen naar Fintan – moest naar goede doelen. Het was een eenvoudige en heldere opdracht, een opdracht waarvan iedereen helemaal op tilt sloeg.

Maar dit bezoek aan de stad betekende voor Joël veel meer: het was een test. Afgelopen zomer was hij enigszins ingestort en daarom was dit, zoals Mark het graag uitdrukte, een voorproefje van zijn nieuwe, kalmere manier van leven. De zomer was zwaar geweest, voor hen allemaal. En als hij in een ander tempo wilde blijven werken, moest hij uitproberen of hij dat kon. Hij was nu drie dagen in de stad en logeerde bij Mark en Marsha, zodat hij niet in zijn eentje op een hotelkamer zat. Mark en Marsha hielden in de gaten dat hij niet te veel uren werkte en niet te veel tijd in zijn eentje doorbracht.

Zijn eerste avond in New York had het hem verbaasd hoe rustig hij zich voelde. Hij was bij Mark en Marsha in hun prachtige appartement op de bovenste verdieping van een vooroorlogs gebouw aan de Upper East Side – met alle ramen dicht tegen het verkeerslawaai – en zat met Mark voor het haardvuur.

'Geef mij maar een flinke sneeuwstorm,' had hij opgemerkt, 'dat voelt een stuk huiselijker.'

‘Tja, New York,’ had Marsha gereageerd. ‘Altijd ijskoud of bloedheet.’

‘Ach, dat is het thuis elke dag,’ had Joël glimlachend gezegd. ‘Je went eraan.’

‘Hoor ik het nou goed?’ vroeg Mark, die even was opgestaan om een enorme trui aan te trekken waarin hij wel een Griekse kerstman leek. ‘Hoorde ik je nou iets zeggen wat begint met een “t” en eindigt op een “s”?’

Joëls glimlach verbreedde zich. ‘Ik moet je nog een keer bedanken voor afgelopen zomer,’ zei hij.

‘O, daar moet je míj niet voor bedanken,’ zei Mark. ‘Bedank die Flora van je maar!’

Joël rolde met zijn ogen. ‘Nou...’

Mark en Marsha keken hem verwachtingsvol aan. ‘Wat? We vroegen ons af hoe het gaat. Niet dat het onze zaken zijn natuurlijk...’

13

Flora was kruidkoekjes aan het bakken en stond te twijfelen of ze Joël nou zou bellen, of niet. Nee. Misschien kon ze Fintan om advies vragen, dan dacht hij even aan iets anders. Nee, dat was ook geen goed idee. Hoe meer mensen het eerder wisten dan Joël, hoe erger het was. Punt.

Zo stond ze te piekeren, diep in gedachten verzonken en zich niet bewust van haar omgeving, toen het belletje boven de deur rinkelde. Eerst dacht ze dat het de Russische vissers weer waren voor Iona, maar de man die binnenkwam had helemaal niets militairs: hij droeg een spijkerbroek met een grote riem waar zijn enorme pens overheen hing en een geruit shirt met een raar soort jack erover dat openhing – wat niet verstandig leek met dit weer. Hij had zware wenkbrauwen, een rood gezicht en leek ergens in de vijftig; hij zag er niet echt goed uit voor zijn leeftijd.

Flora glimlachte beleefd. Het zou wel een toerist zijn die, terecht, dacht dat Kerstmis op de eilanden een bijzondere beleving moest zijn waarover hij later kon opscheppen tegen zijn vrienden, maar was vergeten te checken hoe het weer dan zou zijn.

'Goedemorgen,' riep ze. De man bleef staan bij de deur. 'Kan ik iets voor u doen?'

De man kneep zijn ogen tot spleetjes. 'Hi!'

Een Amerikaan, maar dat had ze al meteen gezien toen hij binnenkwam. 'Kan ik iets voor u doen?' vroeg ze opnieuw met een beleefde glimlach.

De man glimlachte niet terug, wat niet bepaald Amerikaans was; gewoonlijk waren mensen uit de Verenigde Staten juist helemaal blij dat ze er waren en begonnen ze meteen te vertellen dat ze op rondreis waren door Groot-Brittannië en dat een van hun grootouders van het eiland kwam... of in ieder geval van een eiland hier vlakbij... Ierland, maar dat was zowat hetzelfde toch?

'Ik zoek iemand,' zei de man. Het klonk nogal dramatisch; Flora zag meteen een pianist in een oude westernbar voor zich die abrupt ophield met spelen.

'O?' vroeg ze behoedzaam. Hoe vaak ze ook was weggeweest van het eiland en hoe ver ze ook had gereisd, ze bleef in hart en nieren een Mure-meisje dat iedereen op het eiland kende en andersom, en deze vent kende ze zeker níét. Dus bleef de glimlach op haar gezicht geplakt, maar was ze op haar hoede.

De man begon naar haar toe te lopen nu. Hij keek om zich heen met een gezicht alsof hij Annies Café maar niks vond, wat Flora nog wantrouwiger maakte dan ze al was. Toen hij haar aankeek, deden zijn waterige grijsblauwe ogen haar aan iemand denken, maar aan wie, dat schoot haar niet te binnen.

'Ik ben op zoek naar Colton Rogers,' zei de man nu bijna grommend.

Flora knipperde met haar ogen. De man had iets... Ze wist het niet precies. Misschien was ze overgevoelig of zo. Of misschien werd je automatisch voorzichtiger als je zwanger was. Of misschien kwam het doordat hij... gewoonweg onvriendelijk deed?

'Kan ik iets voor u inschenken? Thee? Koffie?' bood ze aan.

De man wierp een minachtende blik op het glimmende koffieapparaat. 'Nah,' zei hij.

Was het nou maar niet zo rustig vanmorgen, dacht Flora. Ze voelde zich unheimisch. En buiten hing ook nog een dikke, ijskoude mist, wat de enigszins sinistere sfeer versterkte.

'Colton Rogers? Hoezo?' vroeg ze beleefd.

De man slaakte een zucht en zag er plotseling vermoeid uit. 'Omdat hij mijn broer is,' antwoordde hij.

Opeens begreep Flora waarom zijn ogen haar bekend voorkwamen. Ze hadden precies dezelfde blauwe kleur als die van Colton. Hoewel Coltons blik altijd verzachtte als hij glimlachte en er dan een krans van vriendelijke rimpeltjes om zijn ogen verscheen... Nou, vroeger dan. Sinds zijn ziekte was zijn gezicht op een vreemde manier strakker geworden, van de medicijnen waarschijnlijk, en waren zijn rimpels verdwenen – tegenwoordig was zijn huid zelfs bijna glad. En omdat hij ook nog was vermagerd, leek hij bizar jong, bijna een kind.

Deze man zag er heel anders uit, maar toch was er, als je goed keek, een gelijkenis. Hoewel ze zich echt met geen mogelijkheid kon voorstellen dat deze man zijn hoofd naar achteren zou gooien om uit te barsten in een schaterlach – zoals Colton vroeger. Nooit. Nergens om. Echt nooit... Van de weeromstuit begon ze drukdoend schoon te maken. 'Weet hij dat u komt?' vroeg ze.

De man snoof. 'Nee. Colton is niet in ons geïnteresseerd,' zei hij – het klonk als 'geïnnesseerd'. 'Hij wil niks met ons te maken hebben. We zijn maar familie, dat stelt niks voor. Pff.'

Flora knipperde met haar ogen. 'Tja... Eh... Ik kan niet... Ik bedoel... Hebt u Fintan gesproken?'

De man fronste zijn voorhoofd. 'Wíé?'

14

Uiteindelijk glimlachte Flora zo vriendelijk als ze kon en vluchtte ze als een haas de keuken in, waar ze onmiddellijk Fintan belde.

Fintans stem klonk gedempt toen hij opnam en ze hoorde dat hij opstond en de kamer uit liep, terwijl hij geruststellend tegen Colton sprak.

'Hoe gaat het met hem?' vroeg ze.

'Nou, wat denk je? Hij ligt dood te gaan,' antwoordde Fintan bot. Toen beheerste hij zich. 'Sorry, Flores. We hebben een heel slechte nacht achter de rug. Ik bleef maar denken dat hij niet meer ademde.'

'Fuck,' reageerde Flora. Er viel weinig anders te zeggen.

'Hij is slechter dan toen je hier was. Hij zakt steeds verder weg, ik raak hem steeds verder kwijt,' zei Fintan met tranen in zijn stem. 'Ik herken hem niet meer. Ik kan me nauwelijks nog voorstellen hoe hij was.'

'Ergens diep vanbinnen is hij er nog,' zei Flora troostend.

'Nee, ik denk van niet,' zei Fintan. Zijn stem haperde. 'Flora, ik denk dat hij wil gaan.'

Flora zweeg. Dat kon ze goed begrijpen. Coltons bestaan bestond nu alleen uit pijn; hij werd van binnenuit verteerd. Natuurlijk wilde hij gaan. Er was maar één uitgang, hoe hartverscheurend dat ook was.

'Hij kan hier... Hij kan hier niet blijven voor míj...' Fintans stem was nu een fluistering.

'Ik weet het...' Ze vond het echt vervelend hem nu over die vent in het café te moeten vertellen. 'Fintan, er staat hier... Er staat hier iemand in het café,' fluisterde ze.

'Wat?' vroeg Fintan verbouwereerd.

'Er staat hier iemand...'

'Wat? Wat is er? Ben je overvallen? Word je vastgehouden?' vroeg hij gealarmeerd.

'Nee! Hoe kom je daar nou bij?'

'Je fluistert zo! Ik dacht... Ik dacht dat iemand je onder schot hield of zo.'

'Dan bel ik jóú toch niet!'

'O, nou, bedankt!'

Hij klonk in ieder geval weer een beetje als de oude Fintan, dacht Flora. 'Nee, ik bedoel dat er een of andere vent hier in de zaak staat, die zegt dat hij Coltons broer is.'

Niemand van Coltons familie was op zijn bruiloft geweest. Toen hij uit de kast kwam, hadden de meesten niets meer met hem te maken willen hebben, en Colton noemde ze altijd een stelletje stomme boerenlullen; hij had ze er niet bij willen hebben op het feest.

'O, verdomme!' zei Fintan. 'Hij heeft ze niet eens verteld op welk eiland hij woont.'

'Ja, dan had hij het internet maar niet moeten uitvinden,' zei Flora.

'Jezus, hij heeft het internet niet uitgevonden... Hij heeft er alleen een boel geld in gepompt zodat anderen het konden uitvinden.' Fintan zuchtte diep.

'Wat wil je dat ik doe? Moet ik zeggen dat Colton hier niet woont? Gewoon keihard liegen? Ik mag die vent niet.'

'Aha, je begint je natuurlijke wantrouwen jegens buitenstaanders weer terug te krijgen! Een rasechte eilander! Jezus, weet ik veel. Geen idee wat Colton wil...'

'Niet?'

'Nou ja, hij zegt altijd dat hij niks meer met zijn familie te maken wil hebben, maar dat kan ook stoerdoenerij zijn. Ik bedoel, je weet het niet. Uiteindelijk is het familie. Enne, zelfs al zijn familieleden bloedirritant – zoals jij onder anderen – het blijft familie...'

'Weet zijn moeder überhaupt wel dat hij stervende is?' vroeg Flora zacht.

Het bleef lang stil. Toen zei Fintan: 'Goed. Ik praat wel met hem. Hoe heet-ie?'

Flora haalde haar schouders op, wat blijkbaar zelfs via de telefoon duidelijk was.

'Nou, knap dat je dat weet, je zou een goede detective zijn. Maar oké, Colton gaat zo slapen en dan kom ik naar je toe. Zorg dat hij daar blijft.'

'O, en hoe had je gedacht dat ik dat moet doen?'

Maar Fintan had al opgehangen.

Fintan liep zachtjes weer de slaapkamer in. De zware gordijnen waren open, maar door de dikke mist buiten leek het alsof ze op zee dobberden. Colton was wakker, maar zijn ogen stonden afwezig; hij staarde in het niets en Fintan betwijfelde of hij er wel echt 'bij' was.

'Colt?' zei Fintan terwijl hij naar het bed toe liep. Hij kreeg een klein lachje als antwoord, wat een goed teken was. Fintan ging op de rand van het bed zitten en pakte Coltons hand – voorzichtig om de infusen te ontwijken. 'Oké. Eh... Het schijnt dat je broer hier op het eiland is.'

Coltons reactie was verbijsterend: alsof hij een adrenalineshot kreeg. Hij probeerde overeind te komen en zijn ogen stonden opeens alert. Even leek hij weer zijn messcherpe oude zelf.

'Tripp? Die klootzak? Echt? Waar haalt-ie de gore moed vandaan!'

Fintan staarde hem aan.

'Wat?' vroeg Colton. 'Ik wil hem niet in mijn buurt hebben!'

'Eh...'

'Ik meen het, Fintan. Heb je me gehoord? Ik haat die klootzak.'

Op dat moment hield Fintan meer van Coltons broer dan van wie of wat dan ook ter wereld, omdat hij de oude Colton even terug had gebracht – ook al was het dan een woedende.

'Begrepen,' zei Fintan met een kneepje in Coltons hand. 'Oké. Vertel me dan maar wat je wilt dat ik met die klootzak doe.'

Tripp had een normale – dikmakende – cola aangenomen en zat die zwijgend op te drinken terwijl hij bezig was met zijn telefoon. 'Wat is het wifiwachtwoord hier?' vroeg hij chagrijnig.

'Sorry, we hebben geen wifi,' zei Flora.

De beperkte wifiontvangst op Mure begon al te haperen als er meer dan één iemand gebruik van maakte, dus had Flora besloten er helemaal niet aan te beginnen. En het was een bijkomend voordeel dat ze op die manier niet opgescheept zat met natte, ongelukkige vakantiegangers die de hele dag op één kopje thee in het café bleven hangen. Dat was misschien hard en ze had wel medelijden met ze, maar ze moest ook leven, tenslotte. Die toeristen konden ook in de bibliotheek terecht, toch?

'Verdomme,' mopperde hij.

'Ik heb helaas nog steeds niets van eh... Fintan gehoord.'

De man reageerde niet, hij leunde naar achteren alsof hij van plan was zo te blijven zitten totdat hij bereik had, wat waarschijnlijk ook het geval was.

'Wilt u misschien iets eten?' vroeg Flora in een poging beleefd te zijn.

'Ja. Ik kan wel een burger gebruiken,' zei de man.

Flora fronste haar voorhoofd. 'Eh... Ik ben bang dat we geen burgers hebben. We serveren wel quiches...'

'Quiches?' reageerde de man op een toon alsof ze hem een dode rat had aangeboden. 'Nou... dan maar niet.' Hij keek om zich heen. 'Heb je pannenkoeken?'

Eigenlijk stonden er ook geen pannenkoeken op de kaart, maar Flora wilde heel graag een tijdje de keuken in verdwijnen en vond het geen probleem om zoiets eenvoudigs als een pannenkoek te bakken, dus antwoordde ze met een glimlach: 'Tuurlijk!'

Hij wilde pannenkoeken met spek en stroop en die ingrediënten had ze allebei in huis. Hoeveel hij er wilde was niet helemaal duidelijk, dus maakte ze er uiteindelijk negen.

In de tijd dat hij die naar binnen zat te werken, kwamen er vier verschillende groepjes klanten binnen die zagen wat hij zat te eten en óók pannenkoeken bestelden. En omdat ze supergemakkelijk waren om te maken en haast niets kostten, zette Flora ze uiteindelijk op de kaart. Ze bleken een enorm succes en lekker veel winst op te leveren. Dus uiteindelijk had ze in ieder geval één reden om dankbaar te zijn dat Coltons broer ooit in haar zaak was geweest.

'Blijft u hier lang?' vroeg ze terwijl hij zat te eten.

Na een flinke slok cola antwoordde hij: 'Geen idee', waarna hij de volgende hap in zijn mond stak. Uiteindelijk verorberde hij de hele stapel en trok zelfs nog een spijtig gezicht omdat ze op waren.

Zodra Saif er was voor zijn dagelijkse check-up, haastte Fintan zich naar Annies Café. Toen hij binnenkwam bleef hij even staan om de man te bekijken die zich gestaag door de stapel pannenkoeken heen werkte, en liep toen snel door naar Flora, die hij met zijn ogen naar de keuken dirigeerde.

'Hij ziet er niet bepaald aardig uit,' merkte hij op toen ze bij het fornuis stonden en Flora de radio harder had gezet.

'Nee,' zei Flora. 'Wil je dat ik zeg dat hij moet vertrekken?'

'Nou, ik weet het niet. Moet je horen...' zei Fintan, en hij vertelde over Colton die plotseling weer helemaal terug was op de wereld.

'Wacht even,' zei Flora. 'Bedoel je nou dat je blíj bent dat die vent er is?'

Fintan had diepe, donkere kringen onder zijn ogen. 'Flora! Hij is terug! Hij ís er weer. Mijn Colton. Hij is weer bij me.'

'Maar hij is woedend!'

'Hij is laaiend,' beaamde Fintan. 'Maar anders... anders kwijnt hij gewoon weg tot er niets meer van hem over is.'

'Dus je wílt juist dat Colton zich kwaad maakt?'

'O god!' Fintans gezicht vertrok. 'Als je het zo zegt, klinkt het afschuwelijk.'

Flora zuchtte diep.

Fintan nam haar op, alsof hij haar nu pas goed zag. 'Wat is er met jou? Je bent boller in je gezicht. Nee, je bent helemaal boller!'

‘Hou je kop,’ zei Flora. ‘Maarre... Ik zat ook te denken... Over familie en zo...’

‘Disfunctionele units waar je absoluut geen controle over hebt – hoe irritant ze ook zijn?’ typeerde Fintan sarcastisch.

‘Ja, ja, dat ook. Maar toch. Ik bedoel, als ik een zoon had of... Ik bedoel, als een van jullie op sterven lag...’

‘Zelfs Hamish?’

‘Zelfs Hamish! Tuurlijk! Jezus! Hou je kop! Ik bedoel... Het is de enige familie die hij nog kan zien.’

‘Nee, hij heeft mij,’ zei Fintan.

‘Ja. Ja, dat snap ik, ik probeer alleen maar te helpen, hoor!’ zei Flora. ‘Volgens mij zijn er twee goede redenen om die vent naar hem toe te laten gaan. Eén omdat Colton ervan opleeft en twee omdat... omdat ik geloof dat het goed is om dat te doen.’

‘Maar stel dat het een gigantische klootzak is?’

‘Familie kies je niet,’ zei Flora. ‘Dat hoor jij toch zo onderhand wel te weten.’

Ze glimlachten naar elkaar, hun oude strijdbijl allang begraven.

‘Maar je bent écht boller aan het worden...’ zei Fintan. ‘O! Ben je pannenkoeken aan het bakken? Mag ik er ook een paar?’

15

Tripp logeerde in de Harbour's Rest, begreep Flora de ochtend daarop, toen ze naar Annies Café liep en een enorme, glimmende SUV voor het hotel zag staan. De meeste mensen brachten geen auto's mee naar Mure; het eiland was er niet voor gemaakt, met zijn smalle landweggetjes vol hobbels en kuilen. Je kwam naar Mure om er te wandelen en te genieten van de natuur, van het prachtige uitzicht achter elke bocht, van de fazanten die als eigenwijze peuters midden op de weg waggelden, om te zien hoe de reigers hun vleugels uitsloegen, hoe de zon de kleuren van de hoog oprijzende bergen steeds veranderde en om het leven te overpeinzen op een laag stenen muurtje midden op de dieppaarse heide. In een auto was je Mure zó rond. En de vraag was: waarom zou iemand dat in vredesnaam willen?

Dus concludeerde Flora dat het Tripps auto moest zijn, en ongeveer een halfuur later bleek ze gelijk te hebben toen Tripp nogal katterig binnen kwam strompelen – waardoor ze zich afvroeg of hij was gevallen voor de verlokkingen van Inge-Britts verzameling stoffige whiskyflessen. Hij maakte een opmerking over de koffie bij de Harbour's Rest die, als je die koffie nog nooit had geproefd, ontzettend onbeschoft klonk.

Hoe kon het zijn dat twee broers niet eens één nachtje een dak boven hun hoofd konden delen? peinsde Flora. Wat was er gebeurd, hoe kwam het dat een gezin zo onherroepelijk uit elkaar viel? Toen dacht ze aan Joëls jeugd en streek ze onbewust over haar buik, terwijl ze probeerde zich geen zorgen te maken.

Tripp had last van een jetlag en vroeg zich verbijsterd af waarom het zo verdomd koud was op dit eiland. Hij nam alle instructies nog eens door die hij na het overleg met zijn haastig opgetrommelde familieleden in Delaware had gekregen. Uiteindelijk was unaniem besloten dat híj degene was die hierheen moest, aangezien zijn stomme zus alwéér midden in een echtscheiding zat en vond dat alles om háár draaide, en zijn ouders te oud waren voor zo'n reis. Bovendien was zijn vader nog steeds zo'n klootzak die enorme problemen maakte over het feit dat Colton een flikker was. Daar was Tripp zelf ook niet blij mee... Maar daar ging het nu niet om.

Tripp zuchtte diep. In Delaware leek het een makkie om naar Scotchland of hoe het ook heette hier te gaan. Hij zou gewoon bij Colton binnenlopen en hem eens goed de waarheid zeggen, zoals vroeger toen ze klein waren en Colton zo'n watje was, zo'n suffe nerd waar je geen ene reet aan had. Zo'n suffe zak die nooit eens naar buiten kwam voor een potje voetbal, maar altijd binnenbleef, vastgeplakt aan dat stomme microcomputertje van hem waar hij altijd mee in de weer was. Of anders was-ie iets aan het bouwen waarvan de lichtjes vanzelf aangingen of wat geluiden maakte of zoiets stoms.

Colton was gewoon een watje dat zich altijd op de kop liet zitten. Op school was 'Colton pesten' de grootste sport geweest; die sukkel van een broertje van Tripp het leven zo zuur mogelijk maken. Tripp had het supergrappig gevonden: dat zou hem leren zo'n mietje te zijn. Pa dacht er net zo over, en Janey, hun zus, kon het allemaal niks schelen – haar broers interesseerden haar geen ene mallemoer. Pa vond dat Colton moest leren terug te vechten. Maar dat bange jankjoch kwam nooit voor zichzelf op en werd alleen maar erger gepest.

Tripp schaamde zich voor hem, het was een ongelofelijke zielenpiet. Wat een sukkel dat hij niet doorhad dat je alleen maar terug moest vechten. Dat was alles – ook als je verloor, had iedereen respect voor je. Zo moeilijk was dat toch niet? Oké, hij wilde niet voetballen. Maar dan was hij toch lang genoeg om te gaan basketballen? Of wat dan ook? Iéts? Waarom moest hij zich verdomme elke lunchpauze opsluiten in het scheikundelokaal? En een omweg nemen naar huis? Sukkel. Tripp begreep niet dat ze überhaupt familie waren. Zelfs ma werd wanhopig van Colton: altijd verkouden, altijd een snotneus met die astma en hooikoorts van hem. En elk virus dat er maar rondwaarde, pikte Colton op. Tripp was er zeker van dat het allemaal aanstellerij was zodat hij niet naar school hoefde. Watje.

Hij was zelf op zijn zestiende van school gegaan en in de autoverkoop gaan werken bij pa. Hij was er goed in: een ondeugend grapje voor de dames, een beetje lullen over sport met de mannen, en klaar was Kees! Hij was in hetzelfde dorp blijven wonen en met de lekkerste meid van school getrouwd – die uiteindelijk een verschrikkelijke bitch bleek te zijn.

Colton was op zijn achttiende naar Caltech of zoiets vertrokken; een of andere universiteit. Ver weg. Verder weg kon zowat niet. Tripp had er natuurlijk geen traan om gelaten...

Totdat hij hoorde dat zijn suffe, zielige broertje in de krant stond. In het begin waren het kleine berichtjes, op de economiepagina van kranten die Tripp nooit las, maar die zorgvuldig werden bewaard door zijn moeder.

Dat kwam steeds vaker voor en het werden ook steeds langere artikelen, waarin veel drukte werd gemaakt over een of andere informatieverzamelingsservice waar Tripp geen interesse in had en waarin hij zich dus ook nooit verdiepte. In ieder geval werd er in dat soort artikelen gesmeten met termen als 'revolutie' en 'wonderkind' en viel het woord 'miljardair' ook regelmatig – waar hij helemaal niet vies van was.

Colton kwam nooit, maar dan ook nooit meer terug naar huis. Nadat hij op zijn achttiende was vertrokken, verdomde hij het om zijn gezicht te laten zien. Nooit! Niet met Thanksgiving. Niet met Kerstmis. Niet op Tripps twee bruiloften en ook niet op Janeys twee bruiloften. Ach, hij stuurde wel een vette cheque met een bedrag erop waarvoor je een huis kon kopen, maar dat was het dan... Janey had haar neus opgehaald, het geld geïnd en Coltons naam nooit meer genoemd. Tripp had hem een keer of twee proberen te bellen, maar was met geen mogelijkheid langs zijn secretaresse gekomen.

En Colton had al zijn schoolgeld ook terugbetaald aan zijn ouders, en zelfs, zonder daar ruchtbaarheid aan te geven, de hypotheek op het huis van zijn pa en ma afgelost – plus nog een bepaald bedrag op hun rekening gestort. Als ze het hadden nagerekend, zouden ze geweten hebben dat het exact was wat het gemiddeld kostte om een kind van de geboorte tot volwassenheid groot te brengen – geïndexeerd met het inflatiequotiënt.

En daarna hoorden ze helemaal niets meer van Colton, wat de familie Rogers, van wie je dankbaarheid zou verwachten, nog meer irriteerde. Een paar ton, wat betekende dat nou helemaal voor een miljardair, redeneerden ze.

En wat het nog erger maakte: het hele dorp wist dat Colton er een van hén was. Er werd enorm geroddeld; het gerucht ging dat de familie Rogers stinkend rijk was. Waarom woonden ze in vredesnaam nog in hetzelfde huis en reden ze in doodnormale auto's, vroeg iedereen af. En waarom kwam Colton nooit op bezoek? Mrs. Rogers voelde zich er knap ongemakkelijk door op haar kaartclubje. Normaliter was zíj degene die kwaadsprak over anderen, maar dat de rollen nu waren omgedraaid, was ronduit verschrikkelijk. Pa Rogers noemde de naam van de zoon die nooit meer op bezoek kwam nooit; de zoon die hem diep had vernederd door zijn hypotheek af te lossen. En Janey interesseerde het allemaal geen ene reet...

Maar het stak Tripp. Het smeulde in zijn binnenste. Het broeide. Hij verdiende heus genoeg met de autoverkoop. Natuurlijk. Maar hij moest zich wel elke dag kapotwerken – weer of geen weer. Hij wist niet wat Colton de hele dag uitvrat, maar hij had zat foto's gezien: een en al tripjes in privévliegtuigen en met zijn tronie op de voorkant van een of ander tijdschrift staan.

Toen stonden de kranten er opeens vol mee – Colton Rogers die al zijn investeringen terugtrok en zijn bedrijven afstootte. Het had zelfs effect op de aandelenmarkt gehad – zijn suffe kleine broertje was blijkbaar zo belangrijk dat hij de koersen kon beïnvloeden. Het had de krantenkoppen gehaald. Colton Rogers was onvindbaar, iets wat blijkbaar werd geaccepteerd omdat dat vrij normaal was voor een excentrieke miljardair. Maar niet voor de familie! Die vond het onrustbarend. Waar was hij mee bezig? Wat probeerde hij te verbergen? En, belangrijker, wat ging hij in vredesnaam met al zijn geld doen?

Intussen was pa ouder en kwetsbaarder en nog lomper dan vroeger geworden en werd duidelijk dat ma hem niet langer aankon. Ze moesten geld hebben zodat hij verzorging kreeg, maar zowel Janey als hij had na de twee scheidingen geen spaargeld meer, en natuurlijk konden ze ma ook moeilijk uit huis zetten om dat te verkopen.

Toen had hij iets gezien over een artikel in *Forbes*, waarin een of ander Schots eiland werd genoemd waar Colton vaak zat en waar hij zogenaamd bezig was een golfbaan aan te leggen. Maar daar klopte niks van – er was nog geen spade in de grond gestoken. En daarom was er tijdens het familieoverleg besloten dat er iemand 'poolshoogte moest gaan nemen'.

Tripp zag het niet graag als bedelen. Het was iets 'duidelijk maken', meer niet. Dat de familie geld nodig had, dat hun ouders verzorgd moesten worden. En Colton zwom in het geld, hij had miljarden, dus... Het was niet meer dan fair.

Flora bracht hem toch maar een kop koffie. Tenslotte was hij eigenlijk, gek genoeg, haar zwager. Tripp zag er dood- en doodmoe uit, met enorme wallen onder zijn ogen.

'Goed geslapen?'

Hij keek naar haar op. 'Nee,' zei hij. 'Niet met al die blaffende honden de hele nacht.'

Flora fronste haar voorhoofd. Voor zover zij wist, waren er op Mure geen hysterische blaffers, en ze kende alle honden. Natuurlijk, de herdershonden blaften naar de schapen als ze aan het werk waren, maar niet 's nachts. O! Er ging haar een lichtje op. 'Dat zijn geen honden,' zei ze.

'Huh?'

'Dat zijn robben.'

'Robben?'

'Zeerobben. U kent ze wel...Van die dikke, grijze beesten.'

'Krijg nou wat! Ik wist niet dat die ook blaffen!'

Het begon Flora steeds duidelijker te worden dat er een hoop dingen waren die Tripp Rogers niet wist, maar ze paste wel op toevallig iets uit haar mond te laten vallen en iets te verraden wat niet aan haar was om hem aan het verstand te brengen.

'En? Gaat u vandaag op bezoek bij Colton?' vroeg ze voorzichtig, bang te veel te zeggen.

'Ik hoop van wel. Ik moet wachten tot ik iets van die jongen, die manager van hem hoor.'

Flora keek hem fronsend aan.

'Je weet wel... Ik weet zijn naam niet meer. Die enge nicht.'

Het bleef even stil. Flora had het liefst de hele koffiepot over zijn kop leeggegooid. Net op tijd bedacht ze dat Amerikanen erom bekendstaan van alles een rechtszaak te maken. Maar toch. Er waren grenzen.

'Sorry,' zei ze. 'Ik ben bang dat ik dat soort uitspraken niet tolereer hier. Ik verzoek u te vertrekken.'

'Gelul!'

'Echt niet! Opstaan!'

Tripps blik dwaalde af naar de keuken, waar Iona de eerste plakken Lorne-worst voor het ontbijt stond te grillen. Het rook verrukkelijk. Daarbij had Isla net een paar grote, nog warme, knapperige broden uitgestald op de toonbank, versgebakken door de onbetaalbare Mrs. Laird. Tripps gezicht betrok. 'Maar waar moet ik dan...'

'Ga maar naar de Harbour's Rest, daar serveren ze ook een ontbijt,' zei Flora afgemeten, hoewel ze heel goed wist dat Inge-Britt meestal pas anderhalf uur later aanstalten begon te maken om iets klaar te maken voor haar gasten. Flora was witheet van woede.

'Jezus, een mens kan tegenwoordig ook niks meer zeggen...'

'O, u kunt zeggen wat u wilt,' reageerde Flora kil. 'Alleen niet hier in mijn zaak.'

'Pff,' zei Tripp. Hij mompelde binnensmonds iets wat klonk als 'bitch' en kwam moeizaam overeind met zijn dikke lijf.

Hij draaide zich om om te gaan en even baalde Flora dat ze nu niet in de gaten kon houden wat er allemaal gebeurde met die broer van Colton, maar dat was dan maar zo. Ze accepteerde niet dat er iemand binnen kwam wandelen en haar broertje beledigde. Dat was háár voorrecht tenslotte.

16

Na een vrij oneetbaar ontbijt dat Inge-Britt zowat moest losbikken van haar smerige grill, was Tripp nóg slechter gehumeurd. Hij liep het hotel uit om naar zijn auto te gaan, maar rekte zich buiten eerst nog een keer uitgebreid uit – zonder te zien hoe prachtig roze de nieuwe ochtend kleurde. De mist van de dag ervoor was opgetrokken en het uitzicht voor hem was fantastisch: het haventje met daarachter het heldere water dat zich uitstrekte tot het vasteland aan de overkant, ver, ver weg, en de vroege veerboot die mensen en goederen bracht en voorzichtig keerde in het kolkende water om aan te meren aan de kade.

Tripp was met z'n hoofd bij zijn broer en hoe vreemd het was om hem straks, na twintig jaar, weer te zien. Maar hij was niet bang voor hem, hoor; hij kon hem nog steeds een goed pak op z'n flikker geven als hij wilde. En hij zou hem eens flink inwrijven dat hij nooit op bezoek kwam bij zijn ouders. Nu woonden ze nog in het huis uit hun jeugd, maar dat zou niet lang meer duren. Zijn vader keek alleen maar de hele dag naar Fox en schreeuwde en vloekte tegen iedereen die het maar wilde horen over allerlei complottheorieën. Hij had hulp nodig, was slecht ter been.

Die leuke meid van het hotel – het hotel was smerig maar zij was lekker – had gezegd dat hij de weg naar de andere kant van het eiland moest volgen. Hij had gevraagd of hij kon verdwalen en ze had hem aangekeken alsof ze niet begreep wat hij bedoelde. Dus had hij zijn SUV gestart, en hij was al halverwege het dorp toen hij besefte dat hij aan de verkeerde kant van de weg reed en dat al die tegenliggers daarom zo irritant met hun lichten knipperden. Dat maakte hem nog pissiger. En toen hij voor de hekken van Coltons huis stopte en uit zijn warme auto moest stappen om in de snijdende wind in een intercom te zeggen wie hij was en ook nog in een camera moest kijken, voelde hij zich echt kwaad worden. Belachelijk! Hij was zijn bróér, verdomme, niet de een of andere lul die het hele klote-end naar deze kloteplek kwam om hem te beroven!

De toegangshekken zwaaiden keurig en zonder knarsen open en Tripp reed een enorm lange oprijlaan op. Onderweg voelde hij zich kwader en kwader worden bij het zien van het keurig geschoren gazon, de zorgvuldig gesnoeide struiken, een hert dat voor de auto langs schoot en... was dat een pauw?

Uiteindelijk naderde hij een prachtig, oud stenen huis met een luxueuze moderne aanbouw – een fantastische glas-in-loodserre waar nu een fitnessruimte en een zwembad huisden. Hij kookte zo onderhand van woede bij het zien van alle bloembakken met kleine conifeertjes erin voor de enorme ramen aan de voorkant die uitkeken over een eindeloze zee, het dorp, de haven en een gebouw verderop dat een hotel leek te zijn. Achter het huis lagen een perfect grasveld dat helemaal afliep naar het strand en een grote garage waarvan een deur openstond waardoor hij binnen meerdere auto's, onder andere een enorme Range Rover, kon zien staan glimmen. Op het gazon was een tuinman bezig.

Nou, het zag er in ieder geval niet naar uit dat Colton alles aan het verkopen was omdat hij al zijn geld kwijt was. Dat was tenminste íéts, dacht Tripp terwijl hij uitstapte.

Opeens nerveus, liet hij met een diepe zucht zijn adem ontsnappen – die als een wit wolkje uit zijn mond kwam. Hij liep naar de enorme zwartgeverfde voordeur toe, die al voordat hij het bordes op was, werd geopend door een vrouw in een zwarte jurk met een wit schortje voor die hem beleefd glimlachend voorging naar een enorme keuken. In tegenstelling tot de perfect gerestaureerde klassieke buitenkant van het huis, was de keuken voorzien van de allermodernste apparatuur; met twee ovens, een vriezer en een eettafel waar met gemak twaalf man aan konden zitten. Aan de ontbijtbar zat een stuurs kijkende Fintan.

Fintan stond op. Hij was ook nerveus; Tripp was een boom van een kerel. Colton had het, op één keer na, nooit over hem gehad; die keer dat hij zei dat hij geen familie op de bruiloft wilde omdat die zijn seksuele geaardheid nooit had geaccepteerd.

Maar sinds Tripps naam was gevallen, was Colton onrustig, alert en weer echt aanwezig. Zelfs 's nachts. De laatste tijd sliep hij met zijn gezicht naar de muur en zijn rug naar Fintan toe. Maar vannacht niet. Hij was helemaal opgeleefd.

Fintan had geen idee of het goed was voor Colton wat hij deed; misschien was het zelfs wreed om Colton zich zo kwaad te laten maken. Maar het was zo fijn dat hij niet met zijn hoofd in een wereld ver van hem vandaan zat maar weer even terug was, dichtbij, zodat ze nog een laatste keer echt contact hadden en hij nog een paar ogenblikken samen kon hebben met de man van wie hij meer hield dan van wie ook op de hele wereld.
Hij nam zich voor om het gauw met Saif te bespreken, die, hoewel gereserveerd, een enorme steun en troost voor Fintan was. Saif onthield zich van allerlei domme clichés – misschien kende hij ze niet eens – en was altijd eerlijk en oprecht. Een zeldzame gave.

Maar dit moest hij alleen doen. Flora had hem een appje gestuurd met maar drie woorden: Klootzak in aantocht, toen ze hem zag wegrijden van de stoep voor Annies Café waarop hij ongelofelijk egoïstisch en slordig geparkeerd stond en al het binnenvallende licht wegnam, blijkbaar in de – foutieve – veronderstelling dat er op Mure toch niemand was om hem een bekeuring te geven.

In het doodse winterlicht deed de kleur van Tripps ogen Fintan denken aan die van Colton, maar dat was dan ook de enige gelijkenis die hij zag. Hij ademde diep in. 'U wilde Colton zien?'

Tripp haalde zijn schouders op. 'Hij is mijn broer.'

'Dat weet ik. U weet wie ik ben?'

En na een fractie van een seconde begreep Tripp het: 'Jij bent zijn...' Hij kon het woord 'vriend' niet uit zijn strot krijgen. Dat zeiden mensen gewoon niet in Coppell, Texas. Het idee! In

Austin was wel een homobar, maar daar waren ze allemaal zo. Tripp kleurde hoogrood. Hij had zoiets nog nooit gezegd, maar hij kende het woord van de tv. 'Jij bent zijn... partner?'

Het kwam eruit als 'parrtnr' en klonk zo knauwerig en cowboyachtig dat Fintan bijna in de lach schoot. Hij kon niet méér verschillen van Colton, echt niet! Fintan genoot al bij voorbaat van het antwoord dat hij gaf: 'Nee, ik ben zijn echtgenoot.'

En inderdaad vertrok Tripps gezicht zo komisch dat Fintan zich bijna schaamde. Zijn mond viel open, letterlijk. God!

'O, eh... Oké...' mompelde Tripp. Maar binnen in hem laaide de woede weer op. Wat betekende dat dan voor hen, zijn eigen familie? Ze konden toch niet echt getrouwd zijn? Voor de wet en zo? En ze mochten geen kinderen hebben en zo, toch? Of wel? Hij speurde om zich heen, op zoek naar kinderspeelgoed of iets dergelijks.

'Ik begrijp dat u een tijd geen contact hebt gehad met Colton?' vroeg Fintan. 'Aardig van u dat u bent gekomen,' voegde hij er schoorvoetend beleefd aan toe.

'O?' Het was nooit in Tripp opgekomen dat iemand zoiets zou denken. Hij wilde Colton gewoon eens flink de waarheid zeggen en ervoor zorgen dat pa en ma naar een tehuis konden waar er goed voor hen werd gezorgd... En, en passant, ook goed voor zichzelf zorgen, natuurlijk. 'Nou, dat zullen we nog moeten zien...'

'Tja... Het is... Hij is natuurlijk...'

Tripp fronste zijn voorhoofd. 'Wat?'

Fintan knipperde met zijn ogen. Hij had aangenomen dat Tripp afscheid kwam nemen. Dat hij het wist. Maar dat was blijkbaar niet zo, dat werd steeds duidelijker. Als hij niet eens wist dat Colton was getrouwd... O, jezus! 'Tripp, ga even zitten. Wilt u een glas water?'

'Ik wil mijn broer gewoon spreken...'

'Ik meen het. Ga even zitten.'

17

Fintan legde het zo eenvoudig en ongeëmotioneerd uit als hij kon, wat maar half lukte. Hij wist dat het nooit makkelijker zou worden. Hoe mooi de ochtend ook was, hoe fijn de kamer waarin hij wakker werd, hoe prachtig het uitzicht, hij zou er nooit van kunnen genieten. Niet zonder Colton.

Hij kon nu al bijna niet meer slapen. Als hij bij Colton lag, hoorde hij constant het gepiep van alle medische apparaten en kwam er om de twee uur een verpleegster binnen om te checken hoe het ging en schrok hij steeds wakker als Colton raar ademde of zich omdraaide of een ander geluid maakte. Maar in een andere kamer van het enorme huis gaan slapen was zo verschrikkelijk eenzaam. Dan voelde hij zich zo alleen als hij zich nog nooit had gevoeld. Het bed was te groot, het vloerkleed te zacht en te dik, en dan liep hij, te onrustig om te slapen, alleen maar te ijsberen.

Heel diep in zijn hart had hij het liefst thuis geslapen, op de oude boerderij, met Flora, Innes en Hamish vlakbij, en zijn vader, en Bramble die opgekruld voor de AGA lag te grommen en droomde dat hij een puppy was. Dus ging hij er zo vaak mogelijk even langs.

Maar verder was dit zijn taak. Waken bij Colton tot het einde. Het prachtige huis was zijn gevangenis, de gevangenis waartoe hij zichzelf had veroordeeld.

Maar daar vertelde hij natuurlijk niets over tegen de enorme Amerikaan die nu vol ongeloof voor zich uit staarde. Tripp had zijn basketbalpetje afgezet, maar leek niet te weten wat hij daar verder mee moest, hij legde het steeds neer en pakte het dan weer op.

'Maar hij kán niet ziek zijn. Dat... dat kan toch niet!' Hij draaide de pet rond in zijn handen en knipperde met zijn ogen. 'Jee! Ik bedoel, hij heeft het zelfs niet aan ma verteld...' En toen, veel zachter: 'Hij haat ons echt, hè? Dat moet wel... Toch?'

Fintan haalde zijn schouders op. 'Om eerlijk te zijn praat hij nooit over jullie.'

Tripp kneep zijn ogen even dicht. 'Dat is eigenlijk nog erger.'

'Hoe komt dat? Wat is er gebeurd?' vroeg Fintan.

'Ach jezus! Da's allemaal al zo lang geleden.' Tripp kromp ineen. 'Kan ik misschie... Heb je misschien een kop koffie voor me?'

Fintan liep naar het apparaat.

'Nou ja... Ik weet niet. Er waren gewoon... Er waren gewoon niet veel jongens zoals Colton in ons dorp.'

'Misschien keken jullie niet goed genoeg,' zei Fintan.

'Kan...' zei Tripp. 'Maar het is lang geleden.' Zijn gezicht vertrok. 'Volgens mij... Volgens mij vond ma het erg dat ze hem nooit meer zag. Wist je dat hij, toen hij eenmaal thuis weg was, nooit, niet één keer, meer naar huis is gekomen? Hij heeft nooit iemand de kans gegeven... om te zeggen dat ze er spijt van hadden.'

'En uw vader? Wat was dat voor iemand?'

'Een geweldige vent. Voor mij tenminste. Voor Colton... tja. Ze begrepen elkaar niet.'

Fintan bleef zwijgen.

'Hij was niet... Ik denk dat Colton gewoon niet het soort zoon was dat mijn vader wilde.'

'En u wel?'

Tripp fronste zijn voorhoofd geïrriteerd. 'Nou, ik geloof niet dat ik op een derdegraads verhoor van jou zit te wachten.'

'Je zwager.' Onder andere omstandigheden zou Tripps gezicht weer lachwekkend zijn geweest. Fintan stond op. 'Ik ga met hem praten. Dus blijf alstublieft hier wachten.'

Het was anders dan anders vandaag. Meestal ging Fintan 's ochtends naast Colton op het bed zitten en knuffelde hij hem net zolang tot hij een kneepje in zijn hand kreeg, of kletste hij tegen hem aan over nieuwtjes en roddels alsof Colton alles begreep –

of dat nou zo was of niet – terwijl Colton beurtelings in slaap sukkelde en dan weer wakker was.

Maar vanmorgen lag Colton op zijn rug, niet op zijn zij, met gebalde vuisten, en straalde zijn hele lichaam, hoe vermagerd ook, spanning uit. Zodra Fintan binnenkwam, mompelde hij: 'Is die klootzak hier?'

Het kwam tegenwoordig maar heel zelden voor dat Colton als eerste iets zei. En het deed Fintan ontzettend goed om te doen alsof, heel even maar, zijn geliefde terug was.

'Ja,' zei Fintan terwijl hij op het bed ging zitten en Colton een zoen op zijn voorhoofd gaf.

'Hoe ziet hij eruit?'

'Dik.'

'Goed.'

'Er is helemaal niks mis met een beetje vet,' protesteerde Fintan net zoals hij vroeger zou hebben gedaan. Vroeger... 'Hij ziet er een stuk beter uit dan jij.'

'Echt?'

'Nee.'

Colton snoof. 'Kun je me helpen een schoon overhemd aan te trekken?'

Fintan zocht een lichtblauw katoenen overhemd uit dat Colton altijd graag had gedragen; het kleurde prachtig bij zijn ogen. Hij trok het heel voorzichtig aan, zich bewust van Coltons flinterdunne huid, waar zijn vingers in wegzonken en de aderen doorheen schemerden.

'Verdomme,' was het enige wat Colton zei. Het overhemd slobberde om zijn lijf. 'Kan ik ook een geurtje op? Ik ruik ziek.'

Dat was waar; hij rook naar desinfecterende middelen en medicijnen. Fintan liep naar Coltons badkamer om de Marc Jacobs-eau de toilette te halen waar Colton altijd zo dol op was geweest. Fintan kon hem zelf niet verdragen. Niet meer.

'Oké, hoe zie ik eruit?' vroeg Colton nadat Fintan hem op het laatste moment nog een paar van de hele rits witte sportschoenen waar hij zo graag op liep had aangetrokken en het hoofdeinde van het ziekenhuisbed verder omhoog had gezet zodat Colton min of meer zat. Het was heel erg lang geleden dat Colton schoenen had aangehad.

'Als een opgewarmd lijk,' zei Fintan; hij wist dat dat Colton een glimlach zou ontlokken. Saif was al eerder die dag langs geweest en Fintan had hem uitgelegd dat Colton vandaag zo alert mogelijk moest zijn, wat natuurlijk meer pijn betekende. En nu zag hij dat Colton zijn ogen even dichtkneep. Alleen al het feit dat hij zo broodmager was, maakte zitten voor hem pijnlijk.

'Wil je nog wat make-up op?' vroeg Fintan.

'O mijn god! Kun je het je voorstellen?' zei Colton. '"Mijn broer, flikker tot het bittere eind."'

Fintans hart sprong op – het was zo fijn Colt een grapje te horen maken, met hem te kletsen, nog even met de oude Colt te zijn – een gestolen moment, zelfs al was duidelijk dat Colton pijn had.

'Klaar?'

Colton knikte.

'Wil je dat ik hem op een gegeven moment een flinke schop onder z'n kont geef?'

Coltons gesprongen lippen vertrokken in een glimlach. Fintan smeerde er nog gauw wat vaseline op, die hij weer afdepte zodat het er niet te raar uitzag. Toen gaf hij Colton een kus. De geur van zijn aftershave gaf hem het verwarrende gevoel van willen huilen en tegelijkertijd verlangen naar seks. Hij liet zijn geliefde pas los toen Colton zijn ogen opnieuw dichtkneep van de pijn.

18

Beneden kon Tripp niet anders dan om zich heen kijken. Hij was nog nooit in zo'n geweldig huis geweest. Het was ongelofelijk prachtig – de grote open keuken, de enorme ramen die aan de achterkant uitkeken over het onberispelijk geschoren grasveld waar iets verder naar beneden een hert over het pad huppelde en een eekhoorntje geschrokken een boom in schoot. En het uitzicht: de enorme hemel, helder, vrieskoublauw; de zee die alle kleuren tegelijk had. Tripp had nooit oog gehad voor dat soort dingen, ze vielen hem nooit op. Hij merkte sowieso weinig dingen op. Ja, wel als het buiten bloedheet was bijvoorbeeld, of als er iets anders op de menukaart stond bij Denny's, en wanneer de Coyboys speelden natuurlijk.

Maar zoiets als dit... Tripp was in Cancun en in Toronto geweest en beschouwde zichzelf als best bereisd, en dit was de verste reis die hij ooit had gemaakt. Het uitzicht leek wel een plaatje uit een kinderboek. Een winterplaatje, ijskoud, maar het huis was blijkbaar goed geïsoleerd, je voelde je helemaal geborgen, zelfs als je de ijzige wereld buiten zag. Het was... Het was... bijzonder, moest Tripp toegeven.

Plotseling kwam er een herinnering in hem op. Hij was een jaar of acht en er kwam een oom van pa op visite; een vent die pa niet echt mocht. Hij had cadeaus voor de jongens meegebracht: een elektrische knutselset, voor allebei een. Je moest allerlei draadjes verbinden en dan kon je iets bouwen wat ook echt werkte: lichtjes die brandden, een motortje dat draaide, enzovoort. Tripp had geen geduld gehad voor dat gepriegel en had het ding dezelfde dag nog een flinke schop gegeven en kapotgetrapt. Maar Colton had er dagenlang aan zitten prutsen. Uiteindelijk werkte het nog ook: als je een knopje indrukte, klonk er een belletje of ging er een lampje aan, en het was hem zelfs gelukt er nog iets aan toe te voegen: een ronddraaiende kleine ballerina van Janey, die hij van de deksel van haar juwelendoosje had geleend. Hij kwam trots naar beneden om zijn werkstuk aan ma te laten zien, die echter meer interesse had in haar tijdschrift. En toen was pa de kamer binnengekomen en woedend op Colton geworden omdat hij met poppen speelde.

Tripp wist nog goed dat hij vreselijk jaloers was geweest op wat zijn jongere broertje voor elkaar had gekregen. En hoeveel wreed plezier het hem had gedaan toen pa furieus werd en het allemaal helemaal niks vond.

Colton was er helemaal door van slag en was diep geraakt. Hij was stilletjes teruggegaan naar hun slaapkamer.

Later had Tripp nog stiekem proberen te snappen hoe Colton het ding had gebouwd, maar hij was er totaal niet uit gekomen en had het toen ook maar in elkaar gestampt. Daar had Colton niets over gezegd tegen pa en ma. Hij had het er nooit meer over gehad, zelfs niet toen oom Howie weer op visite kwam en pa zoals gewoonlijk vervelend tegen hem deed omdat hij niet van sport hield.

Raar dat hij daar nu opeens aan dacht...

Fintan kwam hem halen en liep voor hem uit de hal door, waar Tripps werkschoenen diep in de vloerbedekking wegzakten en totaal niet op hun plaats leken. Tripp voelde een plotselinge vlaag van woede omdat Fintan niet gewoon naast hem liep, maar voor hem uit, de arrogante nicht, maar hij deed zijn best om kalm te blijven. Als hij dit wilde winnen, moest hij rustig blijven en helder kunnen nadenken. En winnen zou hij, daar waren allebei zijn exen tot hun verdriet wel achter gekomen!

De laatste jaren had hij alles wat hij over Colton kon vinden bijgehouden – hij had zelfs een Google-alert voor hem ingesteld. Het was een rare mengeling van masochisme en trots. Thuis werd Coltons naam nooit genoemd en de mensen in het dorp wisten wel beter dan die jongen van Rogers, die nooit meer naar huis kwam en stinkend rijk was geworden, ter sprake te brengen. Gelukkig was Rogers een veelvoorkomende naam, dus legden nieuwe bewoners en nieuwe klanten van de autohandel het verband niet.

Tripp las intussen nieuws over bedrijfsovernames waar hij geen snars van begreep of karakterschetsen van de 'mysterieuze miljardair', waarin Colton wel een soort Batman leek. In het vliegtuig had hij nog een artikel over hem gelezen in een raar mannenblad (heel steriel, geen naaktfoto in te bekennen). Maar toch was het hem nooit gelukt om de heroïsch uitziende lange, lenige figuur van de foto's te rijmen met het irritante sulletje dat hij zich herinnerde...

Hij voelde dat hij in de verdediging schoot. Maar het was toch gewoon zo dat broers nou eenmaal met elkaar vochten. Dat was doodnormaal. Colt had alles veel te serieus opgevat. Dat deed hij nou altijd. Hij was gewoon overgevoelig. Het was volkomen normaal hoe alles was gegaan.

Desondanks ademde hij diep in toen hij voor de grote eikenhouten deur aan het einde van de gang stond.

'Klaar?' vroeg Fintan op vlakke toon terwijl hij zich naar hem omdraaide.

'Tuurlijk,' zei Tripp nonchalant, alsof hij totaal niet nerveus was.

Maar hij was absoluut niet voorbereid op wat hem wachtte.

Colton zat nog steeds, zag Fintan opgelucht. De lage winterzon boven de woelige zee stroomde door de enorme oude ramen de kamer in. Het was ontzettend warm.

'Zal ik iets openzetten?' vroeg Fintan, maar Colton schudde zijn hoofd, wat hij maar met moeite kon. Tripp leek dat op te merken en liep om het voeteneind van Coltons bed heen zodat hij in zijn gezichtsveld stond.

Het was lang stil terwijl de twee broers elkaar opnamen. Fintan bleef bij het raam staan. Hij had graag wat frisse lucht binnengelaten. En hij had graag gehad dat Tripp er niet was. Maar...

'Hé,' zei Colton uiteindelijk. Zijn stem was niet meer dan een schorre fluistering.

'Hé,' zei Tripp.

'Kom je uit leedvermaak of zo?'

Iedereen zweeg. Fintan had Colton nog nooit zo bitter gehoord – nooit.

'Wat? Néé!' reageerde Tripp. 'Ik wist niet... We wisten niet... We wisten niet dat je ziek bent.'

'O,' zei Colton. 'Dus het gaat gewoon om geld.'

'Ma vroeg... Pa en ma vroegen zich af waar je uithing en ik heb de taak op me genomen je te gaan opzoeken.'

Colton knikte. 'Allemaal uit pure liefde, neem ik aan...'

'Je bent nog altijd hun zoon.'

'Ja, nou, wat een geluk.'

'Je bent nooit meer terug geweest. Niet één keer!'

'Waarom zou ik? Om me door jou over het voetbalveld te laten schoppen zodat jij en je vriendjes me konden uitlachen? Om pa zo hard dat de hele buurt kon meegenieten tegen me te horen schreeuwen dat ik wel een meid leek? Ik bedoel, zeg maar wat ik verder nog zou missen in dat klote-oord daar. Trump? Op gestemd zeker?'

'Maak jezelf nou niet zo van streek,' zei Fintan en hij voelde zich een ouwe zeur.

'Dus: hoeveel?' vroeg Colton. 'Hoeveel moet je hebben om op te rotten hier? Tjezus, ik had nooit gedacht dat die tronie van jou ongeveer het laatste was wat ik zou zien.'

Tripp voelde dat hij hoogrood kleurde. 'Het gaat niet...'

'O nee?'

Colton wilde geërgerd gaan verzitten, maar dat kon hij niet. Hij had pijn, zag Fintan, en hij stond meteen naast het bed om hem te helpen. Colton ademde moeizaam en leunde zwaar tegen Fintans schouder.

'Nou,' zei hij. 'Hoeveel?' Toen richtte hij zich tot Fintan. 'Shit, hier hebben we Joël voor nodig. Is hij al terug?'

'Vandaag, geloof ik. Dat weet Flora wel. Ik zorg dat hij komt.'

Tripp had toen hij binnenkwam juist enorm veel medelijden gehad met de vermagerde figuur in het bed. Het was afgrijselijk om te zien dat iemand die een stuk jonger was dan hij, zo ziek was. En Colton was zijn enige broer tenslotte.

Maar Colton gedroeg zich nog net als vroeger. Precies wat Tripp vroeger zo woedend had gemaakt, altijd de slimste moeten zijn, altijd doen alsof Tripp een soort neanderthaler was. En nu werd hij zowat weggebonjourd.

'Mijn advocaat regelt het wel met je,' zei Colton. 'Maar ik moet je waarschuwen, er is lang niet zoveel als je zou willen binnenharken met die hebberige klauwen van je.' Hij liet zich terug in de kussens vallen en gaf daarmee het sein dat Tripp kon vertrekken.

Het had Colton al zijn kracht gekost om zo lang te praten en het enige waar hij aan kon denken, was zijn volgende dosis morfine en hoe snel de verpleegster er kon zijn. En zonder het te weten had hij Tripp gekrenkt en diens houding verhard.

19

'Jij dik, tante Flowa.'

Flora was op de boerderij om de Land Rover te halen om Joël op te pikken van het vliegveld. Ze was nerveus. Bloednerveus.

Agot stond voor haar en bekeek haar nieuwsgierig.

'Moet jij niet tv-kijken?'

'Doe niet gek!' zei Agot boos. 'Ik mee oom Joël ophalen.'

'Nee, dat kan niet,' zei Flora. 'En hij is je oom niet.'

'Ga je zoene?'

Hamish keek op.

'Nee!' zei Flora.

'Ooooo!' zei Agot. 'Flowa vewdwietig.'

'Helemaal niet! Tot straks!'

'Flora verdrietig?' vroeg Hamish ongerust terwijl ze de autosleutels pakte en haastig naar buiten liep.

Joël had een jetlag. Flora haalde hem op bij de schuur die dienstdeed als aankomst- en vertrekhal om hem naar The Rock te brengen. Het was maar vier minuten rijden vanaf de boerderij en dus niet bepaald veel moeite. Hij was zo moe en afwezig dat het hem niet opviel dat ze zich vreemd gedroeg.

Joël logeerde in een van de gastenverblijven van het hotel. Het was een prachtige ruimte, met een gladde houten betimmering, vloerverwarming en een enorme badkuip op pootjes in de zwart-wit betegelde badkamer. Flora vond het er fantastisch, het was het heerlijkste hotel dat je kon bedenken. Ze keek totaal niet uit naar de dag dat het hotel vol zou zitten met lawaaierige toeristen die kwamen golfen, die klaagden dat er te veel wind stond en die de zeevogels verstoorden. Nu was dit hun eigen veilige cocon.

Maar het was maar één kamer. Geen huis. En ze hadden een huis nodig.

Flora voelde dat Joël er niet bij was toen hij haar kuste. Ze verstijfde en vroeg zich af of hem iets was opgevallen, maar hij keek niet naar haar. Hij keek fronsend naar zijn telefoon.

'Colton wil me zien straks.' Hij keek op. 'Nou, dat is goed nieuws, toch? Ik heb al weken niet echt met hem kunnen praten, ik dacht dat het er allemaal heel ernstig uitzag. Saif vertelt niet veel, maar...'

Flora lichtte hem in over de komst van Tripp.

Joëls gezicht verhardde.

'Ik dacht... Misschien is het wel goed als hij nog een keer contact met zijn familie heeft,' opperde Flora peinzend.

'Denk je?' vroeg Joël.

'Ja,' zei Flora. 'Ik denk van wel. Als het lukt.'

Joël leek niet overtuigd. 'Ik denk eerder dat ze op z'n geld uit zijn... Fintan heeft me net geappt. Colton wil dat ik daarheen kom om de situatie uit te leggen.'

'Nou, doe in ieder geval een beetje vriendelijk,' zei Flora. 'Ik denk dat hij nogal van streek zal zijn. Het lijkt me er een van de traditionele soort.'

'Vond je hem aardig?'

'Eh... Nee. Niet bepaald. Maar ik had wel een beetje medelijden met hem.'

'Jij bent ook met iedereen begaan. Als jíj iemand niet mag, moet die persoon wel door-en-doorslecht zijn. Kom hier,' zei Joël. Het leek of hij haar nu pas goed zag. 'Wauw, je borsten zien er geweldig uit in dat topje.' Hij sloeg zijn armen om haar middel en boog zich naar haar toe om haar weer te kussen. Flora was blij met deze belofte van normaliteit, dit was hoe het altijd ging, ze was blij zich even te kunnen koesteren in zijn liefde. Ze zuchtte gelukkig en stak haar hand op om zijn bril af te zetten.

'Maar ik wil je zien,' zei Joël, die verschrikkelijk slechte ogen had.

'Ja, nou, dat hebben we al eerder gedaan en toen ik erachter kwam hoe duur die bril van je is, kreeg ik bijna een hartaanval,' zei Flora terwijl ze de bril voorzichtig op het nachtkastje neerlegde. En bovendien vond ze dat hij op dit moment maar beter niet te veel moest zien – zeker de blauwe ader niet die je door de witte huid van haar borst alarmerend goed kon zien kloppen.

Hoewel ze het echt vreselijk vond als Joël weer op zakenreis moest, was ze nooit zo gelukkig als op het moment dat hij thuiskwam, zijn dure pak uittrok – dat hij droeg als een harnas om hem tegen de bedreigende buitenwereld te beschermen – en haar Joël weer werd.

O, natuurlijk moest ze eigenlijk terug naar het café, maar dat kon haar even niks schelen. Er moesten ook wat leuke kanten zitten aan het eigen baas zijn, toch? Langzaam maakte ze de knoopjes van Joëls overhemd los en hij kreunde van geluk; het was precies wat hij wilde, hij was heel erg tevreden met zijn leven zo. En in Flora's hoofd maalde het op datzelfde moment: Echt? Ga ik dit allemaal in de war schoppen?

Erna leek de jetlag de overhand te krijgen en dreigde Joël in slaap te vallen terwijl Flora zich met tegenzin van hem losmaakte om een douche te nemen. 'O ja,' zei ze, alsof ze er opeens aan dacht, 'Lorna denkt erover om terug te verhuizen naar de boerderij van haar vader om die te laten opknappen.'

'Mmm,' reageerde Joël half slapend. 'En waarom is dat belangrijk?'

'Nou gewoon... Dan gaat ze haar appartement misschien verhuren.'

Joël deed een half oog open. 'O?' Maar hij was wakker.

'Het is maar een idee,' zei Flora, 'als ze hier beginnen met verbouwen...'

Ze zeiden het niet hardop, het onuitspreekbare: als Colton dood is. Dat gegeven was er altijd, onder alles.

'Maar ik heb het hier echt naar mijn zin!'

'Ik ook! Ik ook!' zei Flora, wat ook waar was – echt. 'Maar het is maar één kamer.'

Joël keek haar aan. 'Hoeveel hebben we er dan nodig volgens jou?'

'Nou, Lorna heeft er drie.'

'Maar die zijn alle drie samen nog altijd kleiner dan deze ene, naar wat ik van jou hoor,' wierp Joël tegen, wat ontegenzeggelijk waar was.

'Oké,' zei Flora. 'Sorry dat ik erover begon.'

Joël was nu klaarwakker en zat op de rand van het bed. 'Ik moet sowieso naar Colton toe,' zei hij terwijl hij op zoek ging naar schone kleren. 'Je moet weten... Ik bedoel... Sorry, het is gewoon... Ik heb nog nooit samen met iemand in één huis gewoond.' Hij dacht even na en keek haar aan. Met een verlegen glimlach waardoor hij er opeens heel erg jong uitzag, voegde hij eraan toe: 'Met een leuk iemand, bedoel ik.'

Flora's hart brak. Ze hield zoveel van hem, maar dat kleine, ongewenste kind in zijn binnenste... Zou dat ooit beter worden? Zou het ooit helen? Ze ging naast hem zitten en aaide over zijn rug. 'Dat snap ik.'

'Ik bedoel... Ik bedoel, jij hebt altijd honderden mensen om je heen. En een paar schapen en koeien...'

'Precies, dat is precies wat het leven op een boerderij inhoudt.'

'Maar. Het is moeilijker voor mij. Ik moet... Als het allemaal te snel gaat...'

Flora sloot haar ogen. Er zouden heel veel dingen te snel gaan. Heel veel dingen. En heel veel sneller. 'Ik snap het.... Het geeft niet.'

Hij keerde zich naar haar toe. 'Je bent gelukkig, toch?' vroeg hij ongerust.

'Ja,' antwoordde ze. 'Ja. Je maakt me heel gelukkig. Als je er bent. Ik vind het fijn om bij je te zijn.'

Joël keek haar opgelucht aan, blij dat het gesprek was afgelopen. 'We komen er wel,' zei hij in een poging haar gerust te stellen. 'Echt. Je weet hoeveel ik om je geef... Het is meer hoe ik me over mezelf voel. Daarom vind ik het moeilijk om jou met iemand zoals ik op te schepen.'

Flora gaf hem een kus. 'Is Mark blij?'

'Over het idee om te gaan samenwonen? Dat weet ik toch niet! Je brengt het net te berde!'

'Nee! Over het hierheen komen!'

'O ja! Dolblij. Ze verheugen zich er enorm op. Ik vrees dat ze verwachten dat jij allerlei heerlijkheden voor hen klaarmaakt.'

Flora vroeg zich af of Mark misschien op Joël kon inpraten. Maar nee. Het ging niet om op hem inpraten. Joël was heel eerlijk en heel duidelijk geweest: hij wilde niets overhaasten. Dat was natuurlijk zijn goed recht. Maar, dacht ze een beetje opstandig, als hij haar niet steeds zodra hij uit het vliegtuig stapte het bed in sleurde, zat zíj nu niet in deze situatie...

Aan de andere kant had ze hem er wel van verzekerd dat ze compleet betrouwbare voorbehoedsmiddelen gebruikte...

Er zeurde iets in haar achterhoofd. Joël vertrouwde haar volledig. Hij vertrouwde erop dat ze van hem hield en dat hij van haar op aan kon, misschien was dat wel de eerste keer in zijn leven. Op de een of andere manier had ze het idiote gevoel dat ze hem had verraden; of eigenlijk meer dat haar lichaam hem – of haar? – had verraden. Was hij sterk genoeg om dat aan te kunnen?

'O, baby,' fluisterde ze terwijl ze onder de douche stond en zichzelf inzeepte. 'O baby'tje. Het spijt me allemaal zo.'

20

Fintan liep voor Tripp uit de trap af. Ze zwegen allebei, Tripps gezicht was hoogrood van woede.

'Nou, fijn u te ontmoeten,' zei Fintan sarcastisch.

Tripp bromde iets.

Joël, die net was gearriveerd, stak zijn hoofd om de deur van de keuken en zag in eerste instantie alleen Fintan. 'Hoi!' groette hij, blij hem te zien. 'Ik heb een hele stapel papieren...'

Fintan knikte stijfjes.

'Wie is die vent?' klonk Tripp achter hem. 'Hij ziet eruit als een advocaat!'

'Dat ben ik ook!' antwoordde Joël op zijn hoede.

'De advocaat van mijn broer?'

Joël wierp een blik op Fintan, die gelaten knikte.

Om eerlijk te zijn had Joël al zoiets als dit verwacht. Hij had in zijn carrière vaak te maken gehad met familiebedrijven die werden opgekocht, opgesplitst en verzwolgen door enorme conglomeraties. Meestal was er ruzie in de familie tussen degenen die wilden verkopen en anderen die dat niet wilden. Het verliep nooit soepel en zonder strubbelingen. Maar dat gold eigenlijk voor alles, als er geld in het spel was. En natuurlijk kwam vlak voor het einde de cavalerie binnen galopperen, lieden die pretendeerden zich het welzijn van hun rijke familielid aan te trekken.

'Wilt u een afspraak inplannen?' vroeg hij beleefd.

'Gaat me dat bakken met geld kosten?' gromde Tripp. 'Ik zorg wel voor een eigen advocaat. Bedankt.'

'Is dat iets wat u overweegt?' vroeg Joël zo luchtig mogelijk.

Tripp snoof. 'O, jullie zullen het allemaal wel keurig voorbereid hebben,' zei hij. 'Ik vermoed dat jullie al zowat een jaar bezig zijn met jullie plannetjes om er zeker van te zijn dat meneers eigen vlees en bloed, meneers eigen familie, niks krijgt.'

Joël reageerde niet, omdat wat Tripp zei helemaal klopte.

'We voeren eenvoudigweg de wens van onze cliënt uit,' zei hij kalmpjes, en hij keek Tripp door zijn brillenglazen strak aan. Hij had genoeg van dit soort types ontmoet – allemaal blaaskakerij en herrie – en wachtte meestal gewoon totdat het vanzelf overwaaide en ze iets konden regelen.

Tripp bleef staan. 'Nou, zolang híj er blij mee is,' zei hij. 'Ik kom er wel uit.' De deur viel met een klap achter hem dicht en hij stapte de vrieskou weer in.

Joël en Fintan keken elkaar aan.

'Die kerel,' zei Fintan, 'is een absolute...'

'Colton boven?' vroeg Joël haastig. 'Is hij wakker? Heeft hij die vent überhaupt herkend?'

Fintan zuchtte. 'Dat is het probleem.'

'Wat?' vroeg Joël.

Fintan legde hem uit hoe Tripps komst Colton uit zijn sluimertoestand had gehaald, hoeveel meer energie hij opeens had en dat hij door zijn woede op Tripp weer terug was op de wereld.

'Mijn god,' zei Joël. 'Ik weet niet wat ik daarvan moet vinden.'

'Ik ook niet,' zei Fintan. 'Maar ja, het is waarschijnlijk een goed moment om naar hem toe te gaan. Vooral als Colton van plan is hun wat geld te geven.'

Boven klopte Joël zachtjes op de slaapkamerdeur en ging toen naar binnen. Net als Fintan was hij verrast over hoe alert Colton was. Zo wakker, met opgeheven hoofd, zonder steun. Hij was natuurlijk nog steeds afschuwelijk mager, maar hij wás er.

'Hoi,' zei Joël.

'Hoi,' kraakte Colton schor.

Joël haalde een glas water en ging naast hem zitten om hem te helpen drinken.

'Heb je mijn broer gezien?'

'Ja,' zei Joël.

'Die dikke klootzak,' zei Colton bozig.

'Wilde hij geld?'

'Tuurlijk.'

'Ben je van plan hem wat te geven? Daar zijn voorzieningen voor getroffen.'

Colton begon te hoesten, een afschuwelijk benauwd en blaffend geluid, en Joël gaf hem een zakdoek van het frisgewassen en gestreken stapeltje dat klaarlag, en hield hem toen het glas water weer voor. 'Weet ik niet,' zei Colton. 'Als ik hun nu wat geef, komen ze dan terug om méér? Krijgen we dan dat gezeik?'

Joël sloeg zijn armen over elkaar. 'Dat is zeker een mogelijkheid. Maar als je hun heel duidelijk maakt dat er niets te erven valt, is het moeilijker dat aan te vechten dan wanneer je ze iets nalaat en ze het gevoel hebben dat het geen eerlijk stuk van de taart is.'

'Sinds wanneer hebben we het verdomme over taarten?'

'Sorry,' zei Joël.

'Nee, je hebt gelijk. Ik kan er maar beter eerlijk over zijn. Beter dan onze kampioen luchtkastelen bouwen beneden, die denkt dat ik het eeuwige leven heb.'

Joël reageerde niet. Hij maakte wat aantekeningen en dacht toen aan wat Flora had gezegd. 'Ik ga dit maar één keer vragen,' zei hij.

Colton trok zijn wenkbrauwen op. 'Is dit zo'n vraag die niet echt beroepsmatig is?'

Joël haalde zijn schouders op. 'Ik heb geen moeder...'

Colton stak een skeletachtige hand op. 'Stop!' zei hij. 'Ik wil het niet horen.'

Joël knikte. Colton leek uitgeput, dus stond hij op om te vertrekken. 'Het is geweldig je zo te zien... zo wakker,' zei hij.

'Ik gun het die zak niet om te sterven als hij hier in het land is,' zei Colton. 'De klootzak.'

'Oké,' zei Joël. 'Ik kan beter gaan nu. Wil je dat ik wat voorstellen op papier zet?'

'Goed,' zei Colton terwijl zijn ogen dicht zakten. 'Goed idee.' Toen Joël de deur opendeed, schraapte Colton zijn keel en zei: 'O ja, en gefeliciteerd met de baby!'

21

De zon scheen buiten, maar het was ijs- en ijskoud. Het was zeker vijf graden onder nul, makkelijk, met die ijskoude wind vanaf de Noordpool en de sneeuw die als een wit tapijt over het hele eiland lag. Gedurende de dag was het prachtig geweest: de zonsopkomst, vlak na halftien, was één bevroren palet van roze- en goudtinten geweest, met laag overvliegende ganzen en een hemel die in brand stond.

Maar nu was de duisternis weer ingevallen. Buiten Coltons huis, dat helemaal verlicht was, was het hele stuk vanaf The Rock naar het vasteland aardedonker. De sterren leken enorme ijssplinters aan de hemel en het halvemaantje was zo scherp als een mes, maar zonder lichtschijnsel.

Joël wist dat hij de auto had moeten nemen. Maar hij was verbijsterd de trap af gerend en zonder Fintan gedag te zeggen de voordeur uit gestormd, en nu stond hij buiten in de harde wind en de bijtende kou. Hij was helemaal van slag en móést een eind gaan lopen.

De sneeuw wervelde als een dik gordijn om hem heen terwijl hij de oprijlaan af beende. Het was niet heel ver naar The Rock – het hotel lag aan de andere kant van de landtong, even de heuvel over, maar in dit weer was het regelrecht gevaarlijk. Joël had nooit meer dan één straat van een taxi af gewoond; als Fintan minder bezig was geweest met andere dingen, had hij hem nooit zo laten gaan.

Maar Joël was zo woedend dat hij nauwelijks merkte wat voor weer het was. De sneeuwvlagen werden keihard in zijn gezicht gesmeten, de vlokken bleven hangen in zijn lange wimpers en zijn bril besloeg zodat hij bijna niets meer zag. Maar hij kon hem niet afzetten; zijn ogen waren veel slechter dan Flora besefte – de erfenis van nachtenlang stiekem lezen onder de dekens en een rits pleeggezinnen die de oogcontroles voor de kinderen die hun – tegen betaling – door de staat waren toevertrouwd, niet belangrijk vonden.

Zijn hoofd barstte zowat van emoties en verwarring. Hoe kón ze? Hoe kón ze hem dit aandoen? Hij dacht dat ze hem begreep, dat ze hem kende. Voor het eerst in zijn leven had hij een tipje van de sluier opgelicht, iemand naar binnen laten kijken, zichzelf toegestaan iemand te vertrouwen, en nu... en nu!

Hij had nooit, nooit aan kinderen gedacht. Hij kende er niet veel – hij werkte wel met de jongens die kwamen kamperen bij Outward Adventures, maar dat was slechts af en toe een dagje. En dan was Agot er natuurlijk, die dol op hem was omdat hij echt niet wist hoe hij met een kind moest omgaan en haar behandelde als een kleine volwassene, wat ze prachtig vond. Kinderen... Nee! Hij was veel te bang voor zijn eigen genen; wat een kind zou erven van de kant van zijn vader, zijn moeder. Geweld, verslaving, wanhoop.

Hij had zijn hele leven ongelofelijk hard tegen zijn demonen moeten vechten; demonen die altijd op de loer lagen en dreigden de overhand te krijgen. Stel dat een kind dat niet kon? Stel dat het onder een nog slechter gesternte werd geboren dan hijzelf? Nog slechter was toegerust voor het leven? Hij had zélf nog moeite om alles aan te kunnen, dan kon hij toch geen kind op de wereld zetten?

Flora zou het nooit begrijpen. Ze kwam uit een liefdevol, misschien een beetje apart, maar toch volkomen normaal gezin. Ze hadden het er nooit over gehad, over kinderen. Hij had er ook nooit over nagedacht; hij was er altijd van uitgegaan... Tja, van niets eigenlijk. Hij had voor het eerst in zijn leven gewoon in het moment geleefd, zich beetje bij beetje opengesteld voor iemand zoals hij nog nooit eerder had gedaan. Hij was verliefd geworden, ook al waren liefde en kwetsbaarheid dingen die hem angst aanjoegen; hij had zelfs nog nooit tegen Flora gezegd dat hij van haar hield – hoewel dat wel zo was. Of eigenlijk was het meer dat hij dácht dat hij van haar hield... Nee, dat hij dacht dat hij dat misschien wel kón...

Hij bleef staan, zijn hart klopte als een bezetene, hij ademde snel en oppervlakkig. Eerst moest hij kalmer worden... Langzaam inademen door de neus en uitblazen door de mond, zoals hij van Mark had geleerd. De vrieslucht beet in zijn longen en hij deed zijn ogen dicht om even tot zichzelf te komen.

De wind maakte een ongelofelijke herrie om hem heen. Het was pikdonker, er pinkte nergens een lichtje, niet langs de kust en niet op zee van schepen die voorbijvoeren of olieplatforms in de verte. De bulderende storm leek een levend wezen, een enorme, gewelddadige reus die over het eiland raasde. Joël knipperde met zijn ogen en draaide zich om, plotseling angstig voor de woestheid van de wereld om hem heen. Tot zijn opluchting ontdekte hij een eind lager de lichtjes van The Rock. Slippend en struikelend rende hij de helling af, zo ijskoud dat hij alleen nog aan zijn bevroren vingers kon denken.

Flora was er niet. Soms liet ze zichzelf binnen in het gastenverblijf en lag ze op hem te wachten. Altijd doodmoe omdat ze zo vroeg moest beginnen, trof hij haar dan meestal diagonaal op haar buik op het bed aan (hoewel ze haar best had gedaan om er leuk uit te zien; haren gedaan, make-up op, een sexy nachtjaponnetje aan dat ze op het vasteland had besteld waarin ze hem opgewekt had willen begroeten – maar dat wist Joël allemaal niet), zachtjes snurkend met haar neus in de kussens en een reallifesoap blèrend op de tv. Het bed was enorm en Joël vond het altijd heel fijn als ze er was en dat ze zich zo thuis voelde; dan kroop hij naast haar en maakte haar wakker en...

Ja, hoe dan ook... Ze was er niet. Wat ook beter was. Maar dat was het eigenlijk niet, want hij wilde haar zien... Nee. Niet waar. Dat wilde hij niet. Dat kón hij niet.

Hij stroopte zijn natte kleren af en nam een douche. Eigenlijk moest hij naar haar toe, naar de boerderij, maar dan waren die anderen er natuurlijk ook, die broers van haar die hem bekeken alsof hij een buitenaards wezen was. Hij wist dat ze het goed bedoelden, maar hun jongensachtige pesterijtjes en rauwe humor deden hem iets te veel denken aan de pleeggezinnen op het platteland waar hij als kind had gezeten in het besef dat hij daar nooit, in nog geen miljoen jaar, echt zou passen en dus weer weg zou moeten.

Flora leek daar allemaal niets van te merken; ze was dol op haar broers en plaagde hen net zo hard als zij haar. Ze leek zoveel liefde te hebben, Flora, ze stroomde ervan over; het zat in alles wat ze deed – zelfs het brood dat ze bakte. Haar dagelijks leven was ervan doordrenkt – een leven waarin iedereen iedereen kende, en, ondanks menselijke zwak- en eigenaardigheden, werd geaccepteerd omdat iemand nu eenmaal zo was en erbij hoorde.

En hij had er zo weinig van, van liefde. Alsof die in een klein potje zat met het deksel er stevig op gedraaid, zodat het nooit zomaar openging en er niets verspild werd, niet eens een piepklein druppeltje.

Hij zette zijn telefoon uit, maar verwachtte geen oog dicht te doen – wat ook zo bleek te zijn.

Wat moet ik doen, maalde het door zijn hoofd. Hoe moeten we nu verder?

22

Flora had juist heerlijk geslapen en werd wakker met een uitstekend humeur. Ze was naar huis gegaan om haar vader op te zoeken en daar in het smalle bed uit haar jeugd blijven overnachten. Ze had Joël geappt en een kort berichtje teruggekregen dat hij veel werk te doen had – wat wel vaker voorkwam. Joël was thuis en hij was blij geweest haar te zien, hoewel hij had gezegd dat hij niet met haar wilde samenwonen, maar dat was... Nou ja. Ze kwamen er wel uit.

En de wereld buiten zag er fantastisch uit: de wind was gaan liggen, de lucht was helder en er lag een deken van sneeuw op het land dat het licht van de maan reflecteerde. Het was ongelofelijk mooi. Op Mure bleef de sneeuw maar zelden liggen; hun kleine rotseiland was te winderig. Maar vandaag wel – het leek wel een plaatje uit een sprookje, met schaapjes in de velden (ze moesten binnengehaald worden en Flora zag dat Hamish en Innes al weg waren).

De oude plavuizen waren ijskoud onder haar voeten terwijl ze zo snel mogelijk naar de AGA rende. Bramble had helemaal geen zin om de krant beneden in het dorp te gaan halen: hij had aan de sneeuw geroken, er toen zo veel mogelijk van proberen op te eten en zich weer omgedraaid om het huis binnen te gaan en weer voor het vuur te gaan liggen.

Maar de ketel floot vrolijk en de jongens waren nog niet onder de douche geweest, dus was Flora de eerste en had ze zeker warm water – dat was op zichzelf al een geluk. Ze bekeek zichzelf in de spiegel. Haar borsten waren inderdaad voller. Ze zette haar buik uit. Het was toch echt een wonder. Dat daarin nu een baby'tje groeide. Haar baby. Joëls baby. Onvoorstelbaar. Ze slikte.

Maar zelfs de gedachten daaraan vervlogen bij de aanblik van de pracht van het landschap toen ze de deur uit ging om naar het dorp te lopen. De verse sneeuw kraakte onder haar stevige wandelschoenen, de boerderijhonden renden speels achter elkaar aan en ze hoorde Innes zelfs fluiten op een veld ergens boven haar. De laagstaande zon die de hele dag maar nauwelijks boven de horizon zou uitkomen, kleurde alles boven het sneeuwstille land een desondanks veelbelovend roze. Op Mure hoorde je zelden lawaai van vliegtuigen of auto's, maar er waren natuurlijk wel koeien die loeiden omdat ze gemolken wilden worden en ruisende golven en roepende zeemeeuwen en ritselende, wuivende gerstvelden. Het was er nooit echt stil.

Maar vanochtend leek het wel een nieuwe wereld. Het enige wat ze hoorde was af en toe het gekwetter van een vogel, heel hoog in de lucht, het geknerp van de sneeuw onder haar schoenen en brekend ijs als ze over een bevroren plas liep. De kippen zaten nog op stok; het was te koud en te donker voor ze om zelfs maar even buiten te gaan kijken hoe het daar was.

Ze had zich warm ingepakt met drie truien over elkaar heen, de prachtige kasjmier muts en das die Joël in Londen voor haar had gekocht, en een met dons gevulde lange jas die zo dik was dat het leek of je een slaapzak aantrok. Flora verheugde zich al op de kaneelbroodjes die ze voor die ochtend had gepland, die de halve nacht hadden staan rijzen en straks het hele café en een groot deel van de straat met hun hemelse geur zouden verrijken. Het was nogal een gedoe om ze te maken; voordat je ze allemaal opgerold had was je zeker een uur verder, maar dat was het allemaal waard omdat het vrijwel onmogelijk was langs het café te lopen en niet naar binnen te gaan om er een te kopen. Ze ging ook warme chocolademelk maken omdat ze, als de sneeuw bleef liggen, overstroomd zouden worden door kinderen die helemaal tot aan de dorpsstraat de heuvel af waren gesleed en iets warms nodig hadden.

Zou haar kindje dat ook doen op een dag? vroeg ze zich af. Met rode wangen en glinsterende ogen van de sneeuw genieten? Welke kleur zouden die ogen hebben? Bruin, zoals die van Joël, of heel licht grijs-groen-blauw, zoals de hare? En zou zijn of haar papa dan nog bij hen zijn? Nou niet weer gaan piekeren! berispte ze zichzelf. Ze kwamen er wel uit...

Isla en Iona stonden al voor de deur op haar te wachten, zo dik ingepakt met allerlei sjaals en mutsen dat nauwelijks te zien was wie wie was. Ze borrelden van opwinding over de Russische zeelui – die natuurlijk helemaal niet bij de marine zaten en helemaal niet Russisch waren en met wie ze absoluut niet afspraken in de Harbour's Rest om te kaarten (wat je, als je niet dezelfde taal spreekt, natuurlijk wél kon doen. En er waren ook nog andere dingen die je dan kon doen, dacht Flora, maar dat zei ze maar niet). Ze schaterde het uit terwijl ze het theewater aan de kook bracht en Isla vertelde dat ze haar tante Jean in de Harbour's Rest waren tegengekomen en dat ze Anatoly toen wel had móéten voorstellen en dat ze allebei net hadden gedaan of hij niet Russisch was en knetterdronken waren geworden door een ongelofelijk sterke wodka die hij ergens vandaan had en steeds in hun Irn Brus schonk als Inge-Britt niet keek omdat ze verdiept was in een spelletje Candy Crush.

En dat was hoe Joël haar aantrof, na een slapeloze nacht woelen en draaien in het enorme lege bed op The Rock; met haar hoofd naar achteren gegooid van het lachen, blozende roze wangen en haar lange haar glanzend op haar rug. Ze had er echt nooit mooier uitgezien, schoot het door hem heen. Ze had een bepaalde... Het liefst had hij gevloekt. Dat zeiden ze toch altijd van zwangere vrouwen? Dat ze een bepaalde gloed hadden?

Hij dacht terug aan hun gesprekje over verhuizen. Natuurlijk wilde ze verhuizen! Natuurlijk! Hij besefte dat ze ook gewoon van hem had kunnen eisen dat hij een huis kocht; ze wist dat hij geld had. Of dat ze iets groots en luxueus huurden. Maar in plaats daarvan had ze voorgesteld om samen in het (in Joëls ogen) goedkope, kleine appartementje van haar beste vriendin te gaan wonen. Typisch Flora. Zelfs nu kon hij niet zonder een glimlach aan haar denken.

Toen hij de deur van het café openduwde en het belletje erboven rinkelde, keerde ze haar gezicht naar hem toe. Haar gezicht stond blij, maar hij zag nu ook, hoewel hem dat niet eerder was opgevallen, dat ze paarse kringen onder haar ogen had van vermoeidheid.

'Joël!' riep ze stralend, maar tegelijkertijd wat nerveus. 'De thee is net klaar! Wil jij ook een kop van deze godendrank, gezet met kristalhelder Mure-water, of hou je het liever bij die smerige koffie waar je zo dol op bent?'

Joël hield, sinds hij tijdens zijn studie hele nachten had moeten doorhalen, van bittere Amerikaanse koffie. Flora deed net of ze die koffie gewoon op voorraad had voor de klanten, maar dat was niet zo: toen Inge-Britt een oud koffieapparaat wilde weggooien, had Flora het speciaal voor Joël van haar overgenomen.

Joël haalde zijn schouders op. De twee meiden die er werkten begonnen zodra hij binnenkwam, zoals altijd, te giechelen. Geen idee waarom. (Ze vonden dat hij op iemand uit een Amerikaanse serie leek – er waren maar weinig mensen die ze kenden die elke dag een pak aanhadden – en ze vonden hem allebei superaantrekkelijk.)

Joël wilde geen scène maken. Niet hier. Niet nu. Nooit eigenlijk. Hij hield absoluut niet van ruzies, hij had er zelfs vaak een relatie met een van zijn vroegere vriendinnetjes om beëindigd, die daar pas achter kwam als het al te laat was.

Maar dit... Hij keek naar Flora. En zij keek naar hem. En ze zag meteen dat hij het wist...

23

Het idiote was, zei Flora in een poging er later voor Lorna een grappig verhaal van te maken (tevergeefs), dat ze niet eens naar buiten konden omdat het min twee was en ook nog eens druk door alle mensen die genoten van de sneeuw. En binnen waren de meiden. En ze waren allebei niet met de auto, Joël en zij. Naar de boerderij konden ze ook al niet, want daar waren altijd mensen. En dus bleek het heel lastig om een privégesprek te voeren op een vrijwel onbewoond eiland met heel weinig mensen, die je echter wel allemaal kende en ongelofelijk nieuwsgierig waren.

'Kan ik je heel even lenen?' vroeg Joël en ze gingen naar buiten. De kou beet in hun gezicht en de sneeuw knerpte onder hun schoenen. De zon dacht erover verder omhoog te klimmen in de lucht maar zou dat nog tijden niet doen, dus was het om halfnegen in de ochtend nog steeds vrijwel donker. Joël keek gefrustreerd om zich heen en ontdekte de ouderwetse rode telefooncel die er voor de toeristen stond die er foto's konden maken terwijl ze er half in stonden en net deden of ze belden, of door tieners werd gebruikt om er een beetje te zoenen, wat ironisch genoeg even door Flora's hoofd schoot terwijl hij haar erin duwde. Ze hoopte zelfs heel even dat hij dát van plan was.

Maar toen zag ze zijn gezicht. Hij zag er moe uit, met donkere kringen onder zijn ogen. Ze wist dat dat een waarschuwingssignaal was. Ze had het ooit aan Mark gevraagd en hij had gezegd dat ze erop moest letten dat hij geen gewicht verloor, niet te lang aan het werk was en genoeg rust pakte.

Hij keek haar aan. 'Is er iets wat je me moet vertellen?' stelde hij de vraag simpelweg.

Flora had het gevoel dat ze een stomp in haar maag kreeg. Ze ademde diep in. Zoveel stress kon zeker niet goed zijn voor de baby. 'Moet dit hier?' vroeg ze. Het stonk in de telefooncel. Er hing nog steeds een telefoonboek in, dat moest een jaar of vijftien oud zijn. Waarschijnlijk stond het nummer van haar moeder er nog in, dacht Flora warrig.

'Ja, het moet nu,' zei hij met een gespannen gezicht.

Flora keek naar hem op en moest haar tranen wegknipperen. 'Joël...' Ze snapte er niks van. Lorna zou het toch niet verteld hebben? Nee, natuurlijk niet – ze had hem waarschijnlijk zelfs nog niet eens gezien. Had Saif zich iets laten ontvallen? Maar Saif was zo serieus, zo professioneel. Ze vertrouwde hem volkomen. 'Hoe weet je...'

'Colton.'

Flora deed haar ogen dicht. Natuurlijk! Precies wat Fintan had gezegd: sinds Tripp er was, was Colton weer 'bij', alert. En vergat hij dus ook minder. Natuurlijk was dit dan het resultaat. 'Ik dacht... Ik dacht dat hij dat... Hij lag toen nog half in coma en praatte niet echt meer...'

'En dat maakt het minder erg?'

Flora besefte hoe woedend hij was, hoeveel moeite hij deed om zijn zelfbeheersing niet te verliezen. Ze voelde de kou niet meer. 'Ik probeerde... Ik probeerde het juiste moment te vinden. Joël, ik wist... Ik wist dat je zo zou reageren. Ik probeerde alleen...'

'Zo zou reageren? Hoe dan?' onderbrak hij haar, en Flora begreep dat ze precies het verkeerde had gezegd.

'Nou...' begon ze zachtjes.

'Ik reageer,' zei hij langzaam, 'op het feit dat jij me niets vertelt over iets wat zo belangrijk is dat het mijn leven kan bepalen. Dat je zoiets zelfs eerder aan anderen hebt verteld dan aan mij! Ik heb geen idee hoe je dácht dat ik zou reageren, maar ik kan je verzekeren dat iedereen heftig zou reageren als hij over zoiets in onwetendheid werd gehouden. Hoelang weet je het al?'

Flora boog haar hoofd. 'Zes weken.'

Joël was met stomheid geslagen. 'Jezus! Hoeveel weken ben je dan?'

'Tien weken, misschien elf...' zei Flora bijna onhoorbaar.

Joël knipperde met zijn ogen.'Was je van plan het me ooit te vertellen? Of pas als er geen keus meer was?'

Flora hapte naar adem.'Ik... Ik probeerde erover te beginnen toen ik het over samenwonen had, maar dát wilde je al niet. Ik dacht dat dat misschien een begin kon zijn...'

Joël zweeg. De gedachten tuimelden door zijn hoofd.

Flora vatte dat op als een afwijzing en ze voelde dat ze rood werd.'Het was per ongeluk!' barstte ze heftig uit.'Ik wílde helemaal niet zwanger worden! Ik probeer je heus niet in de val te lokken of weet ik veel wat je denkt.'

'Een baby,' mompelde hij. Hij hoorde nauwelijks wat Flora zei.

Ze luisterden geen van beiden naar elkaar. De ruiten van de telefooncel begonnen te beslaan.

'Ik bedoel, jíj had ook wel voorzichtiger kunnen zijn!' schreeuwde Flora hem toe.

Het bleef even stil.'O ja?' reageerde Joël. Hij voelde zich nog steeds vreemd afstandelijk over de hele situatie.

Flora keek hem ongelovig aan en plotseling ontsnapte er een enorme snik uit haar keel.

Voordat hij haar kon tegenhouden duwde ze de deur open en rende de telefooncel uit, zonder zich iets aan te trekken van de mensen die hun hond uitlieten en de vissers.Terwijl ze wegholde, zag Joël een heel klein buikje onder alle lagen kleding die ze droeg, en hij vroeg zich af hoe hij zo blind had kunnen zijn. Hij wilde haar achternarennen, maar begreep niet goed waarom ze zo woedend op hem was. Wat had hij misdaan? Wat moest hij nu doen? Joël had niet door hoe verschrikkelijk van streek ze was. Bijna zonder te beseffen wat hij deed, pakte hij de hoorn van de haak en ramde daar een paar keer machteloos mee tegen de zijkant van het metalen toestel. Toen hij opkeek, was ze uit het zicht verdwenen.

24

Flora maakte zich verblind door tranen half struikelend uit de voeten, wat godzijdank gecamoufleerd werd door de snerpende kou en de sneeuwvlokken die in haar gezicht striemden. Ze wreef over haar ogen, opende ze weer en staarde uit over de zee. De hemel voor haar was helder – heel anders dan achter haar op het eiland – en ze kon kleine stipjes aan de horizon zien waarvan ze wist dat het enorme containerschepen waren van honderd of wel tweehonderd meter lang, voetbalvelden vol ijzeren bakken.

Terwijl ze zo over het water tuurde, werd ze overvallen door de gedachte aan al die vrouwen die hier vóór haar met een kindje in hun buik hadden gestaan, wachtend op hun mannen die hopelijk terugkeerden van zee. Nu was ze zélf dat cliché-beeld, starend naar de golven van het opkomende getij die tegen de kademuur sloegen en zich in een eeuwige beweging weer terugtrokken. Daaraan zou niets veranderen. De seizoenen zouden blijven komen en gaan, de lammetjes kwamen ter wereld, de koeien werden gemolken, er werden baby's geboren en een mens maakte de juiste of de verkeerde keuze. Zo was het altijd gegaan – dat was het leven nu eenmaal.

Maar háár leven... háár leven zou heel anders worden. Ze had alles gewild, en dat kon nu door één stommiteit allemaal vermorzeld worden.

'Joehoe! Flora, ben jij dat? Joehoe! Ja! Ik dacht al dat jij het was!'

Eerst registreerde ze niet dat er naar haar werd geroepen, maar toen ze het opmerkte, dacht ze één blij moment dat het Joël was. Maar natuurlijk was hij het niet; het was een heel andere stem. Ze reageerde niet en kromp ineen in de hoop dat ze kon ontsnappen. Maar dat was het probleem op Mure: er viel niet te ontsnappen. Voor het eerst sinds ze op het eiland terug was, miste ze de eindeloze, overrompelende anonimiteit van de drukke straten in Londen.

'Flora! Hoe gaat het?'

Flora knipperde met haar ogen. Het was Jan, de vrouw van Charlie. Ze droeg een enorme neongele regenparka, de grootste die Flora ooit had gezien, ze leek wel een reddingsboot. 'O, hoi Jan, alles goed?'

Zoals gewoonlijk kwam Charlie vlak achter haar aan. Hij glimlachte verlegen.

'We hebben iets te vieren en kwamen een lekker stuk cake bij je eten!' verkondigde Jan luid.

'O... Nou, loop maar mee,' zei Flora, er zich plotseling van bewust hoe ijs- en ijskoud ze het had. En misschien konden Iona en Isla Jan en Charlie bedienen zodat zij de keuken in kon vluchten en verder kon gaan met het beslag voor de Christmas cake zonder dat daar tranen in terechtkwamen.

Het belletje boven de deur van Annies Café klingelde luid toen ze naar binnen gingen.

'Nou,' zei Jan idioot hard. 'Ik denk dat ik maar een extra plak neem, ik eet voor twee tegenwoordig! Wat vind jij, Charles?'

Charlie glimlachte zijn goedmoedige trage glimlach en knikte vriendelijk.

Flora knipperde met haar ogen. Het was niks voor Jan om zo stralend en vrolijk te doen tegen haar. Meestal had ze alleen maar kritiek. Wat was er aan de hand? Ze draaide zich om en op de een of andere manier wist ze het antwoord al voordat Jan haar mond opendeed. Het was iets in de manier waarop Charlie naar zijn vrouw keek – niet met zijn normale onderdanige gehoorzaamheid, maar met iets wat meer leek op ontzag.

Nee! Alsjeblieft! Niet nu...

'Ik ben zwanger, snap je!' zei Jan.

Het was het moeilijkste wat Flora in lange tijd had moeten doen. 'Gefeliciteerd,' zei ze. Ze ademde diep in en keek Charlie aan, die een knalrood hoofd had. 'Jij ook, Teàrlach,' zei ze zachtjes, en hij grijnsde trots.

'Ik zei dat ze het stil moest houden,' zei hij.

'Ik ben drie maanden! Dan is er niet veel risico meer. En daarbij vind ik al dat gedoe eromheen nogal overdreven. Zolang je fit en gezond bent, is het toch doodgewoon, een zwangerschap.'

Flora probeerde vriendelijk te glimlachen, maar vanbinnen deed het pijn. Het was zo'n duidelijk 'dit had jij kunnen zijn'-moment. Als zij verder was gegaan met Charlie, waar ooit even sprake van was geweest, als zij met deze goedhartige gemoedelijke man was getrouwd en zijn allesomvattende liefde had geaccepteerd en niet was gevallen voor iemand die misschien uiteindelijk helemaal niet in staat was om van iemand te houden. Niet van haar, niet van de baby en niet van zichzelf.

'O, Flora! Je huilt!' zei Jan met duidelijke tevredenheid. 'Nou, het viel te verwachten natuurlijk. We zijn tenslotte getrouwd!'

'Wat voor soort cake hadden jullie gewild?' vroeg Flora terwijl ze snel met haar hand langs haar ogen veegde.

'Doe maar één van elke soort!' Jan glimlachte zelfvoldaan. 'Je hebt steeds zo'n honger als je zwanger bent! Wist je dat? Al die gelukkige hormonen die alle kanten op schieten. En ik ben totaal niet misselijk geweest. Wat een geluk heb ik, hè?'

Ja, dacht Flora, terwijl ze de cakejes in een zakje deed, dat heb je zeker.

'Joël zal het fantastisch vinden voor ons!'

'Hmm,' zei Flora zo neutraal ze maar kon.

'Hij zal natuurlijk een tandje bij moeten zetten en ons vaker moeten helpen bij Outward Adventures... hoewel ik Baby natuurlijk ook steeds meeneem.'

'Is dat hoe jullie hem of haar gaan noemen?' vroeg Flora beleefd.

'Ik zou niet weten waarom een baby niet meteen kan wennen aan de natuur,' ratelde Jan verder op haar gebruikelijke irritante manier, waarbij ze Flora's vraag gewoon negeerde. 'Ik bind Baby gewoon in een draagdoek, dat is heel normaal bij primitieve volken, en...' Ze keek, zoals altijd, zogenaamd verbaasd op toen Flora haar het kassabonnetje gaf. 'Op zo'n bijzondere dag?' merkte ze nog op. Jan, een telg van de rijkste familie uit het dorp, kwam alléén maar op 'bijzondere dagen'.

'Heb je je kortingskaart bij je?' vroeg Flora. Nu deed zij net of ze Jan niet had gehoord. Natuurlijk had Jan geen kortingskaart meegenomen, maar Flora deed toch iets van de prijs af, hoewel tandenknarsend.

De oude vrouwtjes in het café konden zich niet langer bedwingen. Een baby op het eiland was belangrijk nieuws omdat de meeste jonge mensen de laatste jaren van het eiland waren weggegaan – zelfs op Mure had de moderne tijd toegeslagen. Een baby – en niet zomaar een baby, een telg van twee oude eilandfamilies – was echt een grote gebeurtenis, en de breigroep was al opgestaan om Jan en Charlie te feliciteren en stond al om hun tafeltje heen voordat Flora de koppen koffie daarop had neergezet. ('Zonder cafeïne natuurlijk! Dat is toch logisch!' had Jan kattig geantwoord op Flora's vraag welke koffie ze wilde.) Jan zat triomfantelijk in het middelpunt van de aandacht te pronken alsof ze de eerste zwangere vrouw op aarde was – wat bijna het geval was tegenwoordig op Mure.

Lorna zal het fantastisch vinden! Leerlingenaanwas! dacht Flora plotseling.

Lorna. Ze moest langs Lorna. Ze wierp een blik op haar horloge. Hoe kon het nog maar negen uur in de ochtend zijn? God! Ze vluchtte naar de keuken achterin en moest zich beheersen om Innes en Hamish niet meteen te bellen om ze te zeggen dat ze Joël maar eens hardhandig duidelijk moesten maken dat hij verdomme niet zo idioot moest doen – hoe erg ze dat ook vond van zichzelf. Het ging verdomme niet alleen om hem! Verdomme! Ze balde haar handen tot vuisten. Vanuit het café kon ze Jan horen gillen van de lach. Er ging een steek van jaloezie door haar heen en ze voelde zich doodongelukkig.

25

Lorna, ik moet je spreken!!!!!

Lorna slaakte een zucht. Een appje van Flora... Ze wist dat haar vriendin veel aan haar hoofd had en natuurlijk voelde ze met haar mee. Echt. Maar ze was moe. De kerstvoorbereidingen waren in volle gang. Ze hadden weer gerepeteerd voor het kerstspel en ze begon zich werkelijk af te vragen of het wel een goede beslissing van haar was geweest om Ib de rol van Jozef te geven. Een paar jongens uit de klas hadden er vervelend commentaar op gehad en ze had een gesprek met hen moeten houden om duidelijk te maken dat woorden ook pijn kunnen doen. Om eerlijk te zijn had ze het liefst hun koppen tegen elkaar geslagen.

Als Ib nou een beetje zou ontspannen en eens ophield met vijandig doen tegen iedereen, zou zijn leven zoveel gemakkelijker zijn. Ash was veel opener en intussen aardig ingeburgerd, maar voor hem was het ook minder moeilijk; hij was jonger, waardoor hij minder moeite had zich aan te passen, maar natuurlijk ook veel minder had onthouden van hun leven in oorlog en minder herinneringen aan zijn moeder had. Bovendien was hij een stuk socialer van karakter, van nature vriendelijker dan Ib en gemakkelijk in de omgang.

Lorna wist dat ze met Saif moest praten over Ibs moeilijke gedrag en houding en misschien zelfs moest overwegen hem helemaal uit het stuk te halen. Maar dat was... tja... op z'n zachtst gezegd een delicaat probleem. Zij kwam namelijk gewoonweg niet uit haar woorden als ze met Saif in één ruimte was, het enige wat ze kon was kwijlen – wat natuurlijk een belachelijk excuus was om haar werk niet naar behoren te doen, net zo idioot als nooit meer naar de dokter gaan – totdat ze voor straf doodging aan een ziekte die gemakkelijk te genezen viel.

Ze slaakte een zucht en ging achter haar computer zitten om een mail op te stellen.

Beste dokter Hassan,
Ik hou van u

Nee. Ze verwijderde het bericht.

Beste dokter Hassan,
Ik wilde graag een kort gesprek over HOEVEEL IK VAN

Lorna zuchtte diep. Dit was belachelijk en ze had nog een enorme berg nakijkwerk.

Beste Dokter Hassan,
Ik vroeg me af of u vijf minuten hebt om Ibrahims vorderingen met mij te bespreken.

Haar gedachten dwaalden meteen af naar wat ze dan zou aantrekken – die leuke wijde rok met die rozen erop misschien, die zo zwierde. Ze droomde weg en toen ze daaruit opschrok door het gerinkel van de telefoon, was het moment voorbij en werd de mail niet verstuurd, waardoor het gesprekje nooit plaatsvond... Terwijl het een hoop problemen had kunnen voorkomen.

'Lorna! Ben je klaar? Kun je weg? Ik moet je nodig spreken!' hoorde ze Flora nerveus zeggen.

'Flora? Rustig aan, meisje!'

'Rustig? Ik heb me de hele dag al rustig moeten houden, verdomme! En lief naar iedereen moeten lachen en moeten doen of alles leuk is en alles goed is, terwijl ik me ongelofelijk klote voel!'

'Toch niks met de baby?' Lorna kromp ineen en keek snel om zich heen voor het geval Mrs. Cook in het kamertje naast haar zat en haar kon horen. Ze vroeg het nog een keer, maar nu fluisterend.

'Nee, nee. Geen idee. Alles oké, denk ik. Kunnen we afspreken? Nu?'

'Ik moet nog wat dingen afmaken hier.'

'Alsjeblieft? Heel snel? Alsjeblieft? Ik heb millionaire's cake!'

Lorna kneep haar ogen even dicht. 'Oké. Ik kom eraan.'

Annies Café was gesloten, maar het rook er nog heerlijk naar warme koffie en cake, de tafels waren schoon en de stoelen stonden erop zodat de vloer de volgende ochtend eerst gedweild kon worden.

Lorna en Flora zaten zich achter in het keukentje bij het fornuis ongans te eten aan millionaire's cake – hoewel allebei om een andere reden. Flora was in tranen en deed verslag van de afschuwelijke ochtend met Joël.

Lorna schudde haar hoofd. 'En hij heeft de hele dag niets laten horen? Niet gebeld? Niet langs geweest?'

Flora schudde haar hoofd.

Lorna zuchtte diep. 'Weet je zeker, weet je echt zeker dat hij niet gewoon een enorme klootzak is?' vroeg ze.

'Dat heeft Fintan ook al eens gevraagd,' snikte Flora. 'Dat denkt blijkbaar iedereen.'

'Nou?'

'Maar ik weet zeker dat hij géén klootzak is. En dat doet er trouwens niet toe.'

'Hoezo?' vroeg Lorna weifelachtig.

'Omdat ik zwanger ben van hem, of hij nou een klootzak is of niet.'

Lorna kneep haar ogen even stijf dicht. 'Eh... Ik weet dat het een... moeilijke vraag is, maarre... Je weet zeker dat je het niet...'

Flora knikte. 'Ja, ik weet wat je wilt zeggen. Maar ik ben eenendertig. Ik ben er klaar voor. Ik ben eraan toe. Ik had het alleen niet in mijn eentje willen doen.' Dat veroorzaakte weer een nieuwe tranenstroom.

Lorna had, zoals iedereen die veel te maken heeft met kleine kinderen, altijd een pak zakdoekjes in haar tas paraat, en gaf er nu een aan Flora.

Opeens werd er hard op de voordeur geklopt.

Ze keken elkaar onmiddellijk aan, en in Flora laaide even een vlaag hoop op.

'Misschien is hij op handen en voeten door de sneeuw hierheen komen kruipen om je om vergeving te smeken,' merkte Lorna op.

'Nee, je moet er geen grapjes over maken...' zei Flora triest. En trouwens, dat was toch Joëls klopje niet. Of wel? Ieder ander – letterlijk íéder ander – zou gewoon binnen zijn gelopen. De deur zat niet op slot.

Ze liet zich van de kruk glijden en liep naar voren. Er stond iemand aan de andere kant van het glas en Flora zag meteen dat het Joël niet was. Natuurlijk was hij het niet! Dat wist ze toch, dus het was belachelijk om zo teleurgesteld te zijn. Ze knipte het licht aan en deed de deur open.

'Ik kom bloemen afleveren,' zei de man op verveelde toon. Hij hield een enorm boeket in zijn handen.

Op het eiland zelf waren geen bloemenwinkels en dus kon je alleen bloemen bestellen op het vasteland. Zo'n winkel was niet rendabel op Mure, er waren bloemen genoeg in de vrije natuur. Maar als je toch een boeket wilde laten bezorgen, moest je dat ruim van tevoren bestellen op het vasteland. Wat een fortuin kostte. Om bloemen op dezelfde dag te laten afleveren, moest echt een astronomisch bedrag hebben gekost. De laatste keer dat iemand het in zijn hoofd had gehaald om zoveel geld te verspillen en er boeketten op het eiland waren geleverd was... bij de bruiloft van Colton en Fintan, dacht Flora triest. In de lente stonden de velden op Mure altijd zover je kon kijken vol bloemen; krokussen, boshyacinten en narcissen. Bovendien vond iedereen het een raar idee om bloemen te plukken en in een vaas te zetten. Waarom zou je? Bloemen maakten deel uit van de natuur, ze leefden, net zo goed als de bijen die afhankelijk waren van de roze velden plat gewaaide gerst. De bewoners van Mure vonden bloemen in een vaas net zoiets als dieren in een dierentuin: beroofd van hun vrijheid en van hun natuurlijke omgeving.

In dit boeket zaten kasrozen, roze en wit, lange slierten klimop en narcissen. Het was een weelderig boeket. Overdadig.

'Bedankt,' zei Flora op vlakke toon terwijl ze tekende voor de ontvangst en de bloemen aanpakte.

De man keek op. 'Kan ik misschien een kop koffie krijgen voordat ik de veerboot terug neem?' vroeg hij hoopvol.

'Nee!' riep Lorna vanuit de keuken. 'Ze is moe en heeft een lange dag achter de rug!'

'Ik vind het geen...' begon Flora, maar ze besefte dat ze haar stem niet kon vertrouwen. Ze kromp ineen. Ze verdween helemaal achter het overdadige boeket.

Flora keek de man na, die zich had omgedraaid en weer naar de kade liep. Toen wierp ze Lorna een boze blik toe, stopte de rest van de millionaire's cake snel in een zakje, en rende de man achterna – die het zakje dankbaar van haar aanpakte.

Toen ze terugkwam, deed Lorna de deur achter haar op slot en zei opgewekt: 'Nou, hij heeft in ieder geval ergens spijt van!'

'Een bos bloemen kopen kan iedereen,' zei Flora. 'En trouwens, als ik een van zijn exen was, was hij niet met bloemen aangekomen maar met diamanten of zoiets.'

'Mwah,' zei Lorna.

'Naar me toe komen en praten, dát wil ik. Maar dat is blijkbaar te moeilijk voor hem!' Ze pakte de hele bos op en liep naar de vuilnisbak om hem weg te pleuren. Toen draaide ze zich om naar Lorna. 'Sorry... Wil jij ze?'

'Nou...' zei Lorna met een verlangende blik. Ze had nog nooit zo'n prachtig boeket gezien, laat staan gekregen. 'Ze zouden prachtig staan op school...'

'Oké. Hier,' zei Flora, en ze gaf de bloemen aan haar vriendin zonder het kaartje op te merken dat ertussen zat, eruit viel en tussen de schoteltjes achter de toonbank belandde.

Lorna zag het gelukkig wel en raapte het op. 'Wat zou erop staan?'

'Kan me niks schelen,' zei Flora, maar ze loog natuurlijk dat ze barstte.

‘Mag ik het lezen?’ vroeg Lorna, en op het moment dat ze het openvouwde, griste Flora het uit haar hand.

‘Nou, ik wed dat er staat: “Ik ben blij met de baby. Laten we een gezin stichten!”’ zei Lorna bemoedigend.

Joël had zo lang getwijfeld over wat er op het kaartje moest staan, dat het kauwgum kauwende meisje aan de andere kant van de lijn bijna de hoorn had neergelegd. Uiteindelijk had hij voor de eenvoudigste en oprechtste tekst gekozen die zijn gevoelens het best weergaf. Omdat de situatie, als hij het heel positief bekeek, onwennig en nieuw voor hem was, en, als hij het negatief zag, hij gewoon een stomme idioot was.

‘“Het spijt me.”’ Flora barstte weer in tranen uit. ‘Jezus! Het spíjt hem! Dat hij me zwanger heeft gemaakt en mijn leven heeft geruïneerd zeker. Pff. En er nu natuurlijk gauw vandoor gaat!’

‘Dat staat er toch helemaal niet, dat hij je gaat verlaten,’ zei Lorna praktisch. ‘Misschien slaat het alleen op vanmorgen.’

Lorna had helemaal gelijk.

Flora had te veel last van haar hormonen om de dingen in perspectief te zien. ‘Nou, jij slaat ook om als een blad aan de boom,’ zei ze kattig. ‘Daarnet zei je nog dat hij een klootzak was.’

‘Ja,’ moest Lorna toegeven. ‘Maar ik heb nog nooit roze rozen van iemand gehad.’

‘Nou, ik ook niet,’ zei Flora kwaad. ‘En ik had liever gehad dat ik ervan kon genieten.’

‘Hij probeert het in ieder geval.’

Flora streek peinzend over haar buik. ‘Dan had hij “ik zal het een kans geven” moeten schrijven,’ zei ze ontoegeeflijk.

26

Innes had een vermoeiende dag. Eerst had Eilidh, zijn ex, gebeld die ochtend. Hij begreep niet zo goed wat ze opeens wilde. Hij wist dat ze het moeilijk vond om met Kerstmis zonder Agot te zijn. Logisch. Maar ze bleef maar doorkletsen over hoe leuk ze het had en dat ze had leren koken en met pilates was begonnen en was afgevallen en dat iedereen vond dat ze er zo goed uitzag. Innes had geen idee waarom ze hém dat allemaal vertelde. 'Dus dacht ik: als ik Agot nou eens kom brengen op kerstavond. Gewoon even op en neer, de laatste veerboot kan ik niet missen natuurlijk. Dat zou echt een ramp zijn,' zei ze giechelend, iets wat hij haar lang niet had horen doen.

'Oké,' zei hij behoedzaam. Hij luisterde intussen of hij Agot hoorde, want ze was bezig de kerstboom te versieren. Hij had alle dozen van zolder gehaald: de lichtjes die hun vader ooit nog had gekocht, het extra snoer met lampjes in de vorm van bloemen, stukken – door de motten aangevreten – aluminium slingers, kerstversiering die door generaties niet bijzonder artistiek aangelegde MacKenzie-kinderen was geknutseld. Het kwam nooit in iemand op om iets anders in de boom te hangen of nieuwe spullen te kopen: hun kerstboom moest er gewoon zo uitzien als altijd.

Hij hoorde Agot en de kleine Ash steeds iets tegen elkaar roepen wat ze blijkbaar ongelofelijk grappig vonden maar waar hij geen touw aan kon vastknopen. Maar ze hadden lol en dat was in ieder geval goed. Ash vond Agot de grappigste persoon op aarde en Agot vond het heerlijk dat hij achter haar aan liep en ze doorlopend publiek had, dus waren ze echt goede vriendjes. Ash wist met succes aan de verschrikkelijke ruzies te ontsnappen die Agot met andere, volkomen onschuldige kinderen schopte, die de vreselijke fout begingen bijvoorbeeld een iets mooier etui te hebben dan zij.

Toen Eilidh had opgehangen, begreep hij nog steeds niet veel van het hele gesprek en liep hij peinzend naar de keuken om te kijken hoe de kinderen het ervan afbrachten. Hij was maar net op tijd om Agot de veertiende bal aan dezelfde tak te zien hangen, waardoor de belegerde boom dreigde om te kieperen en boven op de twee kinderen terecht zou komen. Gelukkig wist hij hen nog net op tijd te redden... Hij keek op zijn horloge en zag dat het tijd was voor Ash om naar huis te gaan, wat natuurlijk van allebei een storm van protest opriep. Uiteindelijk wist hij de boel te kalmeren door Agot een portie friet te beloven als ze tien seconden haar mond dicht kon houden. En wonder boven wonder presteerde ze het zelfs om dat bijna negentien seconden te doen!

Voor Tripp Rogers was het ook een verwarrende dag. Hij had het gevoel dat hij het allemaal niet begreep. Dat was geen onbekend gevoel voor hem; dat had hij ook bij zijn twee exen bijvoorbeeld, of bij mannen die niet van bier en sport hielden.

Maar hier moest hij toch even goed over nadenken. Dus zat hij in de Harbour's Rest te proberen alles op een rijtje te zetten.

Om eerlijk te zijn had hij wel verwacht dat Colton een beetje ruzie zou gaan maken, maar hij had totaal niet verwacht dat het zo zou verlopen. Echt niet.

Tripp zuchtte diep en dacht terug aan die keer, pasgeleden, dat hij zijn moeder had betrapt terwijl ze huilend over de familiefotoalbums zat gebogen. Het drong tot hem door dat hij veel met Colton bezig was geweest, zijn hele leven eigenlijk. Zij allemaal. Zelfs Janey. Hij had een grondige afkeer opgebouwd van zijn nichterige broertje dat een fortuin had verdiend en zo'n klootzak was dat hij er niets van deelde met zijn bloedeigen familie.

Maar Colton had in al die jaren echt nooit, nooit aan hén gedacht. Hij was gewoon vertrokken en was zijn eigen leven gaan leiden. Dus de hele tijd dat zij dachten dat hij hen expres uitsloot, allerlei snode plannetjes tegen hen smeedde en hen als een Dagobert Duck had uitgelachen in zijn grote huis terwijl hij overal bedrijven opkocht en over de hele wereld reisde, alleen om hun een poepie te laten ruiken, was dat helemaal niet zo geweest. Hij had hen gewoon uit zijn leven geknipt! Hij was getrouwd zonder ook maar enige spijt dat zijn ouders er niet bij waren – Janey daarentegen had hen allemaal zowat overspannen gemaakt met haar huwelijksvoorbereidingen, tot twee keer toe.

En nu, nu hij bijna doodging, was hij hierheen gegaan, naar dit eiland, om te sterven tussen deze mensen met hun onverstaanbare accent, die leken te denken dat ze zijn échte familie waren. Op dit verlaten, bitterkoude eiland. Als Tripp niet min of meer toevallig was langsgekomen, had niemand van de familie van iets geweten.

Het was veel en veel kwetsender dan haat en minachting, dit moeten beseffen dat ze gewoon allemaal uit zijn leven waren geschrapt, omdat ze niet telden, hij niets om hen gaf.

Hij moest ma bellen. Maar dat was een gesprek waar hij erg tegen opzag. Inge-Britt bracht hem nog een whisky – hij had om een Jack Daniels gevraagd en ze had hem aangekeken alsof hij een gestoorde idioot was en hem iets gebracht wat Lagavulin heette. Maar hij móést haar wel bellen.

O god! En ze moesten ook iets met pa. Verdomme, straks zat hij zélf nog met hem opgescheept! En dat was wel het laatste wat hij wilde. Hij had altijd een sterkere band met zijn vader gehad dan met zijn moeder, maar nu pa's geestelijke vermogens achteruitgingen, kwamen zijn allerslechtste kanten naar boven en was het domweg een gemene klootzak. Dat had Colton eigenlijk wel goed gezien.

Maar het beviel hem allemaal helemaal niet. Helemaal niet. Hij zag zijn moeder weer voor zich; zo verdrietig en neerslachtig. Nu hij erover nadacht was ze misschien haar hele leven al ongelukkig geweest met zijn lawaaierige, overheersende vader die geen tegenspraak duldde. Die gedachte was nog nooit in zijn hoofd opgekomen.

Maar zulke dingen speelden in elke familie, toch? Het was altijd ingewikkeld, er waren altijd wel problemen, in een gezin konden ze het nooit zomaar goed met elkaar vinden. Dat was iets uit een film. Niemand was perfect, toch? Maar het was wel hard om te ontdekken dat zijn ouders, Janey en hij niet eens wisten dat Colton stervende was. Zeker voor zijn ouders. Dat ze het pas zouden horen als het te laat was. Nee, ze verdienden een tweede kans, toch? Of in ieder geval een gesprek? De kans om afscheid te nemen? Dat zou toch een beetje troost bieden?

Plotseling besefte hij dat hij, toen hij hier aankwam, had gedacht dat Colton iets goed te maken had en moest ophouden steeds de rijke klootzak uit te hangen. Maar nu vroeg hij zich af of het misschien zijn ouders waren die iets goed te maken hadden. Of zij allemaal.

Tripp Rogers was geen man die veel aan introspectie deed. Het moest door de storm buiten komen, door de sneeuw, en omdat er helemaal niets te beleven viel – nergens een bowlingbaan, geen golfbaan. En een boek pakken was niks voor hem.

Inge-Britt glimlachte vriendelijk naar hem.

'Hé, heb je ook iets te eten?' vroeg hij. Hij had geen idee hoe laat het was – het was hier altijd donker en hij had nog steeds last van een jetlag, maar zijn maag knorde.

'Alleen chips. U had naar Annies Café moeten gaan. Daar kun je heerlijk eten,' zei Inge-Britt.

Tripp snoof. 'Daar hebben ze me eruit gegooid.'

'Eruit gegooid?' vroeg Inge-Britt verbijsterd. 'Bij Annies Café? Echt? Wat raar! Flora is juist superaardig!'

'Ja, ik weet ook niet waarom.'

Inge-Britt keek hem strak aan.

'Ik zei gewoon iets over die nichterige homo...'

Inge-Britt staarde hem aan. 'Fintan bedoelt u?'

Tripp wendde zijn blik af. Blijkbaar had hij een enorme fout gemaakt. 'Eh...'

'Eruit!' zei Inge-Britt. 'Rekening betalen en wegwezen! Nu!'

'Maar ik kan hier nergens heen!' jammerde Tripp.

'Da's dan jammer,' zei Inge-Britt. 'We zijn hier heel tolerant, maar niet voor klootzakken!'

Het was werkelijk steen- en steenkoud buiten. Tripp wierp een korte blik op zijn auto en vroeg zich somber af of hij daarin kon slapen. Zich overgeven aan de genade van Colton was geen optie: het antwoord zou zeker 'nee' zijn. En als het 'ja' was, was dat alleen maar om hem goed in te wrijven hoe hij hem minachtte. Tenminste, dat zou híj doen als hij Colton was.

Maar hij rook eten. Echt! Met zijn handen diep in de zakken van zijn parka volgde hij zijn neus. De etensgeur kwam ergens vanaf de kade. Ja! Daar was iets. Een of ander eettentje.

Er stond een klein meisje in de deuropening. Tripp had geen kinderen – een opluchting; geen van zijn huwelijken had lang genoeg geduurd, hoewel zijn twee exen hem desondanks een rib uit zijn lijf kostten. Het meisje had bijna spierwit haar en stond met haar armen over elkaar geslagen naar hem te kijken.

'Jij bent achter mij!' verkondigde ze luid.

'Oké, dametje,' zei Tripp, blij iemand te ontmoeten die waarschijnlijk níét kwaad op hem zou worden.

'Agot, niet zo bazig doen,' hoorde hij een vriendelijke stem binnen. Er verscheen een lange man met bruin haar die hem enigszins bekend voorkwam, achter het kind. Hij keek Tripp aan en lachte verontschuldigend naar hem. 'Sorry.'

'Tante Flowa moe. Niet koken!' legde Agot geduldig uit, en toen Tripp de naam 'Flora' hoorde, ging hem een lichtje op. Niet te geloven! Was dat de enige familie die hier op dit klote-eiland woonde of zo?

'Nou, dat lijkt me een goede reden om hierheen te gaan... Al weet ik niet wat je hier kunt eten.'

'Het is een friettent hier,' zei Innes. 'Maar ze hebben ook haggis. Of een saveloy.'

Tripp begreep er weinig van. Het zei hem allemaal niets.

'Zal ik iets voor u bestellen?' vroeg de goedmoedige Innes, die eraan gewend was dat Amerikanen niks begrepen van het menu.

'Graag.'

Innes bestelde fish-and-chips voor hem met extra vinegar en een grote fles Irn Bru en Tripp had zo'n trek dat hij meteen aanviel, waarop Agot natuurlijk ook op straat haar friet wilde opeten en haar vader dat goedvond omdat Innes nu eenmaal Innes was. Ze raakten in gesprek en toen Innes erachter kwam dat Tripp op Mure was om een bezoek te brengen aan zijn broer en er op de een of andere manier – dat was vreemd, zeker in december – geen plek meer was in de Harbour's Rest, bood hij de Amerikaan uiteindelijk – zich niet bewust van alle roddels en problemen – een slaapplaats aan.

27

Het enige wat Flora wilde toen ze thuiskwam, was een heet bad en vroeg naar bed. Maar tot haar ergernis hoorde ze meteen al meer herrie in de keuken dan normaal. Agot schreeuwde iets tegen iemand.

'Jij niet coyboy!'

'Dat klopt, dametje,' antwoordde een stem met een Amerikaanse tongval. 'Ik ben geen coyboy.'

'Jij niet coyboy!'

Afgemat stak ze haar hoofd om de keukendeur. Haar vader zat bij het vuur, Hamish zat aan tafel en speelde in zijn eentje een spelletje Jenga, Innes was bezig de post te openen en Fintan stond met een chagrijnig gezicht bij het fornuis – een gewoon tafereeltje. Maar op de vloer zat een woedend uitziende Agot boos te doen tegen een gezette man die Flora meteen herkende als die vervelende Amerikaan die ze eruit had gezet bij Annies Café. Ze trok haar wenkbrauwen op naar Fintan, die een boze blik terugwierp. 'Fintan, kan ik je even spreken?' vroeg ze luid.

'Je moet bij Innes zijn,' zei Fintan. 'En trouwens, niemand verwachtte je thuis vanavond.'

Innes keek verrast op. 'Joël is net terug. Ik dacht dat je wel naar The Rock zou gaan.'

'Zoenen!' gilde Agot uitgelaten.

'Tjezus!' zei Flora geërgerd.

Fintan keek haar vermoeid aan en trok een gezicht. 'Flora,' zei hij, 'hij is familie.'

Tripp stond op en stak zijn hand uit. 'Mijn excuses voor vanmorgen,' zei hij.

'O ja?' vroeg Flora. 'Of bent u gewoon op zoek naar een slaapplaats?'

'Uw vriendelijke broer heeft de heerlijkste en enige fish-and-chips die ik ooit heb gegeten voor me besteld.'

Flora snoof. 'Heb je ook iets voor mij meegenomen?' vroeg ze aan Innes.

'O god, ze heeft ook nog honger!' zei Innes.

'Hongew!' schreeuwde Agot ondeugend.

'Oké,' zei Fintan. 'Ik ga. Er staat stroganoff op het vuur, zussie.'

'Geef Colton een dikke kus van me!' zei Flora. En een klap voor zijn kop omdat hij Joël heeft verteld over de baby, had ze er het liefst aan toegevoegd, maar daar was het niet echt het moment voor.

28

In New York was het vier uur 's nachts.

Joël moest hier echt mee ophouden! Mark werd er ook niet jonger op, straks kreeg hij nog een hartaanval, dacht Marsha toen tot haar doordrong dat het de telefoon naast het bed was die de nachtelijke stilte wreed verscheurde. Ze zei het alleen in wat krachtiger bewoordingen.

'Ik neem hem wel in de woonkamer,' mompelde Mark terwijl hij zijn ogen uitwreef, maar het sneeuwde en het was min zeven buiten, en zelfs in hun moderne appartement waren de vloeren steenkoud.

'Nee, blijf maar hier,' zei Marsha terwijl ze naast het bed voelde naar het lichtknopje en haar bril pakte. 'Als het Joël is, is dat toch niet echt een probleem?'

Mark pakte de hoorn op en vroeg slaperig: 'Joël, ben jij dat? Ik lig in bed en Marsha ligt naast me. Vind je dat een probleem?'

'Eh... nee, eh... geen probleem,' antwoordde hij weifelachtig.

Marsha trok haar wenkbrauwen op. Onder de gebloemde lakens stak Mark zijn arm naar haar uit. Ze kroop tegen zijn warme, vertrouwde borstkas aan en legde haar hoofd op zijn schouder zodat ze allebei konden horen wat Joël zei zonder de telefoon op speaker te hoeven zetten.

'Vertel...'

'Eh...' begon Joël ongemakkelijk. Hij was op The Rock en ijsbeerde door de verlaten gangen van het hotel omdat hij zijn eigen kamer te benauwd vond. 'Er is... eh... iets gebeurd.'

'Oké,' zei Mark langzaam. 'Oké, Joël. Ben je kalm? Adem je goed?'

Joël ademde diep in door zijn neus en langzaam uit door zijn mond. 'Ja, ja, ik doe mijn best.'

'Nou, vertel, wat is er aan de hand?'

Het was vreemd: na jaren heel sporadisch contact, was het afgelopen jaar voor Joël emotioneel zo turbulent geweest dat ze veel meer naar elkaar toe waren gegroeid. Aan de buitenkant leek Joël professioneel en ongenaakbaar – slim, fit, beheerst. Er wisten maar heel weinig mensen hoe beschadigd hij vanbinnen was en hoeveel moeite het hem kostte om op de been te blijven. Dat hij nu voor het eerst in zijn leven verliefd was, had alle scheurtjes in de muur die hij had opgetrokken om zich heen, blootgelegd. Mark was van mening dat het goed voor Joël was om die scheurtjes onder ogen te zien. Dat was de enige manier om te helen, in zijn ogen.

'Het is Flora,' zei Joël, niet in staat te geloven dat hij echt ging zeggen wat er met Flora aan de hand was.

Marsha trok een bezorgd gezicht.

'Ze is... Ze is... zwanger.'

Mark gebaarde meteen heftig naar Marsha dat ze zich stil moest houden. Toen haalde hij de hoorn heel voorzichtig van zijn oor, strekte zijn arm uit zodat die zo ver mogelijk van hen vandaan was, keken Marsha en hij elkaar aan en begonnen ze allebei geluidloos te juichen. Ze moesten hun best doen om niet hardop te lachen en Mark keek Marsha vermanend aan, legde zijn hand zachtjes over haar mond, trok zijn gezicht in de plooi en bewoog zijn kaken even heen en weer om serieus te klinken. 'O,' zei hij, en zijn neutrale toon had iedereen voor de gek gehouden. 'En dat is?' Zijn stem ging vragend omhoog.

Joël stond voor het enorme raam aan het einde van de gang en staarde uit over de woeste zee. Hij zag zichzelf weerspiegeld in de smetteloos schone ruit. 'Ik... Ik...'

Het was stil. Marsha begon liggend een stille vreugdedans.

'Ik ben er niet klaar voor.'

Mark zweeg en liet de stilte even tussen hen in hangen. Uiteindelijk vroeg hij: 'Waarom niet?'

'Nou, bijvoorbeeld omdat ik uit een familie van moordenaars kom?' reageerde Joël geïrriteerd.

Mark liet weer een stilte vallen. 'Jij denkt dat een baby wordt geboren als moordenaar?'

'Dat weet je toch niet? Aan Hitler kon ook niemand zien wat hij later zou gaan doen!'

'En dus is Flora zwanger van een kleine Hitler?'

'Dit is helemaal niet grappig, Mark.'

'En wat denk je, komen er veel moordenaars van Mure?'

Joël zuchtte diep. 'We zijn... We zijn nog maar nauwelijks vijf minuten samen...'

'Joël!'

'Sorry, dat klinkt wel heel horkerig, geloof ik.'

Marsha knikte heftig.

'Daar heb ik professioneel gezien geen mening over,' zei Mark effen.

De lijn kraakte en viel even weg. Mure en Manhattan waren allebei maar kleine eilandjes onder een enorme donkere hemel, duizenden kilometers woelige golven met puffende tankers, walvissen en allerlei andere diepzeeschepsels van elkaar verwijderd. Voor Joël was het bijna negen uur; aan de horizon, ver over het water, was een dunne streep te zien die de dageraad markeerde en de hemel langzaam roze en goud kleurde. Het was schrikbarend koud, je bevroor zowat als je buiten kwam, maar ook heel, heel erg mooi.

'Hoe voelt Flora zich?'

Joëls gezicht vertrok. 'Ik ben bang dat ik dat niet weet. Ik heb niet zo goed gereageerd, geloof ik.'

Mark voelde dat Marsha met haar ogen rolde en ook Joël wist dat blijkbaar, want hij zei: 'Dat zal Marsha wel ontzettend irritant vinden...'

'Ik zeg helemaal niks!' zei Marsha luid. 'Maar een vrouw is heel kwetsbaar als ze zwanger is.'

Joël snoof. 'Er is niks kwetsbaars aan Flora, hoor. Flora is de sterkste persoon die ik ooit heb gekend.'

'Geloof je dat echt?' vroeg Mark. 'Of *wíl* je dat geloven en heb je het nodig dat te denken? Dat zij alles goed kan maken wat jij denkt tekort te komen?'

Joël beet boos op zijn onderlip. 'Dat is toch zo?' zei hij. Opeens klonk hij als een klein kind. 'Als dat niet zo is, dan kan ik toch niet... Ik ben toch niet in staat om... Ik kan zoiets toch niet...'

'Het is niet "zoiets", Joël. Het is een baby! Een kind! Een wonder...'

Marsha draaide zich op haar rug en staarde stilletjes voor zich uit. Het feit dat ze geen kinderen konden krijgen was de enige donkere schaduw over hun lange liefdevolle relatie – een verdriet dat nooit echt overging.

Joël leunde met zijn voorhoofd tegen het glas. 'Maar als ik het niet kán, Mark? Als ik geen goede vader kán zijn, het niet kán?'

'Tot nu toe kun je alles wat je wilt kunnen,' zei Mark.

'Ja, omdat ik mezelf onder controle kan houden, maar dat kun je van een kind niet verwachten. En een kind kun je niet onder controle houden.'

'Hij begint nu al met het geijkte oudergepieker,' zei Marsha, en Mark schudde zachtjes zijn hoofd om haar tot stilte te manen. Weer hield hij een tijd zijn mond. Toen zei hij: 'Maar de baby doet er niet toe.'

Joël fronste zijn voorhoofd, zette zijn bril af en wreef in zijn ogen. 'Huh?'

'De baby doet er nu niet toe.'

'Waar heb je het in vredesnaam over? Dit gáát juist om de baby.'

'Niet op dit moment. Er ís nog geen baby. Wie er nu toe doet is Flora, je partner, het gaat nu om háár!'

Joël zweeg.

'Joël, je gaat me nu toch niet vertellen dat je haar niet als je partner beschouwt, hoop ik.'

Marsha kreunde geërgerd.

'Dat heb ik al eerder tegen je gezegd,' vervolgde Mark. 'En ik hou van je, maar soms vraag ik me af of je wel zo'n vrouw als Flora verdient...'

Het bleef lang stil.

'Dat wíl ik wel...' zei Joël uiteindelijk.

'Goed,' zei Mark. 'Luister, Joël. Je kunt dit aan. Dat beloof ik je. Echt. Wat er ook op je af komt. Hou je rustig, doe niets overhaast. Op dit moment gaat het om je partner. Flora heeft zorg en aandacht nodig. De baby is later aan de beurt. Eén stap tegelijk. Dat is de enige manier om dingen te doen, oké? En bel me morgenochtend. Míjn ochtend, niet de jouwe.'

Joël bromde wat en verbrak de verbinding. Hij was verbaasd. Vreemd dat ze er meteen van uit waren gegaan dat Flora en hij de baby lieten komen en dat het allemaal goed zou gaan. Dat ze er niet van schrokken, er helemaal niet bezorgd om waren. Dat was een volkomen nieuw gezichtspunt voor hem.

29

Het laatste waar Flora zin in had, was gezellig doen tegen een vreemde vent die ze helemaal niet mocht. Maar aan de andere kant was het misschien beter dan het alternatief: in haar eentje op haar kamertje op de rand van haar bed gaan zitten janken.

Agot stond woedend tegenover haar vader. 'Man is níét coyboy, Flowa,' gilde ze boos.

'Maar dat heeft hij geloof ik ook niet gezegd,' zei Flora kalmpjes en ze liep naar het fornuis. Godzijdank had Fintan, die niets met kant-en-klare magnetronmaaltijden had, stroganoff klaargemaakt. Die rook heerlijk nu ze erbij stilstond, en gelukkig had het wonder van rijst uit de magnetron Mure ook eindelijk bereikt. Een winterpeen erbij als groente en klaar, hoewel Agot haar neus optrok en verbolgen zei: 'Voor paawd! Is ete voow paawd!'

Tripp stond er een beetje verloren bij en streek ongelukkig met zijn hand over zijn pet terwijl Flora langs hem heen beende.

Eck keek op. Hij zat te doezelen voor het haardvuur met de krant opengeslagen bij de paardenraces. Hij deed nooit moeilijk over wie er allemaal zijn keuken binnenkwamen. 'Neem een stoel,' zei hij met een knikje naar Tripp. 'Flora, heb je alsjeblieft nog een glas?'

Flora bracht met een chagrijnig gezicht nog een glas en schonk er wat whisky in, opzettelijk zonder er een drupje water in aan te bieden, wat Tripp geen enkel punt vond omdat hij zijn whisky altijd puur dronk.

'Hoe was het bezoek aan Colton?' vroeg ze na een tijdje om de ongemakkelijke sfeer in de keuken te doorbreken.

Fintan, bezig zich dik in te pakken om te gaan, keek op.

Tripp haalde zijn schouders op. 'Ach. Tja...'

'Waarom bent u eigenlijk hierheen gekomen?'

Tripp knipperde met zijn ogen. 'Nou... Hij is mijn broer. Familie. Ik bedoel... We hebben hem jarenlang niet gezien, maar...'

Flora snoof, ze kon zich niet inhouden. En Agot deed haar onmiddellijk na.

'... maar we hebben hem gevolgd. In de kranten en zo. En toen we zagen dat hij niet veel...'

'U aast op zijn geld,' zei Fintan bot, terwijl hij zijn das en handschoenen aantrok.

Tripp zette zijn glas neer. 'Voor een deel ging het om geld, ja... Maar zijn moeder wil graag weten... Ze wil gewoon graag weten of het goed met hem gaat.'

'Nee dus,' reageerde Fintan kortaf.

'Ik vertrek morgen wel, man,' zei Tripp.

Fintan blies een lange adem uit. 'Nee,' zei hij. 'Dat hoeft niet.'

Er viel een lange stilte die alleen werd verstoord door Agot die Flora's minachtende snuif imiteerde, die nu duidelijk opgenomen zou worden in haar repertoire van kunsten.

'Het is gewoon...'

'Wat?' Fintan keek hem aan. Bozig, maar ook een beetje hoopvol.

Tripp haalde zijn schouders op. 'Ik denk dat het... als het kon... Ik denk dat ma... Ik bedoel, pa heeft tegenwoordig nauwelijks meer in de gaten wat er om hem heen gebeurt. En Colton en hij... hebben het nooit met elkaar kunnen vinden. Maar ma... Ik bedoel... Ze zat nogal...' Tripp had moeite om de woorden uit zijn keel te krijgen. 'Ik bedoel... Pa was een harde, snap je? Hij wilde dat alles op zíjn manier ging. En Colton ging gewoon... ging gewoon zijn eigen weg.'

Fintan glimlachte flauwtjes toen hij het hoorde, omdat dat typisch de Colton was die hij kende.

'En ma... ma zat onder de plak. Ze gaf pa altijd zijn zin. Zelfs als ze...' Zijn stem stierf weg. 'Zelfs als ze dat misschien niet had moeten doen.' Hij keek op. 'Ik denk... Ik denk dat ze hem graag nog één keer zou spreken... Misschien via Skype? Of de gewone telefoon?'

Fintan keek opstandig. 'Nou, dat zul je hem dan zelf moeten vragen.'

'Dan zegt hij dat ik kan oprotten,' zei Tripp.

'En hij verandert er echt niet door van gedachten over het geld, als dat je tactiek was.'

'Aan tafel iedereen!' kapte Flora het gesprek af.

'Dat is paawdete, tante Flowa!'

'Innes, zorg dat Agot aan tafel komt!'

'Ze heeft al friet gegeten,' zei Innes met een ongemakkelijk gezicht.

'Nou, dat is helemaal niet goed voor haar.'

'Ik dacht dat je niet thuis zou komen vanavond.'

'Maar ík heb toch gekookt!' zei Fintan.

Innes zuchtte. 'Agot, als je nu niet aan tafel komt zitten, gaat het kerstspel niet door.'

Agot sprong als een haas op en rende naar haar stoel.

'Ze doet helemaal niet mee aan het kerstspel,' zei Flora verbaasd.

'Sst,' zei Innes zachtjes. 'Ze denkt van wel! Ik heb een engelenjurkje en vleugels en alles voor haar en zet haar gewoon naast het podium zodat ze zogenaamd meedoet – dat vindt Lorna vast wel goed.'

'Dat lijkt me helemaal niet! Stel dat ze het podium op klimt?'

'Ikke engel! En veugels!' verkondigde Agot standvastig.

'Eh... Dat is toch niet zo'n probleem?' vroeg Innes zwakjes.

'Tuurlijk wel,' zei Flora streng. 'Voor alle andere ouders die een foto van hun schatje in zijn of haar glansrol willen maken. Die zitten echt niet te wachten op een heksje met vleugels dat alle aandacht opeist.'

'Gaat het feest híér eigenlijk nog door?'

Hoewel het het laatste was waar Flora zin in had, werd er na het kerstspel al eeuwen een feest op de boerderij gehouden, en dat kon ze de eilandbewoners niet zomaar ontnemen – zonder hun klandizie kon Annies Café 's winters beter sluiten en bovendien zou Lorna het feest anders in de gymzaal van de school moeten houden en nog dagenlang bezig zijn met opruimen.

'Ja,' zei Flora vastberaden, 'en iedereen moet een handje meehelpen.'

'Ik zit bij Colton,' zei Fintan meteen.

'Nou, als hij een dutje doet, kom je hier de worstenbroodjes maar maken,' zei Flora. 'En Hamish, jij regelt de drank, en zorg dat je de glühwein niet te sterk maakt, anders vergeten de ouders dat ze kinderen hebben en vinden we die later allemaal slapend in het hooi in de schuur.'

Dat was een waarschuwing die elk jaar door minstens één MacKenzie werd geuit, altijd zonder enig effect. De Murianen werkten hard om het eiland draaiende te houden, er was zoveel te doen en ze waren met te weinig om het allemaal gaande te houden, dus hadden veel bewoners twee of zelfs drie baantjes. Het toerisme, de visserij, de brandweer, de zorg voor de beesten, voor het land – het moest allemaal gebeuren. Dus als er even gelegenheid was om een feestje te vieren en niet te werken, greep iedereen die met beide handen aan en genoot er met volle teugen van.

'Oké, oké,' gromde Fintan.

'Misschien kan ik ook iets doen?' opperde Tripp.

'Ja, goed idee! Jij bent er vast goed in de mentaliteit van de mensen hier te vergiftigen,' snauwde Fintan.

'Ophouden!' zei Flora. 'We zitten te eten.'

'Ik heb hem niet gevraagd om hier te komen logeren!' protesteerde Fintan, nu echt op het punt de deur uit te gaan.

Eck schraapte zijn keel. Het gebeurde maar zelden, dat Eck iets wilde zeggen. Hij was uit het oude hout gesneden; zijn voorvaderen hadden hun eenvoudige voedsel altijd in volstrekte stilte opgegeten, een gewoonte die was opgelegd door de kerk die niet toestond dat gelovigen ergens van genoten. Dat was een van de vele dingen die Eck zo had bewonderd in hun moeder – haar plezier in samen aan tafel zitten, lekker eten, saamhorigheid in het gezin – allemaal dingen die hij in zijn eigen jeugd had gemist. Maar hij was nog steeds geen grote prater.

Iedereen keek meteen zijn kant op terwijl hij diep zuchtte en automatisch zijn hand op Brambles zachte kop legde. 'Ik docht aanders...'

Tripp luisterde aandachtig in een poging te begrijpen wat hij zei.

'Colton oort er nouw ok bij, bij de femilie.'

Iedereen knikte aanmoedigend. Het was niet gemakkelijk geweest voor Eck dat zijn jongste zoon met een man trouwde. Maar hij had het verbazend goed geaccepteerd.

'Dus motte we doen wa íj wil. Maorre...'

Flora en Fintan wisselden een blik.

'Ik gelof nie da ons ma zo mee iemand eiges zou omgaon.'

Flora moest plotseling strak naar haar bord kijken, ze vond het nog altijd moeilijk om aan haar moeder te denken. Ze was echt flink van streek geweest na haar dood en weggevlucht van Mure – ze had niets meer met het eiland en zijn bewoners te maken willen hebben. Daar had ze nu echt spijt van.

'Dusse...' zei Eck. Hij stond op van tafel en liep de drie stappen naar het haardvuur en zijn whiskyglas. Bramble volgde gedwee en liet zich na vier pasjes op zijn deken neervallen alsof hij de marathon had gelopen.

'Wat bedoelt hij?' vroeg Tripp fluisterend aan Flora.

'Dat je op de bank kan slapen,' antwoordde Flora.

'Niet mij bed!' hoorden ze Agot, die opkeek van weer een mislukte poging om Bramble onder tafel haar groente te voeren.

30

Toen de dag van het kerstspel eindelijk aanbrak – de sneeuwstorm was gaan liggen en het was koud en helder – merkte Saif het gefluister in eerste instantie niet op.

Hij vond een stoel naast Jeannie, die het, hoewel haar kinderen de leeftijd om aan het kerstspel mee te doen allang waren ontgroeid, nog steeds leuk vond om erbij te zijn. En dat bleek voor het hele eiland te gelden, zag hij toen hij om zich heen keek, of ze nou kinderen hadden die een rol speelden of niet. Flora gaf na de uitvoering een feest op de boerderij, had hij gehoord; dat deed haar moeder schijnbaar vroeger al, toen haar zoons en dochter zelf nog op de lagere school zaten. (Hamish was altijd de ezel en droeg het meisje dat Maria speelde met veel plezier op zijn rug, wat – tot Flora's woede – het ene jaar Lorna was geweest en het jaar daarop een kind dat echt Maria heette. Ze kon het Lorna nog wel vergeven, die er schattig had uitgezien in haar lichtblauwe jurkje, maar die Maria MacArthur was een regelrechte trut. Flora was een bazig kind en kreeg daarom meestal de rol van de verteller, maar dat vond ze helemaal niet leuk. En Fintan speelde altijd de engel Gabriël en Innes de herbergier.)

Saif knikte naar Flora, die schuin voor hem zat, en verbaasde zich over het feit dat ze zo duidelijk in verwachting was, maar dat niemand dat zag. Haar bekken was breder, haar bosten gevulder en haar buik boller. Mensen zagen gewoon nooit wat er recht voor hun neus gebeurde. Hij vroeg zich af waar Joël was. Naast Flora zat Agot, die blijkbaar woedend was dat ze niet mee mocht doen. Ze was nogal vreemd gekleed (in Fintans oude engelenpak) en mompelde allerlei onverstaanbare dingen op een toon die luid genoeg was om irritant te zijn en net niet luid genoeg om haar op haar kop te geven.

‘Wat gaat er gebeuren?’ fluisterde Saif tegen Flora.

‘Mwah, dat is lastig uit te leggen...’ zei Flora. ‘Het is een beetje raar... Eh, oké. Je weet dat Maria maagd was? Tjezus, dit klinkt echt raar... Nou, Jozef en Maria moesten naar Bethlehem voor iets, ik weet niet precies wat, en ze konden geen slaapplaats vinden. En Maria moest bevallen... Dus vonden ze uiteindelijk een stal en legden ze de baby in een kribbetje en er was een ster die herders leidde en er kwamen koningen op visite en...’

Saif knikte. ‘Ik ken het verhaal.’

‘Dat spelen we vanavond na,’ legde Flora uit.

Er liep een jengelend kind langs dat als schaap was verkleed, met een zwarte neus en een lege wc-rol gevuld met draden wol als staart.

Saif keek een beetje verbaasd.

‘Er zijn ook herders,’ zei Flora.

‘Hm,’ zei Saif.

Lorna kwam het toneel op en Saif sloeg zijn armen automatisch over elkaar. Flora wierp een korte blik op hem. Hij had echt niet in de gaten dat hij dat deed, dat was duidelijk. Het was zijn manier om zichzelf te beschermen en te verbergen wat hij werkelijk voelde. En Lorna deed wat ze altijd en overal deed sinds Saif in haar leven was: haar ogen gleden over het publiek zodat ze wist of hij er was en vervolgens wendde ze haar blik snel af om zichzelf niet te verraden, hoewel ze een heel klein beetje bloosde. Tjezus, dacht Flora, die twee...

‘Goedemiddag, dames en heren,’ begon Lorna. ‘Hartelijk dank voor uw komst. U weet dat we het heel erg op prijs stellen dat u er bent.’

Iedereen reageerde enthousiast. Flora nam zich vast voor om niet in slaap te sukkelen tijdens de voorstelling; ze was gewoonweg kapot van alle voorbereidingen voor het feest, hoewel de jongens hadden geholpen – of in ieder geval hun best hadden gedaan. Het was algemeen bekend dat het kerstspel een duur avondje uit was: om te beginnen kostte een kaartje al vijf pond, en als je eenmaal binnen was, betaalde je één pond voor een heel gewoon koekje, één pond voor een plastic bekertje te waterige ranja en vier pond voor een bekertje bisschopswijn die bijna geen smaak had. Het was de belangrijkste fondsenwervingsgebeurtenis van het jaar en de school had elke cent hard nodig.

'De kinderen hebben heel, heel hard gewerkt voor het optreden van vandaag, dus ik hoop dat u ervan geniet! Iedereen een heel gelukkig kerstfeest gewenst!' vervolgde Lorna.

Er werd luid geapplaudisseerd en achter de piano zette Mrs. Cook 'Little Donkey' in, begeleid door enigszins vals en haperend blokfluitspel van 'de groten' en iets te enthousiast belgerinkel van 'de kleintjes' (wat algauw werd gesmoord omdat ze te vroeg waren begonnen).

Als eerste kwam de kleine Alice-Elizabeth MacKay het toneel op. Ze was familie van ongeveer negentig procent van de eilandbewoners, die allemaal keihard klapten en juichten. Het kind droeg een belachelijk soort extravagante blauwe baljurk en trok een opgezette ezel op wieltjes aan een touw met zich mee. (Hamish had waarschijnlijk nog steeds heel graag de ezel gespeeld, maar die dagen waren voorbij...) En achter haar kwam Ibrahim, op blote voeten en met gebogen hoofd, ook het toneel op schuifelen. De hele zaal verstomde. Hoewel hij nog steeds klein was voor zijn leeftijd, leek hij heel groot vergeleken met de frêle Alice-Elizabeth.

Saif leunde ontzet naar voren. Wat heeft Ib nou op z'n hoofd? dacht hij. Hoewel de hele zaal net deed of niemand op hem lette, hield iedereen hem tersluiks in de gaten. Een soort in elkaar gedraaide theedoek... Als een soort tulband... En hij droeg iets wat leek op een oude aardappelzak... Wat moest dat voorstellen? Een djellaba? Dachten ze hier dat ze er zo uitzagen in Syrië?

Saifs gezicht kleurde hoogrood. Thuis hadden ze voor elke gelegenheid een ander soort kledij. Voor formele gelegenheden, bijvoorbeeld een bruiloft, zouden de jongens een prachtig geborduurd gewaad dragen dat door Amena en haar moeder was uitgekozen en vaak al generaties lang van vader op zoon overging.

Niet... Niet zo'n belachelijk vod als dit! Saif kreeg het steeds warmer, hij was furieus. Zijn gezicht prikte van kwaadheid. Dachten ze nou echt dat kinderen in het Midden-Oosten er zo uitzagen? Zo primitief, zo armoedig?

Ib keek niet één keer zijn kant op, hij moest zich doodschamen en ook allerlei herinneringen hebben aan feestelijke, ceremoniële gelegenheden van vroeger. Niet deze... beledigende vertoning.

De stemming van de zaal sloeg om en ook de kinderen voelden dat er iets mis was; de sfeer was veranderd en niet ten goede. En Lorna, die zo hard had gewerkt en zo haar best had gedaan om alles goed te doen, besefte meteen dat ze een grote fout had gemaakt door niet met Saif te overleggen. Hoe moeilijk ze het ook vond om in zijn buurt te zijn, wat ze ook voor hem voelde. Ze herinnerde zich de e-mail die ze nooit had verstuurd en kon zichzelf wel slaan. Ze las de woede op zijn gezicht en probeerde zijn blik te vangen, maar hij wilde haar niet aankijken.

Op het toneel wist Ib intussen lijdzaam uit te brengen: 'Alstublieft. Help. Mijn vrouw krijgt baby. Hebt u plaats?'

De ezel werd weggereden en Saif hapte naar adem toen hij besefte dat het kind op het podium een kussen onder haar blauwe jurkje droeg om er zwanger uit te zien. Het was grotesk. Als zijn zoon niet op het toneel had gestaan en het hele eiland niet naar hem had gekeken om te zien hoe hij reageerde, was hij nu opgestaan en met zijn twee zoons de zaal uit gelopen.

Maar het werd nog erger. Ash, die er – in ieder geval in de ogen van het grootste deel van het publiek – met zijn enorme ogen schattig uitzag, kwam, nog altijd een beetje trekkend met zijn ooit gebroken been, als herbergier het toneel op. Hij tuurde verschrikt naar het publiek, volkomen van zijn stuk, blijkbaar al zijn tekst vergeten, en zocht het gezicht van zijn vader in de zaal (Saif wist niet hoe streng hij keek). Toen draaide hij zich om naar zijn broer, die nog steeds strak naar de grond staarde en op het punt leek te staan in tranen uit te barsten.

Lorna stond achter de coulissen, klaar om een kind dat zijn tekst vergat te hulp te schieten en het podium op te rennen. Normaliter begon het publiek als dat gebeurde vertederd te grinniken, maar vandaag kon je een speld horen vallen.

Toen snoof er iemand. Minachtend, dacht Saif, en hij verstrakte. Hoe durfden ze! Hoe durfden ze hen uit te lachen en zo belachelijk te maken met die vreselijke kleding!

Plotseling stond Agot boven op haar stoel en voordat Flora haar kon tegenhouden, schreeuwde ze: 'Isse gin plaats in de hewbew!'- ze hadden Ash' tekst eindeloos geoefend de laatste paar keer dat ze samen hadden gespeeld.

Ash' gezicht lichtte op. 'Iz geen plaas in de hewbew!' zei hij in zijn grappige accent – half Syrisch, half Schots – en het hele publiek begon hard te applaudisseren, lachte en maakte vertederde geluiden.

Maar Saif was woedend.

Het lukte zelfs het koortje kinderstemmetjes dat 'Stille Nacht' lispelde – iets wat zelfs de meest geharde chagrijn zou ontroeren – niet om Saif te ontdooien. Hij kende het lied niet en de woorden zeiden hem niets, dus luisterde hij maar half en onderging hij het gezang met brandende oren van woede en schaamte.

Toen hij op Mure werd geplaatst, had hij daar verder niet echt over nagedacht; het maakte hem niet uit, als hij maar ergens was waar het veilig was. Een plek waar hij zijn kinderen naar bed kon brengen zonder de angst midden in de nacht wakker te worden omdat er werd gevochten of omdat er een bom op zijn huis zou vallen. Van de oorlog begreep hij ondertussen niets meer, beide kanten niet, waar de strijd om ging raakte steeds verder vertroebeld. Dus toen de Britse regering hem had toegelaten, was hij dankbaar geweest en had het hem niks uitgemaakt waar hij naartoe werd gestuurd; het enige wat hij wilde was de hereniging van zijn gezin. In Engeland, Frankrijk, alles was goed.

Maar in de loop van de tijd – na in eerste instantie weinig méér gezien te hebben dan een reeks oude vrouwtjes die allemaal op elkaar leken en stuk voor stuk met onnozele klachten kwamen – was hij langzaamaan steeds meer open gaan staan voor de wereld waarin hij was beland. De pracht van het landschap, de verbijsterend snelle wisselingen van het weer, de frisse zeelucht, de dansende wolken aan de horizon, het ijskoude water in de beekjes – het beste wat hij ooit had geproefd.

En de vriendelijkheid en de bereidheid tot een praatje van de eilandbewoners, iets wat hem aan thuis deed denken; de warmte en de gastvrijheid die hij, hoewel hij er zelden gebruik van maakte, erg waardeerde. En Lorna's vriendschap natuurlijk... Allemaal redenen waarom hij sympathie voelde voor de gemeenschap waarin hij woonde en werkte.

En nu werd hij keihard geconfronteerd met het feit dat hij zijn schild blijkbaar had laten zakken, zijn voorzichtigheid had laten varen en niet meer op zijn hoede was. Hier was het bewijs. Ze waren nog steeds buitenstaanders, ze waren nog steeds raar en het onderwerp van spot...

Met een starre glimlach op zijn gezicht geplakt bleef hij na de voorstelling stijfjes op zijn stoel zitten, terwijl de rest van het publiek opstond en zich over de zaal verspreidde.

Flora wierp een ongeruste blik over haar schouder naar hem en fluisterde: 'De jongens deden het geweldig' – wat hij helemaal niet leek te horen –, maar toen moest ze achter Agot aan die zodra Lorna het podium af stapte, was opgesprongen, erheen rende, en nu bezig was iedereen te verleiden tot een gezamenlijke Schotse dans.

Achter het toneel kookte Ib van woede.

'Ze lachen ons uit! Ze denken dat wij thuis met theedoeken op ons hoofd lopen!' schreeuwde hij in het Arabisch.

De andere kinderen liepen met een grote boog om hem heen.

Saif was haastig opgestaan om zijn zoons te gaan zoeken toen er allerlei mensen zijn kant op kwamen lopen die hadden gezien hoe slecht de hele boel bij hem viel, en was inmiddels ook achter de coulissen.

'Het is niet erg, het was maar een verhaaltje,' zei Saif in het Engels.

'Nietes!' riep Ash. 'Baby Jebus is écht geboren!'

Saif vertrok zijn gezicht en wreef in zijn ogen.

Ash keek hem stralend aan. 'Ik was goed, hè Abba?'

Saif sloeg zijn armen om zijn jongste zoon. 'Je was heel goed,' zei hij.

Ib bleef op veilige afstand van hem. 'Het was stom!' zei hij bitter. Terwijl de andere kinderen in de liefdevolle armen van hun bewonderende ouders werden gesloten en daarbij uitgebreid werden gefilmd, had hij de theedoek op de grond gesmeten. 'Het was stóm!' zei Ib nog een keer gevaarlijk hard. En tegen Ash: 'En jij bent een stomme baby.'

Ash' gezicht betrok, maar gelukkig kwam Agot precies op het juiste moment binnenhollen. 'Ash! Ash! Feest!'

Zoals bij alle kinderen van zes, sloeg Ash' stemming meteen om bij het horen van het goede nieuws.

'Feest?'

'Ja, feest. Nou!'

Hij keerde zich om naar zijn vader. 'Ik ga feest,' zei hij heftig knikkend in de hoop dat zijn vader hetzelfde zou doen, en hij pakte Saifs hand op een dwingende manier vast.

'Mijn huis. Is feest!' benadrukte Agot nog een keer.

Saif twijfelde. Ash was... blij. Ib niet erg. 'Ib. Ga met Ash mee. Zorg dat hij veilig daar komt.'

'Ik wil niet naar een stom feest met stomme kinderen.'

'Ga nu maar,' hield Saif vol. 'Ik kom zo achter jullie aan.'

Hij wilde eerst nog even een hartig woordje met de schoolleiding wisselen en daar konden Ash en Ib beter niet bij zijn. Dan haalde hij hen later wel op van het feest. Bovendien wilde hij Ash het plezier niet ontnemen, hij moest gewoon met de andere kinderen kunnen meedoen. Zijn eigen woede en verdriet betekenden niets voor een kind van zes dat taart en limonade in het vooruitzicht werd gesteld, en zelfs in zijn boosheid zou hij er nooit over piekeren hem dat te misgunnen.

De meeste mensen waren intussen vertrokken, zich verheugend op het kerstfeest bij de MacKenzies, want dat was altijd leuk en gezellig. Buiten werd er geroepen, gelachen en renden de kinderen opgewonden voor hun ouders uit de heuvel af. Het was vier uur 's middags, maar al pikkedonker. Zoals elk jaar had de gemeenteraad tégen een grote kerstboom gestemd en het geld gebruikt om langs de hele weg de heuvel af lantaarns en lampjes op te hangen. Dat was hard nodig, want zelfs nu was het nog lastig om iets te zien, maar de kinderen vonden de twinkelende lichtjes in de bomen natuurlijk prachtig.

Op school waren enkele ouders achtergebleven om te helpen opruimen: de stoelen opstapelen, de kostuums bij elkaar zoeken en opvouwen en de andere rommel opruimen.

Saif probeerde er zo neutraal mogelijk uit te zien, hoewel hij vanbinnen werd opgevreten door woede en schaamte.

31

De laatste ouders verlieten het pand, aangelokt door de lichten en de muziek van de boerderij lager op de heuvel. Saif, een plichtsgetrouw man, zette de laatste stoelen in de hoek van de zaal toen Lorna het gebouw rondging om te checken of alle lichten uit waren. Bij de gymzaal knipte ze de lampen ook uit, zonder te beseffen dat Saif daar nog was – tot ze hem 'Lorenah?' hoorde roepen.

Er viel maanlicht naar binnen waardoor de stoffige zaal werd omgetoverd tot een twinkelend en magisch sprookje; het licht weerkaatste in de zilveren slingers, het toneeldecor vol sterren en zelfgemaakte glitterballen en de kerstversiering die overal schitterde.

Om de een of andere reden knipte Lorna de lampen niet weer aan. Met een steek van opwinding in haar buik deed ze als vanzelf een stap de zaal in.

'Hallo?' riep ze, alsof ze niet wist wie er had geroepen – alsof ze niet van 's morgens vroeg tot 's avonds laat precies wist waar hij was en niet elke dag wachtte op het moment dat zijn warrige, donkere krullen boven de rand van de heuvel verschenen als hij zijn jongens naar school bracht.

Ze ademde diep in. Ze moest haar excuses maken. Het was slecht aangevoeld en ze had het domweg stom aangepakt. Ze was ervan uitgegaan dat het goed voor Ib en Ash zou zijn, dat ze het leuk zouden vinden en ervan zouden genieten, maar het had volkomen anders uitgepakt. En Saif vond het ongepast, dat was duidelijk, beledigend misschien zelfs. Dat was natuurlijk het laatste wat ze wilde. Ze had juist gehoopt dat hij trots zou zijn op zijn jongens omdat ze een hoofdrol hadden gekregen en in het middelpunt van de belangstelling stonden, en dan misschien ook... blij zou zijn met haar. Ze kneep haar ogen dicht. Wat stom!

'Saif,' zei ze, 'het spijt me verschrikkelijk. Ik ging ervan uit dat de jongens ervan zouden genieten dat ze op het toneel stonden.'

Hij keerde zich om. 'Wat dacht je? Wat past het goed dat ze bruin zijn? Dacht je dat? Wat passen ze goed in hun rol? En dat je er wel even voor zou zorgen dat ze het kerstverhaal goed kenden, dat ze christelijke jongetjes zouden worden? Jij bent degene die bepaalt wat mijn kinderen leren, wat ze geloven! Was dat de bedoeling?'

Lorna deed geschrokken een stap naar achteren, hoewel ze al had gevoeld dat er zoiets ging komen. En het ging om meer... Niet alleen om dit kerstspel. Het ging dieper dan dat, voelde ze. Maar tegelijkertijd voelde ze ook een plotselinge vlaag van blijdschap door haar heen gaan... Omdat hij haar zág. Ze had zijn aandacht. Hij was kwaad op haar, maar dat was tenminste een emotie. Beter dan onverschilligheid, daar was ze het bangst voor; dat ze hem helemaal onverschillig zou laten.

Ze keek voorzichtig naar hem op. 'Het spijt me echt heel erg. Ik heb het helemaal verkeerd ingeschat. Helemaal verkeerd. Ik had het met je moeten overleggen.'

'Ja, dat had je moeten doen. Dat had je zeker moeten doen!'

'Ja...' stamelde Lorna. 'Dat wilde ik... eigenlijk ook doen. Maar ik kon... Ik kon het niet.'

Hij keek haar woedend aan. 'Hoezo kon je dat niet?' En toen besefte hij wat ze bedoelde. Ongewild waren ze opeens een bepaalde grens over. Saif deed een pas naar achteren en liet een lange zucht ontsnappen.

Lorna had het licht nog steeds niet aangedaan, hoewel ze niet zou kunnen uitleggen waarom niet.

Saif stond roerloos in het maanlicht. Hij deed nog een pas naar achteren en probeerde van onderwerp te veranderen. 'Ash,' zei hij uiteindelijk als om alles te verzachten, 'Ash vond het geloof ik heel erg leuk.'

Lorna knipperde met haar ogen. 'Ja, dat geloof ik ook.'

'Hij is zo gelukkig hier,' bekende Saif. 'Dat ik bang ben... bang ben dat hij vergeet dat dit niet zijn echte leven is.'

Het was lang stil.

Toen zei Lorna zachtjes: 'Weet je dat zeker? Weet je zeker dat dit niet jullie echte leven is?'

Achteraf vroegen ze zich af hoe het had kunnen gebeuren. Het was een betoverend mooie avond, dat is een feit: er lag een dikke laag sneeuw op het dak van de school en de hemel stond vol heldere sterren. Bovendien was het bijna midwinter, de langste nacht van het jaar, waarin er een omslag plaatsvindt van oud naar nieuw, als het oude jaar eindigt en het nieuwe begint, een moment dat al eeuwenlang als een belangrijke verandering geldt en veel dieper gaat dan religie. De natuurlijke start van iets nieuws.

Midwinter wordt op Mure al zolang er mensen wonen gevierd, lang voor de komst van de christenen, eeuwen terug, al vanaf de tijd dat menhirs werden gebruikt als markering voor de positie van de sterren aan de hemel, het wisselen van de seizoenen en het exacte midden van de langste duistere nacht.

Het is een veel diepere, primitievere magie dan Kerstmis en stamt al van vóór alle verschillende geloven. Midwinter is ouder dan religie, ouder dan Kerstmis en dergelijke religieuze feesten. Midwinter is geworteld in de aarde en in ons lichaam, het is iets van de natuur, niet van de ziel of van de hemel.

Hoe dan ook: Lorna deed in het donker een stap naar voren en Saif bleef staan waar hij stond, naast de stapel stoelen.

Hij liep niet naar de lichtschakelaar, maakte geen grapje, en deed niets wat hij onder normale omstandigheden zou hebben gedaan – omdat het plotseling geen normale omstandigheden wáren. Het maanlicht viel op zijn glanzende, donkere haar. Zijn handen trilden. Maar hij bleef roerloos staan, gevangen in het moment.

Het is het maanlicht, flitste het door Lorna's hoofd, terwijl ze voelde dat haar adem versnelde. Op de een of andere manier maakte dat alles anders, deden andere dingen er niet meer toe. Ze deed haar mond open om iets te zeggen, maar, bang de betovering te verbreken, zei niets. Er moest iets gebeuren nu. Want als ze nu niets deed, was het moment voorbij, zou de betovering verdwijnen, zouden ze hun hersens weer gebruiken en van gedachten veranderen, en dan gebeurde er niets.

En dus... Op een dag die was begonnen zoals elke gewone dag – met een dof verdriet in haar binnenste dat ze altijd met zich meedroeg omdat haar liefde voor hem nooit beantwoord zou worden – rende ze plotseling, als uit het niets, over de houten gymzaalvloer naar hem toe. Ze kon niet anders.

En hij opende zijn armen en trok haar naar zich toe, zijn sterke vingers omklemden haar bovenarmen en ze voelde zijn lippen hard op de hare. En eindelijk, eindelijk kuste hij haar met alle opgekropte hartstocht die hij zo verschrikkelijk lang had moeten onderdrukken. En kuste zij hem terug, met tranen op haar wangen omdat de kloof tussen hen eindelijk, eindelijk was gedicht. Hij liet zijn handen over haar wangen glijden en woelde ermee door haar haar en kuste haar en omvatte haar gezicht met zijn handen en streelde haar voorhoofd – alsof ze het mooiste, perfectste was wat hij ooit had gezien. Lorna werd overspoeld door een golf van verlangen, zo sterk dat ze haar lijf schaamteloos tegen het zijne aan drukte en in een radeloze begeerte en belachelijk ongeremd de knoopjes van zijn overhemd losmaakte, ze móést zijn blote borstkas gewoon tegen zich aan voelen.

Het was volkomen ongepast en de plek was natuurlijk idioot, maar dat zorgde er niet voor dat ze bij zinnen kwamen. Er was niets wat hen kon stoppen – behalve een stapel gymmatten... waarover Saif struikelde.

Lorna slaakte een verschrikte kreet die meteen werd gevolgd door een verrast gegiechel, totdat tot haar doordrong dat Saifs lach al snel was verstomd en hij vanaf zijn knieën naar haar opkeek, alsof hij nauwelijks had gemerkt dat ze waren gevallen. O, kon ze haar leven lang maar in deze bruine ogen kijken... Ze pakte zijn hand en hielp hem overeind terwijl hij haar met zijn smeulende blik bleef aankijken, hongerig, verlangend.

'Kom,' zei ze zacht maar vastbesloten.

Buiten was het zo helder en zo stil. Er was helemaal niemand. Koud. Een graad of twee onder nul. Lorna sloot zo snel mogelijk af – haar handen werkten niet goed mee en ze moest het een paar keer overdoen – ze had haast; tijd was belangrijk, als er te lang overheen ging, kwam een van hen vast bij zinnen, voelde Saif zich te schuldig of zou er iets anders helemaal misgaan.

Ze sleurde hem zo ongeveer mee naar haar rode autootje. Hoewel Lorna niet ver van de school woonde, nam ze meestal stapels nakijkwerk mee naar huis, en daar wilde ze niet mee hoeven sjouwen, en bovendien was het pad vaak erg modderig. Dus ging ze altijd met de auto.

Ze spraken allebei geen woord, hun adem kwam in witte wolkjes uit hun mond. Lorna ademde gejaagd. Ze draaide het contactsleuteltje om en de radio begon meteen te spelen. BBC nan Gàidheal stond op en, hoe kon het passender, draaide 'Organaich Uir a Rinn M'Fhagail', een treurig lied over een verloren liefde en tegelijkertijd een van de meest erotische van alle Gaelische liederen.

Saif kon de woorden natuurlijk niet begrijpen. Ze wierp een korte blik op zijn prachtige, sterke profiel. Maar de betekenis van de opzwepende, smekende melodie kon niemand ontgaan. De hartverscheurende viool en het verlangende, hunkerende ritme waren universeel. Ze stak haar hand uit om de radio zachter te zetten, maar hij greep haar vingers vast om dat te verhinderen, dus speelde de muziek door. In het donker van de auto streek hij zachtjes met zijn vingertoppen over haar wang en ze drukte haar gezicht tegen zijn sterke hand en zijn lange vingers. Toen reed ze weg en moest ze haar uiterste best doen om zich op de weg te concentreren, terwijl zijn hand omlaagging en heel licht over haar borst gleed. Lorna's hartslag dreunde in haar oren en door haar hele lijf. Bevend greep ze zijn intussen ijskoude hand en legde die stevig op haar borst, die niet koud was. Ze hapten allebei naar adem.

'Straks krijgen we nog een ongeluk,' mompelde ze.

'Dan is er gelukkig meteen een dokter bij die je kan behandelen en weer beter maakt,' reageerde hij. Toen ze een snelle blik opzij wierp, zag ze een glinstering in zijn ogen – de ondeugende, plagende, humoristische kant die zo weinig mensen kenden van deze ernstige man – en hoewel ze had gedacht dat ze niet nóg meer naar hem kon verlangen, voelde ze een golf van een ongekende hunkering door zich heen trekken en pakte ze zijn hand opnieuw vast om iets te doen wat helemaal niet bij haar paste: ze trok hem krachtig naar beneden, naar een plekje waar het nóg warmer was, waar de zoom van haar jurk op haar bovenbenen lag, en toen hij onmiddellijk reageerde en zijn hand tussen haar benen stopte, raakte ze écht bijna van de weg.

Innig met elkaar verstrengeld struikelden ze wat later haar appartement binnen, waar het warm en gezellig was, met overal kerstverlichting en een smeulend vuur – dat Lorna weer oppookte – waar Milou voor lag te dutten. Het huis rook naar Lorna's parfum en dat bracht Saifs hoofd helemaal op hol, en hoewel Lorna's verstand haar vertelde dat ze moesten wachten en niet zo snel moesten gaan, luisterde ze daar gewoon niet naar. Overboord met alle rede en verstand. Ze kon niet wachten, ze kon niet stoppen – niet nu hij eindelijk hier was, in haar huis, in het lege bed waarin ze zo lang over hem had gedroomd – dit had ze al gewild vanaf het moment dat hij de veerboot af stapte, uitgeput, met de droevigste ogen die ze ooit had gezien, zijn veel te lange en onverzorgde haar. Ze móést nu meteen die doktersdas en de knoopjes van zijn kraakheldere witte overhemd losmaken om zijn donker behaarde gouden borstkas te kunnen aanraken.

Saif kuste haar innig en verborg zijn gezicht in haar volle, rode haardos, en bijna zonder te beseffen hoe precies, lagen ze even later samen in haar bed. Ze was nog nét zo verstandig om snel in de badkamer haar pessarium in te brengen, maar voor de rest was alles vaag en verwarrend en klopte haar hart als een bezetene. Lorna verwachtte dat alles vanaf nu heel snel verder zou gaan, ze waren zo gretig en vol begeerte. Maar toen ze terug in de slaapkamer kwam, toen ze eindelijk helemaal naakt naast hem lag, ging het helemaal anders dan ze verwachtte.

Alle haast was opeens weg en steunend op één elleboog, de situatie volkomen meester, liet Saif zijn ogen langzaam en aandachtig over haar lichaam glijden. Het enige geluid in de kamer was het geknetter van het haardvuur in de kamer ernaast. Toen tilde hij zijn linkerhand op en liet die tergend langzaam over haar lichaam gaan, over haar bleke, roomwitte rondingen; ze waren allebei helemaal gefixeerd op de reis die zijn vingers maakten. Onderweg ving hij haar hand in de zijne en met hun vingers in elkaar verstrengeld, vervolgde hij zijn weg over haar lijf, terwijl Lorna naar adem hapte van verlangen en kippenvel kreeg.

Hij maakte haar gek, ze wilde wanhopig graag dat het sneller ging, maar Saif – met een flauwe glimlach om zijn lippen – schudde licht zijn hoofd en ging gewoon door met wat hij deed, zijn hand reisde alle kanten op waar hij maar heen wilde. Soms met meer kracht en dan weer vederlicht. En toen nam zijn mond het over – totdat Lorna tot zijn opwinding hulpeloos onder zijn aanrakingen kronkelde, niet meer in staat hem nog aan te kijken, helemaal opgaand in haar onvervulde verlangen. Lorna was verbijsterd en ook vol bewondering voor zijn macht over haar, zo gemakkelijk, en hij bleef maar doorgaan, heel precies en zonder haast, zelfs toen zijn eigen ademhaling steeds opgewondener werd en Lorna gewoonweg naar adem snakte en hoge kreetjes begon te slaken die bijna overgingen in gillen, bleef hij doorgaan met zijn gekmakende strelingen.

Lorna kromde haar rug en tilde haar bekken naar hem op, en nog steeds langzaam kwam hij op haar liggen, waarna hij haar beide polsen teder vastpakte en die boven haar hoofd legde; zijn mond en baard in haar hals gleden omlaag, zijn borstkas drukte tegen de hare en toen hij eindelijk aanstalten maakte om te penetreren, was ze zo verschrikkelijk opgewonden dat ze al bijna klaarkwam toen ze hem tussen haar vochtige benen voelde. Toen hij bij haar naar binnen drong kreeg ze bij zijn eerste stoot al een verpletterend orgasme. Dit leek in niets op vrijpartijen met een ander, zeker voor een eerste keer... Ze zakte terug op het bed, overrompeld en met tranen in haar ogen, terwijl hij haar intens genietend en tegelijk verwonderd aankeek. Maar hij was pas net begonnen en wilde nog lang niet ophouden, dus tilde hij haar op en trok haar op zijn schoot terwijl hij allemaal lieve woordjes in haar oor fluisterde en steeds haar naam zei, steeds haar naam.

Ze zat nu bijna rechtop met haar benen om hem heen geslagen zodat hij heel diep in haar was. Hij hield haar stevig vast en toen ze samen hun ritme vonden, voelde ze dat ze opnieuw opgewonden werd, en ze beroerde zichzelf – iets wat ze nooit eerder in iemands bijzijn had gedaan – kreunend, zwetend, rood, een beetje pijnlijk en schraal, maar extatisch, terwijl hij haar krachtig op en neer bewoog.

Saif was het liefst onder haar huid gekropen, met haar versmolten, hij werd gek van haar rode haren, haar scherpe nagels in zijn sterke rug, en stootte een kreet uit waarbij haar haar ongelofelijk dicht tegen zich aan trok en in één beweging weer achteroverduwde zodat hij op haar lag. Lorna kneep haar ogen dicht en kwam voor de tweede keer klaar terwijl hij diep in haar stootte en ejaculeerde.

Toen ze een tijd later weer een beetje bij haar positieven kwam, waren de lakens één grote kluwen en hoorde ze zichzelf snikken en haperend ademhalen...

Ze staarden elkaar aan alsof ze geen van tweeën konden geloven dat de ander echt was.

32

Ongelofelijk genoeg was het nog maar zes uur 's avonds. Lorna had nog nooit in haar leven zo graag op de plek willen blijven waar ze was, veilig in Saifs armen. Ze waren er allebei stil van; het was allemaal zo enorm, meer dan ze op dat moment aankonden.

Ze wilde hem, helemaal, ze wilde alles... en dat de rest van de wereld verdween. Ze wilde onder de dekens blijven in hun eigen kleine wereld – een wereld van hun tweetjes en niemand anders – ze wilde er eeuwig blijven; hem eeuwig blijven kussen totdat ze genoeg had, hoewel ze wist dat ze nooit genoeg van hem zou hebben en eeuwig door zou gaan, en, voelde ze onder de lakens, dat gold ook voor hem. Ze draaide zich naar hem toe toen ze hem weer stijf voelde worden, ze kuste hem en beantwoordde zijn intense blik, de heerlijke pijn van haar gekneusde lippen op zijn snor...

Maar de wereld buiten verdween niet.

'Ik moet gaan,' zei hij, zijn stem vol spijt. 'De jongens... O, mijn liefste...'

Hij kuste haar opnieuw en ze drukte zich tegen hem aan, hoewel ze natuurlijk wist dat ook zij gemist zou worden – dat alles in elkaar kon storten – in elkaar zóú storten – omdat het op z'n zachtst gezegd ongepast was wat ze deden.

O, ze kon het niet verdragen! Ze kon zichzelf niet losmaken van het mooiste wat haar ooit was overkomen.

Zonder woorden omklemden ze elkaar en op het moment dat de opwinding het weer dreigde over te nemen, begon Saifs telefoon in de andere kamer dringend te rinkelen en moest hij wel het bed uit om op te nemen. Het voelde alsof ze van elkaar werden losgescheurd.

Eén woord van een van hen zou de betovering verbreken,

voelde ze. Ze kwam overeind, maar durfde de vraag niet te stellen: zou hij? Zouden zij?

Zijn lange gestalte leunde tegen de deurpost en zijn ogen, vol emotie, keken haar intens aan. Het was het mooiste wat ze ooit in haar leven had gezien, zoals hij daar stond met zijn telefoon tegen zijn oor.

Ze wist dat hij moest gaan en knikte naar hem dat hij dat moest doen. Hij liep naar haar toe om haar een tedere kus te geven en draaide zich toen om om zijn overhemd aan te trekken. Het was een kwelling dat te zien. Ze wilde hem tegenhouden, hem bij de mouw pakken, zijn overhemd weer uittrekken, de tijd terugdraaien, hem naast zich op het bed trekken, weer in haar armen sluiten. Nee, niet weggaan!

'Ik moet...'

Ze droomde, besloot ze. Dit was een magische, prachtige droom en woorden zouden die verbrijzelen, dus zweeg ze. En toen ging hij weg na haar nog één keer gekust te hebben.

Lorna huilde – om het grootse wat haar die avond was gebeurd en uit angst over hoe het verder zou gaan.

Het feest was natuurlijk in volle gang toen ze er aankwam. Het was druk: alle gezinnen uit het dorp waren er, maar ook veel kinderloze boeren die Flora net zo goed uitnodigde omdat die ook van een feestje hielden. Het was niet hún schuld dat zoveel vrouwen van het eiland naar het vasteland vertrokken waren en niet met een boer wilden trouwen. Iedereen wist dat het leven op Mure niet gemakkelijk was.

Maar op avonden als deze – met de vrieskou die in de groeven op het land woedde, de sterren die helder aan de hemel schitterden, de boerderij als een goudgele haven van warmte, eten, muziek en gezelligheid, met Kerstmis in aantocht en een tijdje vakantie in het vooruitzicht – tja, dan... dan voelde je je waarschijnlijk vol hoop, net als Flora die, op zoek naar Joël, om zich heen keek. Maar hij was er natuurlijk niet vanavond. Sinds de bloemen had ze niets meer van hem gehoord. Hij zat waarschijnlijk in zijn eentje te piekeren op The Rock, wat haar nog kwader maakte op hem.

Saif kwam binnen, vol verontschuldigingen dat hij was weggeroepen, vol excuses dat hij de kinderen zomaar naar haar had gestuurd en bij haar had gestald, maar dat wuifde ze weg. Op het eiland waren kinderen iedereens kinderen, lette je op en zorgde je voor de kinderen van elkaar, vanzelfsprekend, het was nooit een kwestie van iets wat je deed waarvoor dank verschuldigd was, over en weer, en het was zelfs vreemd dat hij zijn excuses uitte.

En toen glipte Lorna tien minuten later stilletjes de boerderij binnen. Opvallend blozend, en nogal van slag zo te zien.

Voordat Flora ook maar één blik op Saifs gezicht had geworpen – die angstig zijn gezicht afwendde en zich niet eens omdraaide om Lorna te begroeten terwijl hij dat normaliter natuurlijk gewoon zou doen bij de juf van zijn twee zoons – wist ze het. Ze bleef vriendelijk lachen naar de gasten en zei tegen Saif dat hij zelf een glas punch kon halen – een drank die hem tegenstond – terwijl ze naast haar beste vriendin ging staan.

'Waar heb jíj gezeten?' vroeg ze met een samenzweerderig lachje met een glas prosecco in haar hand dat ze Lorna aanbood.

'O, ik heb de school opgeruimd,' begon Lorna achteloos. 'Het was zo'n troep! Overal slingers en nepsneeuw!' babbelde ze verder. 'Het was echt een flinke klus om alles schoon te krijgen. Echt een hele klus. Pff...'

Lorna had niet eens gedoucht. Zijn geur op haar huid wegwassen, nee, voor geen goud. Ze wilde altijd naar hem ruiken.

'En heb je toevallig ook net met Saif liggen neuken?'

'Wát?'

Lorna werd knalrood en Flora was bang dat ze een toeval zou krijgen, toen ze haar hand op een heel schooljufachtige manier pakte en haar meetrok naar buiten, de kou in, die als een klap in hun gezicht voelde.

'Wát zei je?'

'O, gewoon een vaag vermoeden, omdat jullie twee de enigen waren die pas heel laat hier waren, en dan ook nog twee minuten na elkaar en allebei helemaal blozend en heel duidelijk verliefd op elkaar?' zei Flora vrolijk en ondeugend met een plagerige glimlach, haar eigen problemen even vergeten. Ze was eigenlijk superblij dat ze zich eindelijk eens op de problemen van een ander kon richten in plaats van te lopen piekeren over die van zichzelf. Ze pakte Lorna's arm beet. 'En, het klopt, hè?'

'Jij weet toch alles al, dacht ik?'

'Gewoon een gok. Ik zag het aan je gezicht.'

'O, god,' zei Lorna paniekerig. 'Ik kan mijn baan kwijtraken! En hij ook! Mijn god, Flora, dat kan echt niet!'

Flora schudde haar hoofd. 'Rustig! Kalm aan. Ik ben de enige die het doorheeft, denk ik. Hormonale intuïtie of zoiets. En ik ken je natuurlijk goed. En trouwens, iedereen heeft zich het eerste halfuur volgegoten, dus niemand is echt helder. Ik ben de enige.'

En als om dat te bewijzen kwam Ranald MacRanald, de vader van de Ranald MacRanald die bij Lorna op school zat, enigszins onvast op zijn benen met uitgestoken hand op Lorna af wankelen, om haar arm krachtig op en neer te pompen en haar te vertellen dat ze de beste juf van de wereld was (en hij kon het weten: hij kende tenslotte twee – twéé – schooljuffen omdat hij was geboren en getogen op het eiland), waarna hij wankelend weer naar binnen liep.

De twee vriendinnen keken elkaar aan en Flora's vrolijkheid verdween toen ze Lorna's gezicht zag.

'Was het niet leuk?'

'O god, Flora,' zei Lorna, terwijl ze een blos op haar wangen kreeg en probeerde niet in tranen uit te barsten. 'O, Flora, je kunt het je niet voorstellen. Het was ongelofelijk, fantastisch... Het was heel anders dan... dan... Ik kan het niet uitleggen.'

Flora dacht aan Joël, zijn hartstochtelijkheid, zijn behoefte aan seks met haar. En ze dacht dat ze het wel begreep.

'Wat is het probleem dan? De mensen hier wennen er wel aan, toch? Ik bedoel, in het begin vinden ze het misschien een beetje raar, maar...'

Lorna schudde haar hoofd. 'O, ik weet het niet. Ik weet het

echt niet. Pff. Ik weet niet of hij... of hij...'

Flora gaf haar een knuffel. 'Was het het waard?' fluisterde ze in Lorna's oor.

'O ja! Ja!' antwoordde Lorna heftig.

'Nou dan!'

Ze gingen terug naar binnen, de warmte in, en Lorna was van plan de ouders snel gedag te zeggen en dan gauw terug naar huis te gaan – in haar eentje, nam ze aan, maar dat kon ze niet voorspellen – en daarmee voldaan te hebben aan haar verplichtingen.

Maar in plaats daarvan stuitte ze op Ash, met zijn beste vriendin Agot in zijn kielzog.

'Juf Lorna!' riep hij blij. Haar hart sloeg over. O god! Ze had net met zijn vader in bed gelegen... Ze keek snel om zich heen. Ja, daar stond hij, met zijn rug tegen de voorraadkast, half en half in gesprek met Colin, de plaatselijke politieagent, en Alan, het hoofd van de reddingsbrigade. Maar het was duidelijk dat hij er zijn hoofd niet bij had. Hij staarde naar haar; het moest overduidelijk zijn voor iedereen, dacht ze, het leek wel of er laserstralen uit zijn ogen kwamen. Ze ontmoette zijn blik en voelde dat ze rood werd... Het liefst had ze hem meegesleurd naar het eerste het beste bed en...

'Juf Lorna!'

'Ja, Ash,' zei ze niet van harte, terwijl ze op haar hurken zakte. De ogen van het joch waren enorm, hij was nog steeds helemaal vol van de uitvoering en al het kerstgedoe om hem heen. Ze wist dat Mrs. Cook heel voorzichtig uit Ib had proberen te krijgen waar ze de Kerstmis ervoor hadden gezeten, maar zonder veel succes. Het voelde helemaal verkeerd om nu te praten met de zoon van de man met wie ze zich net zo verschrikkelijk schaamteloos had gedragen. En daarbij kwam nog dat Saif natuurlijk, nu ze met Ash in gesprek was, naar hen keek. Ze voelde dat ze bloosde.

Saif zag het en vloekte bijna hardop, zo erg verlangde hij naar haar. Het liefst was hij met grote stappen naar haar toe gelopen en had hij haar bij Ash en van het feest weggesleurd. Het was slecht dat hij dat dacht, dat wist hij, maar desondanks dacht hij het...

'Dus hij zei, als je een extra man nodig hebt...' hoorde hij Alan zeggen, en Saif knikte vaag, wat Alan opvatte als instemming met wat hij al een halfuur lang probeerde te vragen: of Saif zich als vrijwilliger wilde aanmelden bij de reddingsbrigade. Zonder het door te hebben had Saïf daarmee 'ja' gezegd op die vraag, waar hij zich zonder blikken of blozen aan zou houden, want Saïf was nou eenmaal een man van zijn woord.

'Is boom! Binnen!' fluisterde Ash tegen Lorna.

Even begreep ze in alle emoties niet wat hij bedoelde. Maar natuurlijk had hij het over de kerstboom. De dennenboom, die elk jaar met de boot uit Noorwegen kwam. De boom die de halve keuken in beslag nam en eigenlijk veel te groot was voor de ruimte, maar ook zo prachtig! (Lorna zelf had een chic klein boompje met echte kaarsen en mandarijntjes.) Geen designernonsens voor de MacKenzie-kerstboom. Hij hing vol met heel oude engeltjes, ballen die waren gefabriceerd door allerlei MacKenzie-nageslacht waarvan er niet één gehinderd werd door uitzonderlijke creatieve talenten, kerstlampjes in allerlei kleuren (die hip waren in de jaren negentig, herinnerde Lorna zich), af en toe echte, traditionele kerstdecoratie (met de hand uitgesneden bootjes en oude Keltische symbolen) en een enorme berg opzichtig glimmende kerstslingers.

'Dat is een kerstboom, Ash. Die staat bij veel mensen in huis nu.'

'Is moooooooi!' zei hij met grote ogen.

Lorna glimlachte. 'Ja!'

Hij keek haar aan. 'Ik denk: boom is voor school? En tv?'

Lorna knipperde met haar ogen.

'Hebben jullie thuis geen...' Ze onderbrak zichzelf. Dat was natuurlijk een stomme vraag! Waarom zouden zij een boom neerzetten? En natuurlijk waren ze nog nooit bij iemand thuis geweest die een kerstboom had staan. Haar hart smolt voor hem en ze pakte zijn uitgestrekte handje vast.

'Ja,' zei ze, 'de mensen hier vinden het leuk om een boom in huis neer te zetten.'

'Ik ook. Ik vin ook leuk, boom in mijn huis,' zei hij dromerig.

'Nou, misschien moet je dat dan aan papa vragen...' zei ze.

Ash draaide zich om en zwaaide naar zijn vader, die nog steeds naar hen stond te kijken. Lorna's hart sprong op. Ze kon er niets aan doen. Ze moest Ash afleiden, ze kon het niet aan dat hij nu steeds naast haar stond en Saif steeds naar hen keek, hoe dol ze ook op hem was.

'Kom maar mee,' zei ze tegen Ash, die zich weer had omgedraaid en met open mond naar de boom stond te staren alsof hij niet kon geloven dat zoiets moois echt bestond.

'Ik ook mee!' schreeuwde Agot, en ze pakte Lorna's andere hand.

Met z'n drieën liepen ze naar de boom, waar Lorna zei: 'Ga maar op je rug liggen, met je hoofd onder de takken.'

Agot en Ash deden onmiddellijk wat ze zei, hun kleine voetjes staken onder de boom uit terwijl ze omhoogkeken door de dennennaalden en zich lieten betoveren door de glinsterende lichtjes. Aan de oohs en aahs te horen was het een goed idee van haar geweest en ze liet hen achter terwijl er steeds meer kinderen onder de boom gingen liggen en er algauw een heel rijtje laarsjes in een perfecte cirkel onder uitstak en er veel gegiecheld en gefluisterd werd. Lorna was even bang dat de boom zou omvallen en ze een ramp zou veroorzaken, maar de oude Eck keek met een oprecht blije glimlach toe vanaf zijn plekje voor het vuur, en dat stelde haar gerust.

Met haar hart bonzend in haar keel keek ze voorzichtig op naar Saif en er ging een schok door haar heen door het besef dat ze zichzelf voor de gek had gehouden door zichzelf wijs te maken dat het gevoel weg zou gaan als ze maar één kans met hem kreeg, één uur samen met hem. Dat dat op de een of andere manier genoeg zou zijn, dat hij dan uit haar systeem was en ze verder kon met haar leven. Nee, dat was klinkklare onzin... Hun samenzijn was een voorproefje geweest van iets wat ze helemáál, altijd, wilde; ze verlangde nu alleen nog maar méér naar hem.

Flora kwam naar haar toe en schonk haar glas bij. Ze trok Lorna met zich mee. 'Ik wil... Je moet het niet verkeerd opvatten...' begon ze. 'Ik zeg het voor je eigen bestwil. Maarre, als jullie dit geheim willen houden, moeten jullie ophouden met de hele tijd naar elkaar kijken alsof je elkaar wilt opvreten. Ga aandacht besteden aan iemand anders, wie dan ook. En dat weeïge gedoe van jullie is eerlijk gezegd nogal walgelijk. Misselijkmakend. Straks blijf ik nog met al mijn worstenbroodjes zitten!'

Lorna knikte.

'Er zijn hier honderden ouders die allemaal zitten te wachten op een compliment van jou over hoe goed hun bloedjes van kinderen in het kerstspel waren, die willen horen dat je nog nooit hebt gezien dat iemand de rol van schaap zo natuurgetrouw en overtuigend ten tonele bracht.'

Lorna zuchtte. 'Ja.'

'Tjezus!'

'Ja... Ik weet het, het is ook zo verwarrend allemaal.'

'Nee, nee, dat bedoel ik niet,' zei Flora. 'Ik bedacht dat ik over een paar jaar ook zo op een compliment zal staan wachten hier.'

Flora keek om zich heen. De eilandbewoners – ja, het was waar – zagen er blij en gelukkig uit. Iedereen was er. Nou, bijna iedereen. Jan zat in een hoekje ostentatief over haar buik te wrijven met de oude vrouwtjes als hofhouding eromheen. Hamish probeerde, zoals elk jaar, een polonaise te beginnen. En zelfs Tripp was er, hij stond heftig zijn excuses te maken tegen Inge-Britt die, wist Flora, niet lang kwaad op hem zou blijven; er woonden mannen op het eiland die al wel tien keer uit de Harbour's Rest waren gezet. Fintan was kort langs geweest en al snel weer vertrokken. Even wenste ze, heel egoïstisch natuurlijk, dat hij niet zo afgeleid was en ze zijn advies kon vragen. Fintan en zij zaten qua leeftijd tenslotte het dichtst bij elkaar. Of dat ze haar moeder nog om advies kon vragen, dat wilde ze natuurlijk het liefst... Haastig pakte ze een blad warme vol-au-vents om daarmee rond te gaan, maar Tripp nam het meteen van haar over.

'Dat hoeft u niet te doen, hoor,' zei ze.

'O, ik vind het leuk,' zei hij. 'Goede manier om kennis te maken met iedereen.'

Flora volgde hem argwanend met haar ogen. Hij wilde natuurlijk zoete broodjes bij hen bakken om te proberen Colton te beïnvloeden. Nou, *zij* trapte er in ieder geval niet in!

'Bedankt,' zei ze desondanks en ze draaide zich om.

Het lukte Lorna maar net om een woordje met alle ouders te wisselen voor het feest op z'n einde liep; de allerkleinsten begonnen dreinerig en over hun toeren te raken door een overdosis aan suiker; het signaal voor de gasten dat het tijd werd om naar huis te gaan. Ash wilde natuurlijk niet weg bij Agot en vluchtte naar de voorkamer, waar ze samen voor een blèrende televisie naar *Moana* gingen kijken – *Frozen* was blijkbaar uit de gratie en gedegradeerd tot 'voor baby's'.

Lorna wist dat ze moest gaan. Ze vond het vreselijk om alleen te vertrekken, maar ze zou wel moeten. Ze zag hoe Saif Ash van de televisie probeerde los te maken en wilde het liefst naar hem toe gaan, maar er liep nog steeds een aantal ouders rond. Aan de ene kant was het natuurlijk heel gewoon om met een vader van kinderen die bij haar op school zaten te praten, maar aan de andere kant was ze bang dat ze niet van hem af zou kunnen blijven... Ze kon niet van zichzelf op aan, ze was bang dat ze zich gewoon in zijn armen zou storten, dat ze niet in zijn buurt kon zijn zonder alle decorum te verliezen.

Ze gaf Flora een knuffel en vroeg met opzet niet waar Joël was – een vraag die iedereen haar die avond al had gesteld en waarop ze loog dat hij aan het werk was – en trok haar jas aan. Ze kon niet in zijn nabijheid zijn, maar wilde ook geen ander gezelschap, alleen hij. En niemand anders. Ze ging naar huis om zich daar te nestelen in het bed waarin ze samen hadden gelegen, tussen de lakens die naar hem roken, en te dromen en hopen dat hij daar vaker zou liggen. Want dat kon toch niet anders? Toch?

Buiten was het glad en zo koud dat ademhalen pijn deed in

haar longen terwijl ze naar haar auto glibberde.

Toen hoorde ze zachtjes achter zich: 'Lorenah.'

Hij had haar naam nooit goed uitgesproken. In een flits zag ze de eerste keer dat ze hem had ontmoet weer voor zich. Hij was zo mager en moest nodig naar de kapper en was zo gebroken en timide, dat ze niet meteen had gezien hoe aantrekkelijk ze hem later zou gaan vinden; maar ze wist nog goed dat zijn ogen haar meteen waren opgevallen. Ze had zich voorgesteld: 'Hoi, ik ben Lorna', en hij had haar naam niet goed kunnen uitspreken – wat nogal ironisch was gezien alle Eilidhs en Tadgs, echt onuitspreekbare namen, die hij nog te horen zou krijgen. Hij had haar naam herhaald: 'Lorenah?' en ze had zich zo ongemakkelijk en vol medelijden voor hem gevoeld, dat ze het niet over haar hart kon verkrijgen hem te corrigeren. En dus had ze geglimlacht en gezegd: 'Precies.' Sindsdien had hij haar altijd zo genoemd en nu vond ze 'Lorenah' mooier dan haar werkelijke naam.

Ze keerde zich om. Hij was vlakbij. Ze moest zich inhouden om hem niet tegen zich aan te trekken met alle mensen in het huis achter haar. Het was moeilijk. 'Ja?'

'Ik moet... Ik weet niet...'

Zijn verwarring was zo overduidelijk; ze voelde zich meteen een stuk beter omdat ze blijkbaar niet de enige was die van slag was door alles wat er was gebeurd. Ze was meer dan een eenmalige neukpartij.

'Kun je...' begon ze dringend.

'Ik probeer ze al...'

Lorna keek tersluiks om zich heen. 'Kun je komen?'

'Niet vanavond,' zei hij op een toon waarin duidelijk spijt doorklonk. 'Maar ik probeer...'

De verschrikkelijke onmogelijkheid om elkaar te zien dreigde Lorna te overspoelen, maar ze was ook heel erg opgelucht dat hij het net zo graag leek te willen als zij. Dat was voor nu even voldoende; de logistiek en hoe ze het allemaal gingen regelen, kwam later wel.

'Kus me,' zei ze ademloos.

'Dat kan niet,' zei Saif even ademloos. 'Want als ik dat doe...'

'Doe het!' Het was een bevel.

Hij boog zich dichter naar haar toe en op dat moment begon Lorna's telefoon te rinkelen. Ze wierp er een korte blik op. Het was Flora en ze hoefde niet op te nemen om te weten waar haar vriendin over belde.

'Ga maar,' zei Saif, en ze knikte. Hij pakte haar ijskoude vingers heel even vast en bracht ze naar zijn lippen, en zelfs daardoor ging er al een huivering door haar heen. Ze had het liefst nog getreuzeld, maar dat kon echt niet, wist ze, dus liet ze toe dat hij het portier voor haar openhield en stapte ze met een heel spijtig gevoel in.

'Ga naar binnen,' siste ze. 'Voordat iemand het ziet. En het is veel te koud.'

'Dan maak jij me wel weer warm.'

'Ja!' zei ze verlangend, en toen reed ze weg omdat ze anders niet voor zichzelf had ingestaan. Terug naar haar appartementje met haar bed met daarop de in elkaar gefrommelde lakens die ze niet ging verschonen maar helemaal om zich heen wikkelde, waarna ze vervuld van een diepe blijdschap wegdroomde en fantaseerde dat hij, als ze wakker werd, naast haar zou liggen.

Ash keek met grote ogen op naar Saif. 'Abba?'

Saif was mijlenver weg. 'Hm?' zei hij, nog helemaal in de war van alles wat er die dag was gebeurd. Na zo lange tijd. Zo ontzettend lange tijd. Het was bijna te veel geweest, te intens, te heftig. En er was nog iets wat hem bezighield: ergens diep vanbinnen voelde hij zich schuldig, maar dat was een gevoel dat hij wegdrukte, hij weigerde te geloven dat de wereld hem niet een klein beetje geluk toestond. Heel egoïstisch, natuurlijk. Hij zuchtte diep.

Amena was niet de enige vrouw met wie hij ooit het bed had gedeeld. Maar hij was op zijn tweeëntwintigste getrouwd, eigenlijk nog maar een jongen. Nu, nu was hij een man, en met alles wat hij nu wist, alles wat hij had doorgemaakt...

Hij hoopte met heel zijn hart dat Lorna er net zo van had genoten als hij. In gedachten zag hij de zweetdruppeltjes die vanuit haar hals naar beneden gleden weer voor zich, tussen haar borsten door, helemaal naar beneden, en de tranen in haar ogen, haar roze wangen... Ja, ze had ervan genoten, dacht hij. Gelukkig. Maar wat nu? Hoe moest het nu verder? Hoe kon hij dit in vredesnaam rijmen met al zijn verplichtingen, met het onweerlegbare feit dat hij was getrouwd met iemand van wie hij heel veel hield? Hoe moest het nu allemaal?

'Abba!' zei Ash, nu harder. 'Ik wil een boom.'

Saif knipperde met zijn ogen.

'Wat voor boom?' Op Mure waren bijna geen bomen omdat er te veel wind stond en bomen daarin niet gedijen. Saif had geen idee waar Ash het over had.

Ash rolde met zijn ogen. 'Een kerstboom!'

Zo'n boom die iedereen plotseling in huis heeft staan, besefte Saif, maar hij had geen idee hoe hij daaraan moest komen.

'Oké, goed,' zei hij om Ash tevreden te stellen. 'Maar nu moet je echt gaan slapen!'

En voor één keer deden de jongens dat gehoorzaam, moe van de dag, het kerstspel, de spanningen eromheen, en het feest erna dat die grotendeels – maar niet helemaal – weer had opgelost.

Saif was ook hondsmoe, maar wist dat hij toch niet kon slapen. Hij liep naar het raam om uit te proberen of hij, als hij zijn hals ver genoeg uitrekte, Lorna's appartement beneden in het dorp kon zien. Nee, natuurlijk niet, dat wist hij natuurlijk best. Hij gedroeg zich belachelijk. Maar bij haar zijn had hem zo... zo... ontzettend gelukkig gemaakt; gelukkiger dan hij was geweest sinds... heel, heel lange tijd. Het liefst was hij nu weer bij haar. Als hij zijn ogen dichtdeed, kon hij haar prachtige rode krullen in het licht van het haardvuur bijna voor zich zien.

Hij wierp een blik op zijn telefoon. Hij had geen dienst vanavond – het was de beurt van de oude dokter MacAllister – maar het beloofde überhaupt een rustige avond te zijn: er waren geen baby's die geboren moesten worden, geen complicaties bij andere zieken te verwachten en de oude Felix herstelde goed van zijn hartoperatie.

Zijn overmoed van een paar uur eerder was vervlogen. Hij wist dat er twijfels, spijt en verdriet op de loer lagen die zijn slapeloze nacht zouden proberen te verstoren. Maar hij zou ze niet toelaten. Nog niet. Hij ging gewoon nog even genieten van de herinnering aan haar; hoe goed ze had gevoeld, beter dan hij ooit had durven hopen, hoe buitengewoon en bijzonder het was geweest; hoe prachtig ze er naast hem uitzag – elke millimeter van haar.

De schuldgevoelens konden wachten. Maar hij wist dat ze in de schaduwen lagen te wachten op hun kans om toe te slaan en in het donker uit hun hol zouden komen. Hij had zijn vrouw bedrogen, verraad gepleegd aan zijn kinderen, zijn gezin, zijn huwelijk – alles waarvan hij had gedacht dat hij er pal voor stond.

Inwendig protesteerde hij geïrriteerd: waarom moest alles voor hem zo moeilijk zijn? Voor het eerst in vijftien jaar verlangde hij naar een sigaret. Toen besefte hij dat hij te veel zelfmedelijden had, en draaide hij zich om om naar bed te gaan. Hij moest zijn leven nemen zoals het kwam, zoals hij de laatste vijf jaar al had moeten doen. Zonder enige verwachting. Hij kón niets verwachten. Hij kon alleen maar volhouden, genieten van elk moment waarop dat mogelijk was, en hij moest er altijd voor zorgen dat niets hem kon verrassen of uit evenwicht bracht.

Maar dat laatste zou algauw een ijdele hoop blijken...

33

Het leek een gewoon telefoontje. Ervoor besefte Saif niet eens dat sinds de jongens weer bij hem waren, niet meer elke keer dat de telefoon ging zijn hart in zijn keel zat. Natuurlijk was het iets wat altijd in zijn achterhoofd speelde. Maar op de een of andere manier was hij niet zo gretig als vroeger toen hij opnam; niet zo gespannen. Hij had zijn schild laten zakken...

Hij had het moeten weten.

'Abba heel blij vandaag,' merkte Ash op toen ze aan het ontbijt zaten en Saif de pap had opgewarmd waar ze zo dol op waren en had geprobeerd de hoeveelheid stroop erin binnen de perken te houden – wat meestal mislukte en resulteerde in Ash die als een klein beertje zijn plakkerige handen aflikte.

Ib keek op van het stripboek dat hij las.

'Ik ben elke dag blij,' zei Saif terwijl hij de laatste slok van zijn koffie nam. Maar het klopte: hij voelde een klein lachje om zijn mond dat hij niet kon onderdrukken – als een soort tic.

'Ik heb een brief voor de Kerstman,' verkondigde Ash.

'Je kunt niet eens schrijven!' zei Ib gemeen.

'Welles!' Ash sprong op en haalde een smoezelig opgevouwen papier uit zijn schooltas. Er stonden letters op, totaal onbegrijpelijk, en de meeste stonden ook nog in spiegelbeeld, maar het leken letters, en Saif vond dat sowieso al een prestatie. Lorna had bij het laatste rapport geschreven dat hij niet onderdeed voor kinderen die op Mure geboren waren. Er flitste een plotselinge flashback door zijn hoofd van hoe ze onder hem had gelegen op het bed en hij voelde dat hij bloosde, dus concentreerde hij zich extra hard op het papier voor zijn neus.

'Wat staat er?' vroeg hij. 'Lees jij maar voor, Ash!'

'Abba kan niet goed lezen,' stelde Ash zelfverzekerd vast.

'Niemand kan dat soort onzin lezen, stomme baby,' zei Ib.

'Ibrahim! Ophouden!' beval Saif. 'Ash doet zijn best en ik kan alleen maar hopen dat jij dat ook doet!'

Ib haalde zijn schouders op. Hij begreep alles op school en deed het heel goed op het gebied van rekenen en alle exacte vakken, net als zijn vader vroeger. Maar als het op Engels en schrijven aankwam, toonde hij geen enkele interesse; zijn spelling en grammatica waren ronduit slecht en hoewel hij wel Engels kon lezen, deed hij het eigenlijk maar een fractie beter dan Ash.

'Wat maakt het uit?'

'Heel veel!' zei Saif. Het jaar daarop zou Ib, als ze dan nog op Mure woonden, doordeweeks intern moeten op de middelbare school op het vasteland. Saif zag daar erg tegen op – hij kon de gedachte zijn jongen, terwijl hij pas net terug was, alweer weg te moeten sturen, niet verdragen. Hij was van plan hem nog een jaartje op de lagere school te houden, maar wist niet goed hoe hij dat moest brengen aan Ib.

'Als je niet goed leert spellen, ga je niet over,' waarschuwde hij, en het stelde hem enigszins gerust dat Ib weer zijn schouders ophaalde en dat hem dat blijkbaar ook weinig kon schelen. Dat zou het in ieder geval gemakkelijker maken hem nog een jaar op de lagere school te houden; bovendien was hij klein voor zijn leeftijd. Ik moet het eens met Neda bespreken, dacht hij, hun maatschappelijk werker op het vasteland die hen begeleidde.

En toen ging zijn telefoon en bleek zij het te zijn die hem belde. Opgewekt wenste hij haar een goedemorgen.

Neda klonk echter ongewoon ernstig en vroeg: 'Kun je vrijuit praten?'

Saif fronste naar de jongens, die elkaar onder de tafel zaten te schoppen, en stond op om naar de kamer ernaast te lopen. Zijn hart klopte opeens als een razende. 'Wat?' Als hij nerveus was, werd hij zonder dat hij het in de gaten had, nogal kortaf en bot.

'Het is nodig dat je naar Glasgow komt.'

'Wat? Waarom?'

'Dat kan ik je niet over de telefoon vertellen, ben ik bang.'

‘Gaat het over Amena? Is er iets bekend over Amena?’

Hij dacht terug aan de vorige keer, toen de jongens gevonden bleken te zijn. Toen was het Binnenlandse Zaken geweest die contact met hem opnam en hem vroeg naar Glasgow te komen. Niet de afdeling maatschappelijk werk... Maar hij had het allang opgegeven te begrijpen hoe de Britse overheid in elkaar zat. Hij hoefde het verder ook niet te snappen: hij was simpelweg blij dat het Verenigd Koninkrijk hem asiel had verleend, dat was alles. En hij vermoedde dat het land ook blij met hem was omdat hij nuttig werk verrichtte op Mure. En dat was het enige wat belangrijk was. ‘Je moet me vertellen wat het is!’

‘Dat kan echt niet, helaas!’

‘En de jongens, kunnen die meekomen?’

Het bleef lang stil.

‘Beter van niet.’

34

Godzijdank was Mrs. Laird er, die in nood altijd te hulp kon schieten, en Jeannie, de enige die hij die ochtend sprak en moest uitleggen dat hij direct naar Glasgow moest.

Jeannie begreep meteen dat het iets met de overheid en het feit dat hij vluchteling was van doen had, dus knikte ze alleen maar en vroeg niet verder. Ze was erg gesteld geraakt op de bescheiden, toegewijde arts, en ging meteen aan de slag om een vervanger te regelen die alles uit zijn of haar handen kon laten vallen om in de week voor Kerstmis voor een niet nader gespecificeerde periode naar een afgelegen eiland te komen. Een bijna onmogelijke taak, wist ze.

Maar gelukkig was het rustig deze week. Jeannie had er zo haar eigen gedachten over dat mensen zich stukken beter leken te voelen wanneer ze het druk hadden met iets en geen tijd hadden om zomaar wat te zitten en te gaan zitten piekeren over de kleinste kwaaltjes en met elk wissewasje naar de dokter te komen. Ze wist dat ze na de kerst allemaal weer in gestrekte galop op het spreekuur zouden verschijnen omdat ze last hadden van een zwakke maag of een opgeblazen gevoel, terwijl natuurlijk overduidelijk was dat ze niet van de mince pies hadden kunnen afblijven.

Toen ze klaar waren met hun ontbijt, vertelde Saif zijn jongens dat hij een paar dingen op het vasteland moest doen, en hij nam afscheid van Ib en Ash.

'Ga je naar de kerstman?' vroeg Ash, die alles een beetje door elkaar haalde.

'Die bestaat helemaal niet,' zei Ib minachtend, wat niet zoveel indruk op Ash maakte als had gekund omdat hij pas een week of vijf eerder voor het eerst van het bestaan van een kerstman had gehoord.

'Neem je dan een boom mee?' vroeg hij, en Saif gaf hem nog een zoen op zijn kruin en vertrok om de eerste ochtendveerboot te halen. Bij de kade had hij nog een paar minuten over om een kop koffie bij Flora te halen en terwijl hij die opdronk, dwaalden zijn ogen steeds naar haar buik.

'Hou op met dat gestaar!' siste ze hem toe.

'Ik doe toch niks,' protesteerde hij.

'Wel! Het is nog geheim!'

'Ik ben de enige klant hier! En je moet een echo hebben! Ik heb een apparaat op de praktijk.'

Flora verbleekte. Daar had ze niet bij stilgestaan. O god, natuurlijk moest dat! 'Kan dat ook hier? In... de keuken bijvoorbeeld?'

'Nee,' antwoordde Saif gedecideerd, 'natuurlijk niet. Ik ga echt geen echoapparaat het hele dorp door slepen. Je moet gewoon naar de praktijk komen.'

'Hm,' zei Flora vaag. 'Waar ga jij eigenlijk naartoe?'

Saif wilde er niet over nadenken. Sinds het telefoontje liep hij zich vreselijk druk te maken over wat er zou zijn, en soms werd hij een moment door hoop bevangen. Maar toen de jongens waren gevonden, had hij een brief gekregen. Aan de andere kant: zij waren natuurlijk minderjarig. Eigenlijk moest hij de informatielijn van Binnenlandse Zaken bellen.

Maar dat durfde hij niet. Het minieme sprankje hoop dat hij voelde, wilde hij niet uitdoven. Nog niet.

En hij kon zichzelf niet toestaan nu aan Lorna te denken.

35

Neda haalde hem op bij de onopvallende voordeur van het vluchtelingencentrum. Ze bood hem een kop koffie aan, maar hij wist al van de vorige keer dat die ongelofelijk smerig was, dus schudde hij zijn hoofd.

Neda was ongeveer een meter tachtig, had kortgeknipt haar, grote gouden oorringen in haar oren en droeg vandaag een knalroze broekpak. Ze was iemand die zich door niemand liet intimideren en ze had een zelfvertrouwen en een directheid die Saif altijd heel geruststellend vond.

Maar vandaag zag ze er bezorgd uit, en hij begon echt nerveus te worden. Hij liep achter haar aan naar haar kleine kantoortje dat vol lag met dikke dossiers – in Saifs ogen dikke mappen vol verdriet – bijeengehouden met een elastiek maar uitpuilend aan alle kanten – allemaal gezinnen die uit elkaar gerukt waren door oorlogen, angst en verdriet. Hij probeerde zich ervoor af te sluiten en ze niet te zien.

Er kwam een lange man het kantoortje in, die zich voorstelde als iemand van Binnenlandse Zaken. Saif was plotseling zo zenuwachtig dat hij de naam van de man meteen weer kwijt was en nauwelijks in staat was hem de hand te schudden.

'Oké,' begon Neda. 'Zoals je weet, Saif, zijn er veel bezuinigingen doorgevoerd wat betreft de opvang van vluchtelingen, en uiteindelijk wordt het programma helemaal stopgezet.'

Saif wist het, ja, maar hij kon niet begrijpen – en zou dat ook echt nooit doen – waarom de regering geen vluchtelingen meer wilde opnemen terwijl er vooral in de dunbevolkte gebieden van Schotland een groot tekort was aan mensen die er wilden werken. Waarom het Verenigd Koninkrijk had besloten te stoppen met de asielverlening aan artsen, ingenieurs, werklieden, en gezinnen die in ruil voor een veilige plek zonder bommen in hun eigen levensonderhoud wilden voorzien, was voor hem een raadsel. Maar kritiek hebben op de overheid en de politiek was iets waar hij zich absoluut niet aan waagde.

Neda keek hem aan. 'Ik ben hier omdat ze dachten dat dit misschien wat minder moeilijk voor je zou zijn als er iemand bij was die je kent,' zei ze verontschuldigend.

Saif knikte. Alsjeblieft, schiet op. Alsjeblieft.

'We hebben... We hebben wat filmbeelden,' begon de man. 'Ik moet u waarschuwen, het is nogal aangrijpend.'

Saif merkte dat hij heel snel met zijn ogen knipperde.

'We kunnen de persoon die wordt gefilmd... Het lukt ons niet haar te identificeren.' De man zweeg. 'We denken dat het uw echtgenote zou kunnen zijn.'

Saif omklemde de armleuningen van zijn stoel stevig. Hij wenste dat hij ergens anders was, waar dan ook. Thuis met de jongens tegen zich aan terwijl ze naar *Hey Duggee* keken. In de spreekkamer tegenover Canna Morris die hem uitgebreid en langdradig uit de doeken deed hoe hij dacht dat hij aan een aambei kwam. In Lorna's... Nee!

Hij kneep zijn ogen even stijf dicht en voelde zich doodongelukkig.

De man was naar de televisie in een hoek gelopen, die Saif nu pas opmerkte, waar een ouderwetse videorecorder naast stond.

Neda stond op om de rolgordijnen te laten zakken.

Saif begon plotseling oncontroleerbaar te beven, de angst voor wat ging komen sloeg nu echt toe.

'We hebben geen DNA-match,' vertelde de man. 'Maar deze vrouw is in de buurt van Yarmouk gefilmd en we denken dat de tijden kloppen.'

Het begin van het filmpje ging gepaard met een hoop warrig beeld en veel herrie, de datumaanduiding was van november. Eerst begreep Saif niet wat hij zag, maar toen drong tot hem door dat het een stenen muur was die blijkbaar werd gefilmd door een camera op een helm – van een soldaat. Hij hoorde bevelen roepen in zijn eigen taal en ze leken door een soort tunnel af te dalen, waarbij er steeds gruis uit het plafond viel. Iemand riep ‘stop’ en toen kwam er een kleine ruimte in beeld, misschien een kelder. In een hoek ervan zat een ineengedoken gestalte.

Saifs hart bonkte in zijn keel.

Neda zat naast hem en legde haar hand op zijn arm in een poging hem te steunen.

De persoon in de hoek zat voorovergebogen, trillend van angst. Ze droeg een vervuilde sluier en een vormeloze voddige jurk.

Saif leunde naar voren.

Het was donker in de kelder, dus alle licht kwam van helm- en zaklampen, alle ogen gloeiden vreemd op. Iemand vroeg aan de vrouw hoe ze heette, maar er kwam geen antwoord. Daarna boog iemand anders zich naar haar toe en raakte in een poging contact met haar te krijgen voorzichtig haar arm aan, maar ze kromp ineen. Als een doodsbange hond...

Er sprongen tranen in Saifs ogen. Hij kon niet zien... Hij wist niet of het... Haar lengte klopte ongeveer, maar het was zo moeilijk te zien. Hij zag een lok lang, donker haar onder haar sluier vandaan komen, maar dat verduidelijkte ook niets.

‘Alsjeblieft, draai je om,’ hoorde hij zichzelf mompelen terwijl de soldaten, duidelijk bang om haar te laten schrikken, voorzichtig vroegen of ze met hen mee naar buiten ging. Eén ervan scheen zijn zaklamp recht in haar gezicht en de vrouw deinsde terug en sloeg haar handen voor haar ogen alsof ze verblind werd. Saif vroeg zich onmiddellijk af hoelang ze daar al in het donker zat.

‘Waar is ze nu?’ vroeg hij nerveus.

De man voelde zich duidelijk ongemakkelijk. ‘Ze hebben geprobeerd... geprobeerd haar mee te krijgen, maar ze is weggevlucht.’

Saif stond op en schuifelde steeds verder naar de televisie toe, tot zijn neus bijna letterlijk het scherm raakte. Opeens stak hij een vinger op en riep: ‘Stop!’

De man zette het beeld onmiddellijk stil.

Maar het was zo donker, hij kon het niet... Opeens zag hij tot zijn afschuw iets op de zijkant van het gezicht van de vrouw. Een litteken!

Hoe kon het dat hij niet wist of het zijn eigen vrouw was? Het was pas drie jaar geleden. Hij zou haar toch uit duizenden herkennen? Toch? Hoe kon hij haar prachtige gezicht ooit vergeten, haar rechte neus, haar klaterende lach? Hoe kon hij een gezicht zien en niet eens weten of dat het gezicht van Amena was?

'Verder,' zei hij. Het idee dat Amena, zo slim, zo leuk, zo charmant en levendig, tot dit wezen was gereduceerd – een beest dat zich verschool in een donker hol. Zijn hart brak. Wás ze het?

De man drukte op PLAY.

'Stop!'

De vrouw had haar hoofd nu opzijgedraaid en hij staarde fronsend naar haar profiel. Ze had haar mond open en hij zag dat ze verschillende tanden miste. Dat kwam aan als een stomp in zijn maag. Hij durfde er niet aan te denken hoe ze die was kwijtgeraakt. Haar prachtige glimlach. Maar wás ze het?

Waaraan herkende je iemand eigenlijk? Hoeveel daarvan werd bepaald door een beweging, hoe ze haar hoofd naar je toe keerde, de manier waarop ze stond, haar houding. Maar deze vrouw was kapot, verwrongen, dierlijk haast... Nee, hij zocht uitvluchten.

Ze waren al verschillende keren gestopt en weer verdergegaan toen hij het eindelijk zag.

'Stop!'

Het beeld stond stil.

'Terug. Stop!'

Ja! Recht voor zijn neus. Duidelijk.

Maar hij wist niet hoe hij zich erover voelde.

36

'Nee, nee, het geeft niet. We hebben er alle begrip voor...' zei Neda zachtjes. Er stond een plastic bekertje met die verschrikkelijke koffie naast hem. Niet wetend wat hij anders moest doen, pakte hij het op en nam een slok. Smerig.

De man pakte zijn spullen in. Nadat hij zich had uitgeput in verontschuldigingen en had aangeboden de schade te vergoeden, was er met geen woord meer gesproken over de videorecorder en wat Saif daarmee had gedaan.

Belachelijk, vond Saif, dat het de oren van de vrouw waren die het duidelijk maakten. Hij zou Amena's kleine oortjes altijd herkennen; de jongens hadden exact dezelfde kleine schelpjes, plat tegen hun hoofd. Amena vond ze zelf te klein en droeg daarom bijna nooit oorbellen, maar Saif vond ze prachtig. Deze vrouw, dit arme, angstige wezen, had oren die groter waren, die wat meer afstonden, en niet op een manier die het gevolg kon zijn van fysiek geweld.

De man had de video verder laten lopen en de vrouw was hartverscheurend gaan krijsen, waarop Saif de recorder van de plank had gerukt en op de grond had gesmeten. 'Hoe kúnt u dit aan mij laten zien?' had hij geschreeuwd.

'Omdat we u wilden helpen,' had de man zachtjes gezegd terwijl hij de zware recorder had opgeraapt en Neda geprobeerd had Saif te kalmeren en zei dat hij moest gaan zitten en diep moest inademen totdat hij wat rustiger was.

Saif ging geschokt met zijn hand door zijn dikke, zwarte haar. 'Wat is er met haar gebeurd?' vroeg hij dringend.

'De soldaten hebben haar daaruit gekregen,' zei de man. Hij vertelde niet dat ze met kettingen aan de muur was vastgeklonken. 'En toen rende ze weg. Maar we doen ons best...' Hij keek

Saif aan. 'We doen ons uiterste best haar te vinden. Ze klopte met de beschrijving in uw dossier en omdat ze met u is getrouwd, staat uw vrouw onder onze bescherming.'

Saifs hoofd schoot verrast omhoog.

'Wat betekent dat het ons werk is haar te vinden,' vervolgde de man.

Saif schudde zijn hoofd. 'Het spijt me, maar ze is het niet.'

De man knikte. 'Desondanks zijn ze daar vastbesloten haar te vinden.'

'Sorry dat je het hele eind hierheen hebt moeten komen,' zei Neda. 'En ook dat het zo schokkend was. Maar we konden dit niet via de telefoon doen.'

Saif kon nauwelijks praten. Zijn keel zat helemaal dicht. 'Ik hoop dat ze wordt gevonden.'

De man knikte en verliet de kamer.

Neda trok de rolgordijntjes weer op. 'Het spijt me echt heel erg voor je, Saif,' zei ze nog een keer. 'Dat je hier allemaal doorheen moest.'

'Het geeft niet,' zei Saif. Maar het gaf wel. Het gaf een heleboel. Alles in hem stond in brand. Het dreigde hem te overspoelen, zoveel verdriet. Stel dat Amena ook ergens zo opgesloten zat? Dat ze elke dag in zo'n hel moest leven? Plotseling had hij het liefst zijn hoofd op tafel gelegd en was hij voor honderd jaar gaan slapen.

'Niet over gaan piekeren,' adviseerde Neda hem. 'Er is een grote kans...'

Er was helemaal niet een grote kans. Er was geen enkele kans dat zijn vrouw leefde, in goede omstandigheden verkeerde en niet op zoek was gegaan naar hem, naar haar zoons. Eigenlijk had de man het nog erger gemaakt door te zeggen dat de Britse regering haar probeerde te vinden en bescherming zou geven omdat Saif in hun land woonde. Als ze zich had gemeld...

En hier was een vrouw die moeder moest zijn, echtgenote, dochter, zus, en als een beest onder de grond opgesloten had gezeten. Dat zou hij altijd met zich meedragen, het zou altijd in zijn geheugen gegrift blijven. Hij was misselijk en bang dat hij moest overgeven.

'Ga je vandaag meteen terug?' vroeg Neda.

Saif knikte. Toen keek hij haar aan. Hij had zijn besluit genomen. 'Heb je tijd om te lunchen?' vroeg hij.

Neda knikte. Natuurlijk.

Toen het eten eenmaal voor hem stond, kreeg Saif geen hap door zijn keel, dus schoof hij het een beetje heen en weer over zijn bord. Neda had een salade met nog een koffie besteld. Ze wachtte geduldig tot hij zei wat hij te zeggen had.

'Ik wilde vragen,' begon Saif, 'of het mogelijk is om te verhuizen?'

'Hoe bedoel je?' vroeg Neda voorzichtig. Ze legde haar vork weg.

'Van het eiland weg te gaan, naar zoiets als hier. Glasgow.'

Neda fronste haar voorhoofd. 'Waarom?'

'Is dat een mogelijkheid of niet?'

'Tja, er is een enorm tekort aan huisartsen...' antwoordde ze peinzend. 'Maar ik moet je wel waarschuwen dat je dan in een lastige buurt terecht zult komen. Alcoholmisbruik, drugsmisbruik, kindermisbruik, geweld, messen... Plekken waar de meeste mensen niet willen zitten. Ik weet dat je denkt dat het hier een rijk land is, maar er zijn ook heel arme, echt heel arme gebieden hier. En vooral in Glasgow en omgeving.'

'Goed,' reageerde Saif. 'Dan ben ik in ieder geval nuttig.'

'Je bent ook nuttig op Mure. Heel erg, als ik moet afgaan op de rapporten.'

Saif haalde zijn schouders op. 'Bloeddruk, vaccinaties, een beetje hechten. Niets spectaculairs.'

'En dat bevalt je niet?'

Saif haalde zijn schouders op. 'Ik ben een goede arts,' zei hij zonder valse bescheidenheid.

'En de jongens? Die zijn toch aardig gewend, is het niet?'

'Maar hier in Glasgow...' Saif dacht terug aan het kerstspel en hoe pijnlijk geraakt hij toen was. En daar kwam nog iets bij, een nieuw gevoel: dat hij tussen mensen wilde wonen die dat begrepen. Mensen zoals hij, mensen die hun eigen land hadden moeten verlaten. Niet de tevreden, zelfvoldane Murianen die nog nooit hun eiland af waren geweest, niets vreselijks hadden meegemaakt en geen notie hadden van wat zich buiten hun eigen grenzen afspeelde. Vluchtelingen, mensen die alles kwijt waren, die vreselijke tijden achter zich hadden.

Dat hij naar Glasgow was geroepen was een teken, daar was hij van overtuigd, hoewel hij eigenlijk totaal niet bijgelovig was. Het was zijn straf geconfronteerd te worden met het haast dierlijke gezicht van de vrouw in die kelder, een vrouw die zíjn vrouw had kunnen zijn, een straf omdat hij het lef had gehad verliefd te worden op een ander.

'Er zouden meer kinderen zijn zoals mijn jongens. En een moskee. Mensen zoals wij...'

'Ja,' zei Neda. Dat was ontegenzeggelijk waar. 'Maar ze hebben vriendjes gemaakt...'

'Ze hebben helemaal geen vriendjes nodig. Ze hebben familie nodig. Ze hebben míj nodig!' reageerde Saif kortaf.

Neda leunde naar achteren in haar stoel en nam hem nadenkend op. 'Wat is de werkelijke reden, Saif?'

Saif zweeg. Hij was niet gewend aan dit soort gesprekken. Zo direct. Toen zei hij: 'Die film daarnet...'

Neda schudde haar hoofd. 'Nee, dit is niet iets wat je net hebt bedacht. Het is iets wat al langer speelt.' Ze boog zich naar hem toe. 'Er is een verdomd goede reden voor nodig om je over te plaatsen. Zeker nu alles zo goed loopt. En natuurlijk is het niet gemakkelijk, Saif. Dat is logisch als je naar een vreemd land verhuist en de jongens in je eentje moet opvoeden. Maar verandering van omgeving lost dat niet op.'

'Dat weet ik,' zei Saif.

'Dus is het iets anders?'

Saif kuchte en tot Neda's verrassing begon hij te blozen.

Ze wist onmiddellijk wat er aan de hand was. Logisch! Het zat er dik in. Hij was tenslotte een jonge vent. Een jonge, knappe vent. Het was de natuurlijke gang van zaken, eigenlijk. Waar hij ook zat, hij zou altijd in dit soort problemen verstrikt raken. Het lag zo voor de hand. En nu drukten zijn schuldgevoelens natuurlijk zwaar op zijn schouders.

'O Saif!' zei ze met een zucht. 'Ben je verliefd?'

Saif keek zo geschokt dat het bijna komisch was.

Neda gaf een paar geruststellende klapjes op zijn hand. 'Sorry,' zei ze terwijl er een glimlach om haar lippen speelde. 'Kom op, Saif. Het is geen enorme verrassing dat er zoiets gebeurt, toch? Jij weet er meer van dan ik; jij bent op fysiek gebied de expert hier, tenslotte. Maar dat hoef je jezelf echt niet zo ontzettend kwalijk te nemen en je hoeft je er zeker niet voor te schamen.'

Saif schudde zijn hoofd, zijn gezicht had inmiddels een hoogrode kleur. 'Maar het is de juf van de jongens.'

Neda's gezicht betrok. 'Echt? Serieus? Dat meen je niet! Er zijn toch op z'n minst...' ze dacht even na, 'eh, tien meisjes op Mure op wie je verliefd had kunnen worden. Of negen, in ieder geval... En dit is echt de slechtste keuze die je maar kon maken. De meest ongepaste...'

Saif durfde niets te zeggen.

'Echt,' zei Neda een beetje bozig. Maar ze kon ook wel voor zich zien hoe het was ontstaan. 'Ze heeft dag in, dag uit met jouw jongens te maken. Ze zorgt voor ze, voedt ze mee op... Is het dat meisje met het rode haar?'

Saif knikte. Hij vertrouwde zijn eigen stem niet.

Neda zuchtte diep. 'Pff... Is het... serieus?'

Saif staarde naar de vloer.

'Nou, dat moet ik opvatten als een "ja", lijkt me. Jezus, je hebt je wel in de nesten gewerkt...'

Saif reageerde niet.

'Enne... Je denkt niet dat je het... gewoon kunt uitmaken en daar kunt blijven?'

Saif schudde zijn hoofd.

'Goed,' zei Neda kordaat. 'Ik zal het bij de juiste persoon neerleggen... Maar dan moet je het wel heel zeker weten.'

Saif keek eindelijk op. Hij voelde zich een drenkeling in een woeste zee. Maar hij kon niet zo leven, dat was duidelijk. Hij kon niet heen en weer geslingerd worden tussen een vrouw op wie hij verliefd was en de vrouw met wie hij al sinds zijn twintigste samen was, de vrouw die hij al zo lang bewonderde, de moeder van zijn kinderen, met wie hij was getrouwd en van wie hij niet wist waar ze was. Het leven gaf hem geen keus. Dus het beste wat hij kon doen, was nog een keer opnieuw beginnen. 'Ik weet nooit iets echt zeker,' zei hij, 'maar het lijkt me het beste.'

Neda zuchtte en sloeg haar map met een klap dicht. 'Ik zal moeten beoordelen of het ook goed is voor de jongens,' zei ze.

'Maar als ze in een meer gemengde omgeving zitten...'

'Ja, dat zei je al,' zei ze, ongewoon kortaf. Ze was zo trots geweest op Mure, zo trots dat de gesloten gemeenschap daar het gezin had geaccepteerd; op een plaatsing die een oprecht, meetbaar succes was. En ook zo trots op Saif, omdat hij zijn werk zo goed deed en de kleine, beschadigde jochies zo goed had begeleid bij het wennen op Mure. Het was allemaal gelukt. Een succes. Dat zag ze niet vaak in haar werk.

En ze vond het een heel slecht idee, verhuizen. Ze bekeek Saifs gezicht; het was duidelijk dat hij er heel anders over dacht.

'Goed... Ik denk dat het verstandig is als we nu opbreken. Je hebt nog een lange reis voor de boeg.'

Saif knikte. Dat was het, een lange reis.

37

Lorna repeteerde met de kleintjes maar vond zelf dat ze er een zootje van maakte. Het was 'I Saw Three Ships', wat alle kinderen graag zongen omdat het niet moeilijk was en zo vrolijk klonk en het bovendien voor de eilandkinderen volkomen logisch was dat Jozef en Maria per zeilschip in Bethlehem aankwamen – zij moesten tenslotte ook alles per boot doen vanaf hun eiland. De kinderen brulden gehoorzaam het refrein, maar Lorna kon alleen maar aan Saif denken. Ash had haar die ochtend verteld dat zijn vader naar 'Gazzel' was, waarvan ze na een tijdje had begrepen dat dat Glasgow moest zijn. Maar waarom? Wat was er aan de hand? Waarom had hij haar niet verteld dat hij weg moest?

Ze besefte dat ze ervan uitging dat ze het recht had dat te weten. En dat had ze natuurlijk níét – wat haar op zichzelf al van streek maakte.

Mrs. Laird was hijgend en puffend de heuvel op gekomen om de kinderen van school te halen – hoewel Ibrahim klaagde dat hij elf was en echt geen oppas meer nodig had, iets waar ze normaliter het nodige tegen in zou hebben gebracht, als ze niet had geweten dat Ib en Ash een tijdlang op zichzelf aangewezen waren geweest en het met z'n tweetjes hadden moeten zien te rooien, en veel meer hadden meegemaakt dan andere kinderen van die leeftijd.

Mrs. Laird wist niets meer dan de jongens, ze wist alleen dat hun vader plotseling was weggeroepen.

Lorna werd er heel onzeker van, het was alsof zich een koude ijzeren hand om haar maag sloot. De vorige keer dat hij naar Glasgow had gemoeten, was hij teruggekomen met de jongens. Ze beet op haar lip, glimlachte naar Mrs. Laird en vertelde Ash voor de honderdste keer dat hij moest oefenen op zijn B's en zijn D's, waarop hij haar zoals gewoonlijk een stralende grijns toewierp, gehoorzaam 'Ja, juf Lorna' zei en weghuppelde zonder er verder ook maar iets mee te doen.

Misschien was het niets. Iets administratiefs. Maar om zo plotseling weg te moeten...

Nee, ze liet zich niet meeslepen door haar fantasie. En eigenlijk moest ze natuurlijk ook haar lakens verschonen, dat wist ze. Maar dat kon ze niet over haar hart verkrijgen. Elk uur dat hij weg was, had ze het gevoel dat hij verder en verder van haar afdreef. Ze miste hem alsof ze een arm of een been miste. Wat er was gebeurd had de droom die ze van hem had – haar verliefdheid, als een tiener, met een idioot geïdealiseerd beeld van haar idool – niet aan diggelen geslagen, het had hem juist nog mooier gemaakt. Hun samenzijn had haar stoutste verwachtingen overtroffen. Het was zo bijzonder geweest dat geen enkele andere ervaring eraan kon tippen. Ze bloosde elke keer als ze eraan dacht. En ze dacht er constant aan. Ze kon niet zonder hem leven, net zoals ze niet zonder zuurstof kon. En het enige wat erop zat, was wachten...

Waarom stuurde hij geen appje? Gewoon, om te vragen hoe het ging? Waarom deed hij dat niet? Het zeurde in haar achterhoofd. Waarom kon hij haar niet even iets laten horen?

Ze wist niet dat Saif nooit had gedatet. Zijn ouders hadden de ouders van Amena gekend en hoewel het strikt gezien geen gearrangeerd huwelijk was, werden ze wel enorm aangemoedigd om tijd met elkaar door te brengen, wat Saif geen enkel probleem had gevonden omdat Amena mooi, slim en leuk was en ze hem ook leuk vond, en wat kon een mens nog meer van het leven verwachten, had hij toen gedacht. En toen de kinderen kwamen had hij beseft, bijna tot zijn verrassing, dat hij echt heel veel van haar hield.

Het was nog nooit in Saifs hoofd opgekomen om iemand te appen. En nu probeerde hij het probleem-Lorna zo ver mogelijk naar de achtergrond te schuiven, het was te veel en te moeilijk om serieus na te denken over zijn twee onverenigbare verlangens: van Lorna houden of een trouwe familieman te zijn. Hij hoopte dat er zich ergens, op de een of andere manier, vanzelf een oplossing zou aandienen.

En dat gebeurde ook. Een oplossing waar Lorna niet gelukkig mee zou zijn...

Het rare was, dacht Saif achteraf, dat hij ervan uit was gegaan dat ze het zou begrijpen. Dat hij bij het zien van de video had gedacht dat de moeder van de jongens misschien nog leefde. En dat later bleek dat ze het níét was, maar dat het hem wel met zijn neus op zijn verantwoordelijkheden had geduwd. Dat kon niemand hem kwalijk nemen, toch? En dat hij werd overgeplaatst, hij kon er niets aan veranderen, hij moest ergens anders naartoe. Dat was een leugen natuurlijk. Om haar te sparen.

Dus stond hij nu bij de schooldeur, terwijl de jongens helemaal opgewonden en met rode wangen een sneeuwballengevecht hielden (in Damascus sneeuwde het ook wel eens, had Ash Lorna verteld). Hij had een stap naar achteren gedaan alsof hij even een zakelijk gesprekje met het schoolhoofd moest hebben. En omdat ze aan de rand van de speelplaats stonden, in het zicht van iedereen, kon Lorna helemaal niets doen terwijl hij het haar vertelde en haar hart brak, ook al wilde ze hem schoppen en slaan en kussen tegelijk.

Hij klonk zo kil, zo klinisch. En het was duidelijk dat hij van haar verwachtte dat ze het begreep. En dat zei ze ook. Dat ze het begreep. Maar ze begreep het niet. Haar hele lijf schreeuwde: 'Nee! Godverdomme! Nee!' Het leven was kort en verdriet duurde lang en als je een beetje geluk vond – een heel klein beetje geluk – dan moest je je daaraan vastklampen als aan een reddingsboei die naar een drenkeling werd gegooid, omdat ze wist – ze wist – dat ze nooit meer zoiets als met hem zou hebben, en ze was er zo van overtuigd geweest dat Saif dat net zo voelde.

Als Saif nog twijfelde of hij de goede beslissing had genomen, of het goed was dat hij wegging van het eiland, dan werd die twijfel tenietgedaan door haar reactie. Het verdriet en haar teleurstelling in hem waren duidelijk op haar gezicht te zien. Het was pijnlijk te weten dat hij dat in één seconde kon veranderen door dat te doen waar hij het meest naar verlangde: haar in zijn armen nemen, kussen, vasthouden en de rest van de wereld laten zien dat ze naar de hel konden lopen.

Maar hij was in de hel gewéést. Het was het niet waard.

Het kostte hem al zijn kracht om een einde aan het gesprek te maken – met zijn ogen strak naar de grond gericht. Het liefst was hij eeuwig blijven praten met haar, maar elke seconde in haar bijzijn was nu ondraaglijk. 'Ik moet gaan,' mompelde hij. Hij riep de jongens, die net deden of ze hem niet hoorden.

Lorna knikte stijfjes en probeerde te verzinnen waar ze naartoe kon vluchten om in janken uit te barsten. De voorraadkast? De deur kon op slot... Er waren allemaal andere ouders – er waren altijd, altijd andere ouders – maar ze knikte en verontschuldigde zich en rende het gebouw in en huilde tussen de stapels schriftjes en HB-potloden haar ogen uit haar hoofd. Tot dan toe had ze van de geur van schriftjes en HB-potloden gehouden, maar na die dag niet meer, hij stond haar tegen. Ze zakte zelfs op haar knieën op de grond neer, iets wat ze in films altijd een beetje overdreven vond. En ze huilde met harde, verstikte snikken.

Toen glipte ze de wc in en plensde daar ijskoud water in haar gezicht om zo veel mogelijk sporen van haar huilbui uit te wissen. Toen ze in de spiegel keek, begon ze bijna weer te janken, maar ze wist zich gelukkig in te houden. De plicht riep: ze had nog een paar ouderafspraken en moest nodig de administratie bijwerken. Voorzichtig wierp ze een blik door het raam naar buiten. Tot haar verbazing stonden alle ouders nog steeds op het schoolplein. O god! Wat was er gebeurd? Was er iemand gevallen? Was er gevochten? Ze wreef nog eens flink over haar wangen en toog met een onechte glimlach op haar gezicht geplakt weer naar buiten.

Iedereen stond te blauwbekken in de kou en leek blij haar te zien. Gwen deed een stap naar voren – de moeder van de losgeslagen Ferguson-kinderen die uit Engeland waren gekomen omdat hun ouders hen vrij en in de natuur wilden laten opgroeien en thuisonderwijs hadden willen geven, wat na één winter was veranderd, toen de vader terug was gevlucht naar zijn warme, driedubbel geïsoleerde huis in Guildford en zijn vrouw er alleen voor had laten staan. Gwen was nooit vergeten dat ze heel veel hulp van Lorna had gehad om het op Mure te redden. 'Eh... we...' Ze gebaarde naar de andere ouders.

Saif was weg. Tuurlijk. De zak! dacht Lorna kwaad.

'We wilden je graag bedanken. Voor alles wat je voor onze kinderen doet.'

Normaal kreeg Lorna altijd allerlei kleine presentjes met kerst, variërend van tekeningen van de kinderen, wat leuk was maar niet erg bruikbaar, heel veel badzout (dito) en af en toe een lekkere fles champagne. Maar Gwen stak een envelop naar haar toe. Verbaasd pakte ze hem aan.

'We dachten... We dachten, je werkt zo hard, dus misschien vind je het leuk...' Gwens stem stierf weg en Lorna maakte de envelop open. Er zat een voucher in voor twee nachten in een luxueuze spa op het vasteland die beroemd was om zijn warme baden en massages.

'O!' zei Lorna volkomen overrompeld. 'Jeetje! Jeetje! Dit is wel heel erg veel!'

Gwen schudde haar hoofd. 'We zijn met de pet rondgegaan. Je verdient het, je doet het echt geweldig!' zei ze, en alle ouders barstten in applaus uit, waardoor Lorna bijna weer in tranen uitbarstte, vooral toen Gwen haar toefluisterde: 'En een van de ouders – ik zeg niet wie – heeft een ongelofelijk groot bedrag gegeven. Volgens mij is hij verliefd op je!' – waardoor Lorna zich weer boos en verdrietig tegelijk voelde.

Gelukkig werden haar tranen nu geïnterpreteerd als van dankbare verrassing en iedereen op het speelplein had het tevreden gevoel dat ze een cadeau hadden gegeven dat heel, heel welkom was, behalve Lorna zelf, die zich maar al te bewust was van het feit dat ze net het enige wat ze écht wilde in haar leven, was kwijtgeraakt.

38

Joël bleef maar denken dat er vanzelf wel een oplossing in zijn hoofd zou opkomen, net zoals dat ging bij een gecompliceerde juridische zaak, dat hij alleen maar harder moest werken, zich nog beter moest concentreren en dat het hem dan opeens helder zou worden. Dat moment kon nu echt niet ver weg meer zijn, toch?

Maar het probleem was dat het steeds maar niet gebeurde. Soms kon hij zich voorstellen dat het kon – dat ze met z'n allen op een leuke plek woonden, bijvoorbeeld Lorna's appartement, met een klein... wezentje dat dag en nacht huilde en krijste en iets van hem wilde wat hij misschien niet kon geven...

Kon hij wel van zo'n... wurm houden? Wilde hij wel zo'n handenbindertje? En stel... Stel dat hij alle slechte dingen die in hem zaten, op dat kind overbracht: het verdriet, de angsten, alle zorgen?

Het kind leek vast op Flora – warm en veilig en aardig en vol liefde. En dan dacht hij weer: maar als dat niet zo is? Als het op mijn ouders lijkt? Koud, verslavingsgevoelig, manisch?

Hij staarde uit over de zee, maar daar waren ook geen antwoorden te vinden. Voor het eerst voelde het eiland niet als een veilige haven waar je kon schuilen voor de hardheid van het leven, maar als een gevangenis.

Bij Mark en Marsha vond hij ook geen soelaas. Dat hoorde hij aan hun stemmen. Het waren lieve mensen die het goed bedoelden en oprecht dachten te weten wat het beste voor hem was. Hij zag erg op tegen hun bezoek.

En ja, wie kon het ook begrijpen, dacht hij bitter. Een prachtvriendin, een prachtig eiland. Waar moest hij zich nou ongelukkig over voelen?

Maar hij was zo bang. Zo bang.

Het was zijn dag om Jan en Charlie te helpen met de jongens die op Mure kwamen kamperen. Hij vond dat hij dat min of meer verplicht was; hij was als pleegkind opgegroeid en had net als deze kinderen geen onbezorgde, gelukkige jeugd gehad, hoewel hij niet echt uitblonk bij het tenten opzetten of worstjes grillen. Maar blijkbaar waardeerden ze zijn hulp.

Toen hij het terrein op kwam, werd hij begroet door een ongewoon stralende Jan. 'Heeft ze het verteld?' vroeg ze meteen.

Hij keek Jan in verwarring aan. 'Hoi!' zei hij terwijl hij zijn beslagen brillenglazen schoonmaakte.

'Heeft ze het je verteld?' vroeg Jan nog een keer opvallend opgewekt. En toen ze zijn gezicht zag, vervolgde ze: 'O, nee dus! Ik vraag me af of ze jaloers is. Ze is altijd al jaloers op me geweest, Flora.'

'Zal ik water koken?' vroeg Joël, die er niks van begreep en hoopte op een mok koffie. 'Hé, jongens!' begroette hij de groep die zich, zoals gewoonlijk, meteen om hem heen verzamelde, vooral als ze hoorden dat hij een Amerikaan was, wat ze verschrikkelijk exotisch vonden. De jongens, die uit een plaats die Giffnock heette kwamen, hadden voor zover Joël kon zien alle winterkleding die ze bezaten aangetrokken en bivakmutsen op zodat hij alleen hun ogen zag. Hij glimlachte zo vrolijk als hij kon. Na de verlammende kou van de storm gisteren, was het vandaag eigenlijk best mooi weer: de hemel was helderblauw en er stond een ijzige wind waardoor de sneeuwlaag opwaaide en de sneeuwvlokken om hen heen dansten. Na de tocht de berg op naar het kampterrein was hij, na een nacht bijna zonder slaap, helemaal opgefrist. De lucht was zo koud dat het leek of je hele systeem erdoor werd gereinigd en je longen een schoonmaakbeurt kregen. Hij voelde zich nog steeds geradbraakt, maar hij was in ieder geval wakker nu.

Jan fluisterde hem samenzweerderig toe: 'Van de baby!'

Joëls mond viel open. Na een stilte vroeg hij: 'Weet iederéén het dan?'

'Zo gaat het nu eenmaal op een eiland,' zei Jan giechelend, en

Joël voelde even een vlaag van woede omdat het zijn zogenaamde vriendin wéér niet was gelukt iets voor zichzelf te houden. Hij wilde haar en het nieuws niet delen met de wereld, en wat de mensen hier betrof wás Mure de wereld.

'Hm,' reageerde hij vaag.

'Vind je het leuk?' vroeg Jan tot zijn schrik. Dat was haar zaak toch niet? 'Ik bedoel, het betekent meer werk voor jou, natuurlijk!'

Sprakeloos staarde hij haar aan, en toen liep hij woedend naar de tenten om te kijken of er al ergens koffie was.

'Hé, je bent er!' hoorde hij achter zich. Het was Charlie die uit een van de tenten kwam. De man was nog altijd een beetje verlegen in gezelschap van Joël.

Joël bromde iets, nogal onbeleefd, maar hij was echt ontzet over Jans directheid. Flora was tenslotte pas net zwanger – dan kon je dat toch niet overal rondbazuinen?

'Heeft Jan je verteld over... de baby?'

Joël knipperde met zijn ogen. 'Mijn baby?'

'Jóúw baby?' Charlie schoot in de lach. 'Ónze baby natuurlijk! Jezus! Jóúw baby? Waar heb je het over?'

'Nee, nee!' zei Joël snel, beduusd hoe hij er zo snel een puinhoop van had weten te maken. 'Ik begreep het ver... Sorry. Het is nog vroeg. Ik heb slecht geslapen.'

Charlie stond breed grijnzend voor hem.

'O, en natuurlijk gefeliciteerd! Geweldig!'

Charlies grijns werd nog breder. 'Ha, ja! We zijn gewoon... Ik bedoel, je hoopt het natuurlijk, maarre...'

Ja, dat zal wel, dacht Joël triest. Waarom vond iedereen het zo gewoon en logisch om kinderen te krijgen? Verwachtte nou werkelijk iedereen dat een kind alleen maar vreugde bracht, een nieuw begin was voor iedereen? Hij had zélf het gevoel dat hij nog maar nauwelijks was begonnen.

Plotseling voelde hij dat iemand zijn benen omklemde. Hij keek omlaag en zag een jongetje dat met grote ogen naar hem opkeek. Hij wist dat de kinderen in deze groep minstens tien waren, maar dit kind leek een heel stuk jonger.

'Hé, Luke,' zei Charlie vriendelijk. 'Handen thuis, alsjeblieft. Je kent de regels.'

'Ik zeg alleen gedag.'

'Niet op die manier. Kom op.'

Joël glimlachte naar het jongetje terwijl Charlie hem losmaakte van zijn benen. 'Hoi! Alles oké?' zei hij tegen het joch. Fysiek contact was streng verboden, je mocht de kinderen niet eens even aanraken.

Luke staarde hem aan.

'Maak je niet ongerust,' zei Charlie. 'Hij is gewoon... Ach, je wilt zijn verhaal niet horen.'

Joël kende alle verhalen maar al te goed.

'Hij heeft gewoon liefde nodig, dat is alles. En weet niet goed hoe hij die moet krijgen.'

'Hm,' mompelde Joël. 'Hé, Luke, ik kan wel wat hulp gebruiken bij het voorbereiden van de lunch. Iets voor jou?'

'Ja!' zei Luke. 'Komt u echt uit Amerika?'

'Nee joh,' zei Joël. 'Ik kijk gewoon te veel films. Ik doe alsof.'

'O!' zei Luke en hij moest even nadenken. Toen zei hij met een verschrikkelijk Amerikaans accent: 'Ik help u wel!'

'Mooi,' zei Joël en hij nam het jongetje mee naar wat Jan de 'messtent' noemde.

Hij wist er tijdens het voorbijgaan gelukkig aan te denken om Jan zijn excuses aan te bieden en haar te feliciteren. 'Sorry,' zei hij, terwijl hij zijn bril verder op zijn neus duwde.

Ze glimlachte zelfgenoegzaam en zei dat dit soort dingen je niet raakten als je zwanger was, omdat je wist dat er iets was wat veel en veel belangrijker was.

En zoals gewoonlijk begreep Joël niet wat ze bedoelde en liep hij gauw door naar de keukentent.

De jongens deden hardloopwedstrijdjes op het besneeuwde veld en hun gegil en gehijg klonk hem goed in de oren. Zodra hij de lunches had voorbereid, ging hij naar hen toe en werd hij meteen opgenomen in een team voor een estafetterace. Terwijl hij naar de rennende jongens stond te kijken, dacht hij terug aan de afschuwelijk steriele fitnesszalen waar hij veel tijd had verspild als hij weer ergens op de wereld in een hotel zat – ze waren allemaal eender, met overal dezelfde mensen die naar zichzelf staarden in spiegels, geobsedeerd door hun eigen lijf en henzelf, zich afvragend of ze goed op hun selfies stonden en op Instagram, allemaal in de weer voor een perfect lijf met strakke spieren en altijd weer met diezelfde kille blik. Zo was hij ook geweest. Hoe vaak had hij onder het trainen niet de blik van een of ander meisje gevangen dat hij vervolgens mee uit lunchen nam, waar ze doorzeurde over veganisme en sapjes en zemelen, terwijl hij alleen maar zat te bedenken hoe hij haar zo snel mogelijk het bed in kreeg. Wat dan weer een exhibitionistisch gebeuren was met spiegels aan alle kanten.

Hij probeerde zich Flora voor te stellen in een sportschool en grinnikte inwendig bij de gedachte. Flora viel eenvoudigweg niet in te denken in zo'n zaal vol apparaten met haar zachte rondingen en haar bleke huid waarop zelfs elastiek al een blauwe plek achterliet...

Deze wedstrijd was veel en veel leuker dan alle hotelsportzalen bij elkaar: toen Charlie en hij tegen elkaar moesten, rende hij zo hard hij kon, en de jongens van zijn team lachten en juichten terwijl het andere team keihard 'boe' riep. Charlie raakte achterop en stak goedmoedig zijn hand op als teken dat hij het opgaf.

Charlie was een man zonder ook maar een greintje kwaad in zijn lijf, dacht Joël vaak bewonderend. Flora had een relatie met hem kunnen hebben... Dat was waarschijnlijk veel beter geweest voor haar, dan was ze nu zwanger geweest van hém, Teàrlach, zoals ze hem altijd noemde in hun oude taal. Dan had Jan niet als een circusclown zitten grijnzen, maar was het Flora die nu straalde van geluk, in plaats van thuis in haar eentje verdrietig te zitten zijn.

Dat wist hij maar al te goed. Heel goed. Maar hij kon het niet. Hij kón het gewoon niet. En dus rende hij harder en harder in de vrieskou die brandde in zijn longen – een goed gevoel. Het liefst was hij eindeloos blijven rennen, het kampeerterrein af tot hij op de top van de berg was, en dan in één keer naar de andere eilanden of naar het vasteland zijn gesprongen, om daar heuvel op, heuvel af te rennen – omdat iets hem opjoeg, er iets was wat hem altijd achtervolgde, waarvan hij niet wist hoe hij eraan moest ontkomen.

En zo ging de dag voorbij en begon de winterzon alweer onder te gaan. Hij keek om zich heen. Luke, het kleine jochie met zijn donkere krullen, stond doodstil en met een vredig gezicht te kijken naar de zon die langzaam in de zee zakte.

39

Lorna en Flora leken wel twee hoofdpersonages in een horrorfilm.

Flora zag er doodmoe uit. Echt doodmoe – hoewel ze met haar bleke huid heel gauw kringen onder haar ogen had, waren die nu echt donkerpaars van kleur. En haar prachtige witte haar was droog en piekerig. Maar haar middel werd dikker en dikker.

'Flores!' zei Lorna, terwijl ze haar een bezorgde knuffel gaf. 'Hebben de jongens nóg niks in de gaten? Echt niet?'

'Je kent ze...' zei Flora gelaten.

Ze waren in de Harbour's Rest, waar Lorna op een kop soep voor Flora had aangedrongen, hoewel ze in Annies Café natuurlijk uitstekende soepen serveerden – een stevige cock-a-leekie en een goedgevulde groentesoep. Maar Inge-Britt kocht haar soepen gewoon kant-en-klaar bij de groothandel en soms kon een kop tomatensoep uit blik echt troost bieden, wist Lorna. Zíj was er in ieder geval ongelofelijk aan toe.

'Fintan zit ergens anders met zijn hoofd en Innes, tja, die zit ook met iets... Volgens mij komt Eilidh met de kerst hierheen.'

'O!' zei Lorna verrast. Innes' ex had het vreselijk gevonden om op het eiland te wonen, wat de belangrijkste reden was voor hun scheiding. Ze was verhuisd naar het 'stadse' leven in Inverness. 'Denk je?'

'Ik denk dat Agot haar zinnen op Mure heeft gezet,' zei Flora. 'Kun je je voorstellen hoe lastig ze dan doet als ze bij haar moeder is?'

'Nee hoor, helemaal niet...' zei Lorna met een glimlach. 'Elke keer als ze mij ziet, zegt ze: "Hallo juf Lowna, kijk, ik heeft al mijn huiswewk gemaakt."'

Lorna's imitatie van Agot was zo treffend dat Flora in de lach schoot. 'En wat laat ze dan zien?'

Lorna rolde met haar ogen. 'Ze heeft me eens een dode bij gebracht.'

'Voorbeeldige leerling,' zei Flora haast automatisch.

'Gaat het... Eh, hoe gaat het?' vroeg Lorna voorzichtig. Ze wilde nergens over beginnen als Flora er liever niet over praatte.

'Laten we het maar over iets anders hebben,' zei Flora. 'Ik word met de seconde meer zwanger en ik heb nog steeds niks van hem gehoord en ik kan hier absoluut niet tegen.'

'O,' zei Lorna.

'Maar jij!' vervolgde Flora. 'Jij hebt geweldige seks met de op één na leukste man op dit eiland gehad, en trouwens, de leukste is een klootzak, dus heb jij toch de leukste te pakken!'

Lorna barstte meteen in tranen uit, hoezeer ze zich ook had voorgenomen dat niet te doen.

'O, godver, wat een gezeik is het ook allemaal!' zei Flora bozig. 'Vorig jaar zaten we hier te klagen dat we allebei geen leuke man hadden en nu hebben we die wél, maar voelen we ons nog kloteriger!'

Lorna schudde haar hoofd. 'Flora, niemand mag het weten, maar...'

'Wat?'

Lorna slikte. 'Hij gaat hier weg.'

'Wat? Wat bedoel je? Hij kán hier helemaal niet weg! Hij is door de overheid op Mure geplaatst!'

'Nee, niet specifiek op Mure, in Schotland,' zei Lorna. 'Er zijn zat plekken op het vasteland waar ze hem goed kunnen gebruiken. Overal is een tekort aan artsen. Ze sturen hem ergens anders naartoe.'

Flora schudde haar hoofd. 'Huh? Ik begrijp het niet... Wij hebben hier toch ook een dokter nodig? Dan moeten ze voor Mure weer een nieuwe zoeken...'

De twee vriendinnen keken elkaar aan en met een steek drong tot Lorna door dat het inderdaad niet logisch was en dat Saif tegen haar moest hebben gelogen.

'O shit!' zei ze. 'O shit! Hij zei tegen mij dat hij hier weg moest.'

Flora legde haar hand op Lorna's arm. 'Misschien is dat ook zo.'

Lorna wreef over haar slapen.

'Luister...' zei Flora. 'Misschien is het niet vanwege jou. Je hebt zelf gezien hoe hij reageerde bij het kerstspel. Misschien voelt hij zich hier niet thuis, vindt hij het niet goed voor de jongens dat ze hier opgroeien...'

'Wát? Het is hier juist een geweldige omgeving voor de jongens!'

'Het kan toch dat hij liever ergens is... Waar een moskee is? En meer kinderen uit Syrië en zo?'

'Bute heeft een moskee,' zei Lorna triest. 'Een heel kleintje, geloof ik.'

Flora keek Lorna aan. 'Maar ik dacht dat de kinderen hier gelukkig waren! Ash zit zowat altijd op de boerderij!'

'Ik denk eigenlijk niet dat het vanwege de kinderen is...' zei Lorna ongelukkig. 'Toch?'

Flora schudde haar hoofd. 'Wat klote! O, wat vind ik dit erg voor je!'

Lorna liet haar tranen stromen. 'Jij hebt tenminste nog een kind straks,' zei ze snikkend. 'Maar ik zit hier mijn hele verdere leven in mijn eentje. De geweldigste man die ik ooit in mijn leven heb ontmoet, gaat ervandoor. Ik zal hier oud, grijs en vastgeroest worden en weten dat mijn ideale man héél dichtbij was en... en...'

Ze zat nu echt te snotteren en Flora voelde in Lorna's zakken naar haar papieren zakdoekjes. 'Hier,' zei ze.

Lorna snoot haar neus. 'Mijn god, moet je ons nou zien,' zei ze. 'Wat ís er in vredesnaam met ons?'

'Ik heb altijd verliefd willen worden,' zei Flora. 'En nu ben ik het en is het werkelijk verschrikkelijk!'

Ze omhelsden elkaar.

'Ik weet niet wat ik moet zeggen,' zei Flora.

'Ik ook niet,' zei Lorna. 'Er valt weinig te zeggen, denk ik.'

Flora gaf haar een stevige knuffel. 'Maar je hebt in ieder geval míj altijd nog.'

'En jij mij!' zei Lorna.

'O, mooi!' zei Flora. 'Dus je komt oppassen?'

40

‘En wat zijn uw plannen voor Kerstmis, dokter Hassan?’

Mrs. Laird praatte tegen hem, maar Saif luisterde niet echt, hij staarde afwezig uit het raam. Hij had die ochtend een e-mail ontvangen waarin hij werd gevraagd te komen praten bij een grote huisartsengroep in Glasgow die speciaal behoefte had aan iemand die Arabisch sprak, omdat dat ook de moedertaal was van veel van de patiënten.

Goed. Misschien was dat het antwoord. Hij kon de ups en downs van alle emoties niet aan. ’s Avonds was hij bang om te gaan slapen omdat hij werd geplaagd door nachtmerries waarin de prachtige Lorna langzaam in de verschrikkelijk meelijwekkende vrouw uit de video en vervolgens in Amena veranderde. Dan werd hij badend in het zweet wakker, trok hij Ash tegen zich aan als troost – omdat zijn jongste zoon altijd bij hem in bed sliep; hij had ’s nachts nog steeds de geruststellende aanwezigheid van een ouder nodig.

Dit was niet goed, het kon zo niet doorgaan en hij werd er heel verdrietig van. Een nieuwe start, dat had hij nodig. Het was nooit in hem opgekomen dat hij dat nóg eens zou willen, na alles wat hij had meegemaakt, alles wat hij had gedaan om zijn gezin te beschermen en te helpen: al die oneindige kilometers, alle leed, alle moeilijkheden, alle angst voor de boten en controles, voor bewakers, voor honden en inspecties, met al zijn zorgvuldig bedachte plannen en alles wat hij had gedaan en doorstaan. Uiteindelijk was het hem gelukt: hij had asiel gekregen, werk, zijn jongens terug... Maar in al die jaren had hij nooit rekening gehouden met het onvoorspelbare: dat hij verliefd zou worden.

‘De jongens zullen zich er wel op verheugen.’

Jeannie op de praktijk had precies hetzelfde gezegd en toen

had Saif daar ook nauwelijks aandacht aan besteed. Dat hij er niet mee bezig was, was niet onopgemerkt gebleven op het eiland, alleen al vanwege het feit dat hij geen kerstboom had en er geen krans op zijn voordeur hing. De meningen waren verdeeld: was het ongepast hem er attent op te maken? Niet iedereen vierde Kerstmis, tenslotte. Maar de jongens rekenden erop...

Maar Saif reageerde ook nu niet.

Mrs. Laird tuitte haar lippen en nam een besluit. Als Saif er niets aan deed, zou zíj wel cadeautjes voor de jongens kopen. Ze kon toch doen alsof het voor iets anders was dan voor kerst?

'Hm,' bromde Saif. 'Kunt u de jongens donderdag van school ophalen? Ik moet naar Glasgow.'

'Alweer?'

'Drukke tijd van het jaar.'

'Nou, zorg dan in ieder geval dat u daar naar een speelgoedwinkel gaat,' zei Mrs. Laird, maar ook dat was aan dovemansoren gericht.

41

Dokter Mehta nam haar eventueel toekomstige collega in de praktijk goed op. Ze had zijn dossier gelezen en was positief verrast over wat de man had bereikt in de korte tijd dat hij in Groot-Brittannië was. Haar eigen grootouders waren na de opdeling van Brits-Indië ook naar dit land gevlucht, dus wist ze dat het emotioneel heel zwaar was. Ze leunde naar voren.

'Er zijn veel problemen in deze buurt,' zei ze. 'Gebroken gezinnen, scheidingen, sociale problemen. Hebt u daar op Mure veel mee te maken gehad?'

Saif schudde zijn hoofd. 'Nee, er wonen meer schapen dan mensen daar.'

Dokter Mehta knikte.

'Acht u uzelf in staat – en sorry als dit een gevoelige snaar raakt... Acht u uzelf emotioneel in staat om bijvoorbeeld mishandelde kinderen te behandelen?'

Saif knipperde met zijn ogen. 'Net zo goed als iedereen. Misschien beter.'

Dokter Mehta knikte. 'En waarom wilt u weg van Mure?'

Voor het eerst in het gesprek aarzelde Saif even. De waarheid... klonk zo slap. Zo pathetisch. Hij ademde diep in. 'Ik heb het gevoel dat er plekken zijn waar mijn kennis en kunde van groter nut kunnen zijn.'

'Hm,' zei dokter Mehta en ze maakte een aantekening op het papier voor haar.

'En ik denk ook dat het een plek is waar mijn zoons beter passen.'

De dokter zette haar bril af en keek hem doordringend aan. 'Is dat het juiste woord? Of worden ze buitengesloten?'

Saif knipperde weer met zijn ogen. 'Nee, ik bedoel een plek

waar meer mensen wonen die net zo zijn als zij.'

'Ik begrijp het.'

'Dat is toch geen probleem?'

'Nee, natuurlijk niet.'

Toen hij een tijd later vertrok, had Saif geen idee hoe het gesprek was verlopen.

Dokter Mehta voerde de rest van de ochtend een gewetensstrijd. Ze had het gevoel dat het eiland Saif harder nodig had dan hij besefte. En daarbij was het waarschijnlijk óók de beste plek om kinderen groot te brengen – hier hadden ze te maken met jeugdbendes en sterke religieuze tegenstellingen. Als hij tóch leed aan een posttraumatische stressstoornis – wat niet bleek uit zijn papieren, maar aan de andere kant kwam niemand zonder littekens uit een oorlog en bovendien: God mocht weten wat de jongens hadden meegemaakt – kon die juist getriggerd worden en verergeren door het leven hier.

Maar ze kon het zich ook niet veroorloven zo'n goede arts te laten lopen. En dat hij een goede arts wás, was duidelijk. Ze slaakte een diepe zucht.

42

De reis naar Mure was vermoeiend, ook al vlogen Mark en Marsha businessclass – behalve vanaf Reykjavik, waar ze overstapten op een klein vliegtuigje. Ze hadden allebei een jetlag en waren dood- en doodmoe toen ze aankwamen op het eiland. Mark maakte zich zorgen dat Joël misschien weer bezig was in te storten; Marsha was daar niet zo bang voor omdat ze erop vertrouwde dat haar man alles kon oplossen. Ze konden in ieder geval bijna niet wachten tot ze 'hun' jongen weer zouden zien.

Er was veel turbulentie geweest het laatste stuk en ze stapten uit in het pikkedonker in een huilende storm.

'Is het niet fantastisch hier!' riep Mark luid toen ze de vliegtuigtrap afdaalden.

Marsha had haar best gedaan dat enthousiast te beamen, hoewel het in haar ogen leek of ze in Mordor waren terechtgekomen.

Joël was nogal vermagerd, zag Mark meteen ongerust. Dat was altijd een slecht teken. Hij moest zich duidelijk dwingen om te glimlachen toen hij hen zag.

Het viel Marsha meteen op dat hij heel anders was gekleed dan gewoonlijk: hij droeg een blauwe trui en een dikke Burberry-jas. Maar Flora was nergens te bekennen in het gebouwtje naast de landingsbaan dat dienstdeed als aankomst- en vertrekhal. Ondanks haar vermoeidheid glimlachte Marsha blij. 'Lieverd!' riep ze, terwijl ze haar armen wijd opende.

Joël schaamde zich een beetje te laten merken hoe hard hij toe was aan een knuffel; hij was zowat twee keer zo groot als zij. 'Hoi Marsha,' zei hij. 'Gelukkig kerstfeest!'

'Ja, ja. Bla, bla, bla,' zei ze. 'We zijn hier om jou tot rede te brengen.'

'Marsha!' zei Mark boos terwijl hij Joëls hand met beide handen stevig omvatte. 'Regel nummer één! Niemand kan voor een ander denken! Sorry, Joël.'

'Geen probleem,' zei Joël.

Mark keek om zich heen. 'Flora is niet meegekomen?'

Joël kleurde diep. 'Ik heb het niet...'

Marsha sloeg haar ogen ten hemel. 'Nou, kan ik dan alsjeblieft naar bed?' vroeg ze. 'Ik ben kapot.'

Joël reed met hen naar The Rock, hoewel hij een beetje bang was dat hij, zodra Colton hoorde hoe de zaken er tussen Flora en hem voor stonden, uit het gastenverblijf zou worden geschopt. Maar de open haarden brandden en er was een klein hapje te eten klaargemaakt en de prachtige Schotse ruiten en dieprode kleuren maakten de lounge zo gezellig dat Marsha zelfs niet meteen wilde gaan slapen.

'Nou,' begon ze na het eten, 'wat hebben jullie besloten?'

Joëls gezicht vertrok ongelukkig. 'Marsha,' zei hij. 'Ik ben er echt niet klaar voor.'

'Je bent er nooit echt klaar voor,' zei Mark. 'Of, eh...' Hij legde zijn hand even troostend op de schouder van zijn vrouw. 'Wij waren er wél helemaal klaar voor. Maar we hadden geen geluk...'

Marsha omklemde Marks hand stevig met haar eigen kleine, gekromde hand en gaf er een kneepje in. Het verdriet was niet zo heftig meer, maar het was ook nooit helemaal verdwenen.

'Dat maakt het nog erger,' zei Joël. 'Ik bedoel, natuurlijk zal ik haar financieel steunen. Bij alles wat Flora wil. En als ze niet wil werken, hoeft dat ook niet.'

'Maar ze vindt het juist heerlijk om te werken!' riep Marsha uit.

'Nou, wat ze wil... Wat ze maar nodig heeft. Maar ik denk... Ik denk dat ze beter af is zonder mij. Ze heeft al haar broers en, tja, het hele eiland eigenlijk. En ik kan natuurlijk af en toe hierheen vliegen. Dat lijkt me echt het beste.'

Hij keek hoopvol op naar Mark en Marsha en leek precies op het angstige joch van twaalf dat ze zo lang geleden hadden leren kennen.

Mark legde zijn hand op Joëls schouder. 'Ik denk dat je veel meer kunt dan je beseft,' zei hij ernstig. 'Ik denk dat je prima in staat bent om je verantwoording te nemen. Dat kún je. En ik denk zelfs dat je ervan zult genieten.'

'Maar wat voor nut zou het hebben,' zei Joël, 'als ik mijn taak met verbittering en weerzin op me zou nemen?'

43

Nu het feest achter de rug was, wachtte Flora een volgende taak: de planning voor Kerstmis. Ze had er totaal geen zin in.

Fintan zou natuurlijk bij Colton zijn, maar daar konden ze niet met z'n allen naartoe, dat was veel te vermoeiend voor hem. De jongens dachten dat ze, omdat ze altijd de hele dag achter een fornuis stond, het leuk vond alles te organiseren. Eilidh zou komen, zodat Agot bij haar vader kon zijn met de kerst, wat natuurlijk leuk was, maar de boel wel nogal compliceerde, en daarbij had Innes als vanzelfsprekend aangenomen dat Flora bij Joël op The Rock zou overnachten, dus had hij haar slaapkamer aan zijn ex beloofd. En dan moest ze natuurlijk ook nog iets met Mark en Marsha – maar zonder Joël. Die had er zelf voor gezorgd dat hij niet welkom was. Hij kon de pot op. Hij zocht maar een andere plek om Kerstmis te vieren. Dat zou wel bij Jan en Charlie worden, iets wat haar nog meer irriteerde.

Kortom, ze moest rekenen met: zichzelf, Lorna, Lorna's broer Iain die maar heel af en toe terugkwam van het booreiland waar hij werkte en niet echt ergens anders naartoe kon, Innes, Eilidh en Agot, Hamish, Hamish' vriendinnetje (dat met de week kon wisselen), Eck, misschien Fintan (maar hoe laat kon hij niet zeggen), Mark en Marsha, (die geen spek en worstjes aten, wat lichtelijk problematisch was met vullingen en zo), en Saif, die ze had uitgenodigd maar van wie ze niets had gehoord (Saif was uitgenodigd voor negen(!) kerstmaaltijden en had niet geweten wat hij ermee aan moest, dus had hij nog nergens op gereageerd). Dat ze Saif had uitgenodigd, was iets waarover ze zich bezorgd maakte; ze had hem gevraagd vóór dat gedoe met Lorna en nu wilde ze hem eigenlijk zeggen dat hij beter niet kon komen, maar omdat hij nooit had geantwoord op haar uitnodiging, kon dat ook weer niet, en kwám hij misschien gewoon. Aan Lorna had ze niks wat dat betrof, die wilde hem aan de ene kant wanhopig graag zien – misschien dacht ze dat een flinke dosis kerstsfeer en vrolijkheid ervoor zouden zorgen dat hij van gedachten veranderde en toch niet weg zou willen van Mure – en begon aan de andere kant al bijna te janken als ze eraan dacht dat hij er ook zou zijn. En dan moest ze die vervelende Tripp waarschijnlijk ook uitnodigen. Vreselijk. Hij leek niet van plan te vertrekken. En misschien begon hij dan wel over de Amerikaanse politiek en werd het allemaal heel ongezellig.

Al met al zat ze op ergens tussen de elf en zestien gasten. Plus een enorme lege stoel. Een groot gat in het midden. Eigenlijk twee lege stoelen, want hoewel zij nu op de stoel van haar moeder zat, bleef dat een lege plek. Ze had nog nooit zo weinig zin in Kerstmis gehad.

Ze zuchtte diep en begon te zoeken naar een recept voor een vegetarische vulling. Ze voelde zich vreselijk. Tot dan toe was ze er redelijk goed van afgekomen – geen ochtendmisselijkheid – maar vandaag voelde ze zich echt slecht. Annies Café was de hele dag afgeladen vol geweest; er was zelfs een groepje binnengekomen dat kerstliederen zong en 'Paiste Am Bethlehem' zo prachtig ten gehore had gebracht dat ze niet meer kon ophouden met huilen en de zangers had overladen met cake, wat misschien heel aardig van haar was, maar uiteindelijk niet erg handig.

44

Tripp had er om eerlijk te zijn geen idee van gehad hoe het eraan toeging op Mure. In Texas hadden de mensen misschien respect, maar waren ze ook ongeïnteresseerd. In het stadje waar hij woonde, wist men dat hij rijk was (relatief) en stond hij bekend om zijn opvliegendheid. Dus bemoeide niemand zich met hem.

Hier kon hij geen twee stappen doen, of hij werd staande gehouden door een of ander oud vrouwtje dat vroeg hoe het met Colton ging of een doosje shortbread in zijn handen duwde. De mensen hier gaven hem het voordeel van de twijfel, omdat iedereen Colton en Fintan kende en ze het allemaal vreselijk vonden dat Colton geveld was door kanker. Alleen Flora en Inge-Britt waren niet erg dol op hem, maar voor de rest was iedereen ongelofelijk vriendelijk.

Elke dag ervoer hij weer hoeveel respect iedereen had voor Colton. Het maakte niemand hier iets uit of hij op mannen of vrouwen viel, of hij geld had of niet. Hij was gewoon een van hen; hij was hier komen wonen en hoorde erbij, en dat was het enige wat telde.

En elke dag, als hij erover dacht gewoon terug naar huis te gaan en alles op Mure de rug toe te keren, deed hij dat toch weer niet. Met het verstrijken van de tijd werd het hem steeds duidelijker dat het ma zou helpen – veel, voor zijn gevoel – als ze wist dat Colton niet in zijn eentje was met allemaal vreemden om zich heen, maar dat er van hem werd gehouden, hoewel dat nou niet direct een woord was dat in Tripps vocabulaire paste.

Het hielp dat het dorp was veranderd in een soort sprookjeswereld. Het was hier midden in de winter zo lang donker, dat je niet begreep dat iemand het hier kon uithouden, maar er waren overal lampjes opgehangen – enorme ijspegels van licht langs de gebouwen, snoeren tussen alle gevels, achter elk raam een kerstboom vol pinkelende lampjes. Dit kleine eiland was, ondanks de duisternis, de vrolijkste plek die hij zich kon indenken – een gezellige haven midden in een enorme zwarte zee.

In Texas was het nooit koud met Kerstmis. Daar was het weer het hele jaar ongeveer hetzelfde: warm in de winter en verdomd warm in de zomer. De zon ging elke dag op min of meer hetzelfde tijdstip op en onder. Deze verbijsterende wereld van ijskoude duisternis was hem volkomen vreemd. Maar hij begon te denken dat die hem eigenlijk best beviel.

Innes probeerde in alle rust een biertje te drinken – wat eigenlijk nooit gemakkelijk was op Mure, vooral zo tegen Kerstmis, als de dagen korter waren en de boeren minder werk hadden en ze, op zoek naar een warme plek, een vriendelijke glimlach van Inge-Britt en een gezellig praatje, vaak hun toevlucht zochten in de Harbour's Rest. Ze vonden het hartelijke welkom daar veel belangrijker dan hoe schoon of vuil de vloerbedekking er was.

Vanavond probeerde hij een tijdje rust te vinden om na te denken over zijn ex-vrouw. Eilidh had weer gebeld. Natuurlijk hoopten Flora en de rest dat ze ooit weer bij elkaar zouden komen en ook Agot maakte altijd luidruchtig kenbaar dat ze daar gewoon op rekende. En nu Eilidh... Hij was er niet zeker van. Hij had het aan Hamish gevraagd, maar dat had weinig geholpen. Maar het leek wel of ze erop aanstuurde dat ze het weer samen zouden proberen.

Maar hij herinnerde zich haar onvrede nog goed, haar enorme hekel aan de tochtige boerderij, hoe ze ervan baalde dat er geen bioscoop was en je nergens fatsoenlijk kon shoppen, waardoor ze steeds vaker naar het vasteland was gegaan en daar uiteindelijk was gebleven. Zo ging het meestal met de meiden van het eiland... Als ze nou genoeg geld hadden gehad, hadden ze misschien een klein flatje in Inverness kunnen kopen (Inverness was in Innes' ogen een enorm wereldse stad). Hij zuchtte diep. Als dat verdomde hotel nou eindelijk eens openging...

Diep in gedachten verzonken, merkte hij Tripp pas op toen het al te laat was. Er werd boven zijn hoofd op het raam getikt en toen hij opkeek, zag hij Tripp buiten staan – hij leek tot op het bot bevroren.

En Innes was nu eenmaal een goeierd, dus stond hij op, opende de deur van het café een klein beetje om te horen wat hij wilde.

'Denk je,' vroeg Tripp nederig, 'dat je die prachtige dame achter de bar kunt vragen of ik binnen mag komen en even kan gaan zitten?'

Inge-Britt stond strak naar hen te kijken. Innes keek haar vragend aan en haalde zijn schouders op, waarop Inge-Britt met haar ogen rolde en kortaf vroeg: 'Is hij van plan zich te gedragen, of gaat hij weer de klootzak uithangen?'

'Ik zal me echt gedragen, ma'am, echt,' hoorden ze Tripp van achter de deur smekend zeggen.

'Sta jij voor hem in?' Inge-Britt keek Innes aan.

'Nee,' antwoordde Innes. 'Maar als hij weer vervelend doet, help ik je hem buiten te schoppen.'

Toen bleef het een tijdje stil terwijl Tripp achter de deur stond te rillen. Uiteindelijk ging de zware, zwarte deur langzaam verder open.

'Eén verkeerd woord...' waarschuwde Inge-Britt hem.

'Dank u wel, ma'am,' zei Tripp. 'Eh, kan ik iedereen iets te drinken aanbieden?'

Dat viel nogal goed als excuus en hij betaalde meteen voor alle biertjes met dat rare, kleurige geld dat hier gebruikelijk was.

Inge-Britt rekende hem maar iets meer dan strikt noodzakelijk en schaamde zich vervolgens bijna toen hij haar een enorme fooi gaf, maar dat was bijna; ze bleef Inge-Britt, tenslotte.

Iedereen hief zijn glas en riep: 'Gelukkig kerstfeest. Slàinte mhath!', en Tripp deed hetzelfde, zelfs in dat gekke taaltje. Toen ging hij bij Innes aan zijn tafeltje in de hoek zitten, die een zucht onderdrukte en zijn telefoon weglegde, waarop hij had geprobeerd de voors en tegens van Eilidhs komst met Kerstmis op een rijtje te zetten, maar niet verder was gekomen dan dat dat ook betekende dat Agot met haar meekwam, en Agot was zijn alles, de wereld, met alle sterren en de maan en de zon en... alles. En daarbij kwam nog dat een kerstfeest zonder kinderen in een huis zonder moeder een trieste bedoening was, dat was zo logisch als wat, zeker nu Colton zo ziek was en Flora als een klein kind over iets liep te mokken.

'Hoe gaat het met Colton?' vroeg Innes.

Dat was altijd de eerste vraag die iedereen aan Tripp stelde. Hij schraapte luidruchtig zijn keel. 'Nou, die was niet echt blij me te zien.' Hij nam een slokje bier. Het smaakte afschuwelijk. Nog een klein slokje. Mwah. Misschien...

'Misschien is dat een goed teken...'

Tripp haalde zijn schouders op. 'Ik vroeg me af... Ik dacht, eh... Misschien...' En Tripp ontvouwde zijn plan, waarop Innes een sissend geluid maakte en probeerde er niets van te vinden, maar daar vreselijk in faalde toen ze werden gestoord door Mrs. Laird die nogal ostentatief met een blikje voor hun neus rammelde.

'Waar is het voor?' vroeg Innes. Er was altijd wel wat: het dak van de school dat vernieuwd moest worden, de kerk die een opknapbeurt nodig had, kerstverlichting in de straten, de toneelvereniging. Normaliter gaf iedereen tien cent en maakte Colton het verschil goed met een enorme cheque, waardoor iedereen vrijgevig leek. Dus Innes stak zijn hand al opgewekt in zijn zak.

'Het is voor de dokter,' zei Mrs. Laird. Ze snoof. 'Ik geloof niet dat hij kerst gaat vieren.'

'Nou, dat is toch geen probleem?'

'Nee, maar ik vind het zielig voor die jochies van hem. Het is niet hún schuld dat de dingen hier anders gaan. En ze hebben het natuurlijk op school al uitgebreid meegemaakt. Dus ze verwachten het denk ik. En na wat die kleintjes allemaal hebben moeten meemaken... We hoeven het toch niet per se kerstcadeaus te noemen; misschien welkomstcadeautjes of zoiets... Dan is het toch goed, lijkt me? Daar beledig je toch niemand mee?'

Tripp besefte dat hij, voordat hij naar Mure kwam, nogal wat commentaar had op mensen met een ander geloof. Niet dat hij er veel kende... Maar nu zag hij Innes oprecht nadenken over de situatie. 'U kunt misschien gewoon zeggen dat het een gewoonte is hier,' zei Innes. 'Dat we dat voor ieder nieuw kind doen?'

'Ja!' zei Mrs. Laird, blij met zijn voorstel. 'Dat is een prima idee! We noemen het een traditie! Dan kunnen ze niet denken dat wij geen respect hebben voor hún geloof! Dat het gewoon voor de aardigheid is.'

'Gewoon voor de aardigheid,' beaamde Innes. 'Wat gaat u voor ze kopen?'

'De mensen geven echt gul,' zei Mrs. Laird, 'dus als we het halen, dacht ik aan een PlayStation.'

'Dat haalt u vast wel,' zei Innes glimlachend, en hij stopte een briefje in het blik. 'En wat aardig dat u dat voor hen hebt bedacht.'

Mrs. Laird glimlachte terug en draaide zich om om naar het volgende tafeltje te gaan.

'Eh, wacht even!' riep Tripp plotseling.

Mrs. Laird bleef staan en keerde haar gezicht beleefd naar hem toe. Ze wist wie Tripp was, maar ze had ook gehoord dat hij niet bepaald vriendelijk was.

Tripp voelde in zijn zak. 'Eh... Ik vind dat geld hier maar ingewikkeld,' zei hij terwijl hij een rood briefje van vijftig pond tevoorschijn haalde. 'Is dit goed?'

'O, nee, dat is veel te...' begon Innes.

'Ik doe het graag,' zei Tripp, terwijl hij een beetje rood aanliep van ergernis. 'We hebben geld. We zijn... Ik weet niet wat er wordt gezegd, maar ik ben hier niet vanwege Coltons geld.'

'Nee, nee, natuurlijk niet,' zei Innes terwijl hij zijn handen verontschuldigend ophief. 'Natuurlijk niet.'

Mrs. Laird pakte het briefje blij aan. 'Nu kunnen we er ook nog games bij kopen!'

'Ik wist niet dat u verstand had van games, Mrs. Laird,' zei Innes plagend.

'Ik speel altijd *Soldier of Fortune* als ik moet wachten tot het brooddeeg is gerezen.'

Innes keek haar zogenaamd boos aan. 'Dus ú bent het die het internet hier steeds lamlegt!'

Ze lachte hem vrolijk toe en liep naar het volgende tafeltje.

45

'Komt die klootzak vandaag?'

Fintan zag aan de zweetdruppeltjes op Coltons voorhoofd dat hij gespannen was. Hij vertrok zijn gezicht in een grimas. Gisteren had hij 'nee' geantwoord op die vraag en gezegd dat Tripp niet kon. Dat had Colton gerustgesteld; hij had zijn medicatie ingenomen en was weggezakt in een diepe slaap, wat, wist Fintan, het beste voor hem was. Fintan had verdrietig door de lege gangen van het huis geijsbeerd en het personeel had ervoor gezorgd hem niet voor de voeten te lopen. Het dikke tapijt dempte elk geluid en Fintan had beseft: zo zal het zijn. Zo zal het zijn als hij er niet meer is.

Dus toen Colton wakker werd en naar Tripp vroeg, zei Fintan – egoïstisch, hij wist het – dat die waarschijnlijk later die dag zou langskomen. Hij wist dat Colton dan zou grommen, maar wel meer overeind zou gaan zitten en minder medicatie zou slikken om alert en wakker te blijven, hoewel hij tegenwoordig al veel pijn had als Fintan hem alleen maar aanraakte.

Maar nu kon hij naast Colton op het bed zitten, vlak naast hem, voelen dat hij dichtbij was, ook al begon Colton soms wel onsamenhangend te schelden op zijn broer, waarop Fintan altijd instemmend knikte. Natuurlijk wist hij diep vanbinnen dat dit, Colton wakker houden, zinloos was. Zelfs wreed. Dus belde hij meteen naar Innes om te zeggen dat hij Tripp naar Coltons landhuis moest sturen.

Deze keer kwam Tripp bijna nederig binnen, alsof hij zich schaamde. 'Eh... Ik heb een idee,' begon hij.

'Jij hebt nog nooit in je leven een idee gehad,' gromde Colton. 'De enige ideeën die jij in je kop hebt, haal je van Fox News, en dat is allemaal gelul.' Hij verviel in een benauwde hoestbui die maar niet leek op te houden.

Fintan gaf hem een zakdoek aan.

'Nee, luister,' begon Tripp weer toen Colton eindelijk was uitgehoest.

Colton wierp een blik naar Fintan, die zijn schouders ophaalde. Wat dit onderwerp aanging had hij zijn besluit genomen: Tripp had gelijk.

En dus werd het allemaal geregeld. Joël was erbij omdat er zaken waren die hij straks moest opvolgen. En Fintan natuurlijk. En Saif, voor het geval zijn hulp nodig was. En Tripp. Een hele berg testosteron bij elkaar.

Colton schafte standaard altijd de allernieuwste computer aan, dus wat dat betrof was het gewoon een kwestie van het apparaat uit een doos halen en aansluiten. En omdat de internetverbinding op het eiland belabberd was, had hij uit wanhoop een eigen satelliet opgesteld. Daarna begonnen er zoveel mensen op zijn terrein rond te hangen om programma's te downloaden, dat hij Joël had opgedragen ook een satelliet in het dorp neer te zetten.

Joël maakte daar om eerlijk te zijn geen haast mee. Hij had sterk het gevoel dat gratis wifi tot in alle hoeken en gaten van de wereld en altijd en overal bereik hebben (en bereikbaar te zijn), schromelijk werden overschat, dus had hij er nog niet echt werk van gemaakt. En daarbij had hij natuurlijk wel iets anders aan zijn hoofd gehad de laatste tijd, zoals de strijd tussen een 'egoïstische klootzak' zijn (Marsha's woorden na twee whisky's) en een 'kille, afstandelijke, slechte vader' (zijn eigen gedachte terwijl hij om vier uur 's nachts slapeloos uit het raam staarde) en het diepe, pijnlijke, doorlopende gemis van Flora – de Flora die van hem hield, niet de Flora die woedend op hem was en hem een lafaard vond.

Omdat hij op The Rock met z'n ziel onder z'n arm liep, was Joël er als eerste. Hij ging op Coltons bed zitten. Fintan was druk bezig met allerlei kabels en Tripp ijsbeerde nerveus door de gang.

'Colton, alsjeblieft... Niks tegen Fintan zeggen over de baby,' zei Joël meteen.

'Huh? Ja, mij best,' zei Colton bozig.

'Kan ik iets voor je doen?' vroeg Joël.

'Alle morfine van de wereld en een vat Drambuie laten aanrukken,' gromde Colton.

Joël boog zich naar hem toe. 'Wordt het erger?'

'Elke kloteseconde.'

Ze keken elkaar aan.

'Ach, het maakt hem gelukkig,' zei Colton, waarmee hij Fintan natuurlijk bedoelde. 'Als ik niet onder de pijnstillers zit en 's ochtends "hoi" tegen hem kan zeggen, huppelt hij verdomme de hele dag als een blij lammetje rond. Daarom is mijn broer nu hier; dan heb ik energie nodig om wakker te zijn en me kwaad te maken op die klootzak.'

Joël keek hem verbaasd aan. 'Ik dacht dat het juist je bedoeling was om níét te hoeven lijden!'

Colton vertrok zijn gezicht nog een keer in een grimas. 'Ja, ja, ik weet het.'

Joël vroeg zich even af of hij dat ook uit liefde voor Flora zou doen; enorm veel pijn verdragen. Ja, besloot hij. Ja, dat zou hij doen. Dat zou hij willen. Jezus, ze moesten eruit komen. Híj moest eruit komen. Ongewild slaakte hij een diepe zucht.

'Hé, is er wat?' vroeg Colton terwijl hij met half dichtgeknepen ogen tuurde naar de dertig opties die Joël voor hem had opgeschreven.

'Sorry man,' zei hij. 'Sorry. Stom van me.'

'Nee, ik meen het. Leid me maar af. Dat heb ik liever. Als ik bij mijn positieven moet zijn, wil ik er niet steeds aan hoeven denken.'

Het zou, besefte Joël, een enorme opluchting voor hem zijn als hij erover kon praten.

'Flora's baby...'

Colton kneep zijn ogen even dicht en gebaarde naar Joël dat hij wat whisky in het glas dat naast hem stond moest schenken. Joël deed wat Colton vroeg en hielp hem daarna er wat van te drinken.

'Een baby. En wat is je probleem?' vroeg Colton na een ferme teug, waarbij hij zijn ogen opnieuw dichtkneep en zich na een seconde of twee iets beter leek te voelen. 'Betaal ik je niet genoeg?'

Joël haalde zijn schouders op. 'Nee, nee, dat is het niet. Ik... Ik bedoel... Ik was gewoon... Het was nogal een schok voor me. Ik geloof dat ik er niet zo goed op heb gereageerd.' Hij zweeg even. 'Ik bedoel... Nee, ik weet zeker dat ik er niet goed op heb gereageerd. Ik ben er echt nog niet aan toe...'

'Hoe oud ben je nu?'

'Zesendertig.'

'Wanneer dacht je er wel aan toe te zijn?'

'Daar heb ik nooit over nagedacht... Heb je daar een advies over?'

Colton spande zich in om zijn hoofd iets op te tillen en maakte een schrapend keelgeluid dat een lach had kunnen zijn. 'Nee man!'

'Maar kún je me een advies geven?'

Colton tuurde omlaag naar zijn verschrompelde, nu oncontroleerbaar trillende hand.

'Ik zou een kind geweldig hebben gevonden,' zei hij. 'Een kleine Fintan. Met mijn hersens. Had ik echt geweldig gevonden.'

Joël luisterde in stilte.

'Ik weet dat mensen een hoop onzin uitkramen. Dingen als "pluk de dag" en zo. Ik heb nog nooit zoveel dom gelul over me heen gekregen als de laatste paar maanden. Mijn god! Als ik die homeopathieheks ooit nog tegenkom, draai ik haar de nek om! En al die suffe mutsen met verhalen over achternichtjes die helemaal genezen zijn omdat ze maandenlang alleen bananen hebben gegeten of zo, erbij! Ik heb de hele mikmak aan idiote adviezen over me heen gehad en ik kan je één ding verzekeren: het is allemaal onzin!'

Joël glimlachte vol spijt.

'Maar,' ging Colton verder, zijn stem klonk nu pijnlijk schor, alsof hij gravel in zijn keel had, 'als jij verdomme niet blij kunt zijn met een baby van de vrouw van wie je verdomme houdt, dan... fuck man, écht, fuck you!'

Uitgeput zonk Colton achterover in de kussens, hij hapte naar adem en er glinsterden zweetdruppeltjes op zijn voorhoofd. Toen keek hij op. 'O ja! En jullie moeten hier gaan wonen. Dat vergat ik haast, dus schrijf op! Fintan haat het hier. Hij wil terug naar die krakkemikkige oude boerderij.' Toen raakte hij opnieuw verstrikt in een lange, benauwde hoestbui die niet leek op te houden.

'Wat kan ik doen?' vroeg Joël ongerust. 'Moet ik de verpleegster halen?'

'Nee,' wist Colton verbeten uit te brengen. Even later lukte het hem om het hoesten de baas te worden. 'Als ik nu morfine neem, zak ik weer weg. En dan kijkt Fintan weer als een droevig jong hondje naar me, en we hebben blijkbaar shit te regelen vandaag en...'

Joël legde zijn hand op Coltons arm. 'Colton... luister. Ik zeg dit als je advocaat, maar ook als je vriend.' Hij zweeg even. 'Het is aan jóú. Jíj kiest het moment... waarop je wilt gaan.'

Colton kneep zijn ogen stevig dicht en zei een tijdje niets. Uiteindelijk zei hij zachtjes: 'Echt?'

'Ik denk dat Fintan het verschrikkelijk zou vinden als hij wist hoe zwaar dit voor je is.'

'Hm,' zei Colton.

'Hou niet alles voor hem verborgen. Laat blijken dat je zoveel pijn hebt,' zei Joël. 'Dat soort dingen voor jezelf houden is nooit goed,' voegde hij er een beetje spijtig aan toe.

'Hm,' zei Colton nog een keer. Toen probeerde hij zijn hand op te tillen om een klapje op Joëls hand te geven, maar daar had hij de kracht niet meer voor.

'Ik ga een verpleegster halen,' zei Joël. 'Zal ik Saif ook roepen?'

Colton maakte een gebaar dat alles kon betekenen.

Joël deed een paar passen naar de deur om de anderen binnen te laten. Toen draaide hij zich om. 'En we noemen het kind geen Colton.'

Even was het stil. 'Mooi,' gromde Colton schor. 'Da's toch een klotenaam.'

Joël had Tripp en Fintan van beneden geroepen en zich teruggetrokken in een hoekje van de slaapkamer. Hij zuchtte diep en nam een besluit.

Ja, hij ging naar haar toe. Zodra alles hier gedaan was, ging hij naar haar toe. Echt. Hij zou haar optillen en gewoon uit het café meenemen – nee, verdomme, hij zou de deur op slot draaien, op zijn knieën vallen en haar om vergeving smeken omdat hij zo'n stomme idioot was geweest. Hij hoopte dat ze zou begrijpen waarom hij zoveel tijd nodig had gehad, waarom het zo'n schok voor hem was geweest – ook al verdiende hij dat eigenlijk niet. Hij besefte nu ook dat het voor haar net zo goed een schok moest zijn geweest en werd onmiddellijk overmand door schuldgevoelens dat hij er niet was geweest voor haar; dat ze niet blij had kunnen zijn en dat ze niet samen blij waren geweest. En dan zouden ze in dat kleine appartementje gaan wonen en hun leven samen beginnen. Tenminste... als ze hem nog wilde, als ze hem nog een kans gaf. Dan zou hij de rest van zijn leven proberen het goed te maken. Hij pakte zijn telefoon om haar een appje te sturen.

Maar op dat moment kwamen Tripp en Fintan binnen.

Zoals gewoonlijk was het doodstil in het enorme huis. De torenhoge kerstboom in de hal was op z'n mooist, maar dat zag niemand.

Fintan, die ook was afgevallen, ging naast Colton op het bed zitten en nam zijn hand in de zijne.

Colton leek veel pijn te hebben – het stond in diepe groeven op zijn uitgemergelde gezicht geëtst – maar elke keer als Saif vroeg of hij iets voor hem kon doen, schudde hij nauwelijks zichtbaar zijn hoofd.

Fintan huiverde, hoewel het wel een oven leek in de slaapkamer. Er brandde een groot vuur in de open haard en het huis was zo goed geïsoleerd dat je de sneeuwstorm buiten niet eens hoorde.

Tripp stond met een hoogrood, ernstig gezicht aan het voeteneinde van het bed. Hij schraapte zijn keel en wierp een korte blik op het scherm van de laptop. 'Oké, ik dacht... Ik heb dit met Janey geregeld, oké? Ma weet van niks. Ja?'

Colton knikte licht. Zijn hart klopte onregelmatig.

Fintan kon het voelen.

'Als ze niet... Ik bedoel... Als ze niet...' zei Tripp. 'Vergeet pa even, ja? Die begrijpt het toch niet. We hebben geregeld dat zijn verzorger ergens met hem een kop koffie is gaan drinken.'

Colton knikte nog een keer.

En toen opende Tripp Skype en luisterden ze allemaal met ingehouden adem naar het geruis op de lijn. Na wat geknetter en gekraak zagen ze een ouderwets ingerichte woonkamer met druk gebloemd behang en overal snuisterijen. Buiten scheen de zon verblindend. Achter het scherm zat een vrouw van middelbare leeftijd. Ze leek vooral op Tripp, niet op Colton, maar toen het beeld naar een oude dame op de bank verschoof, zag Fintan onmiddellijk een gelijkenis tussen zijn man en zijn moeder. Tripp moest op zijn vader lijken; Colton, met zijn hoge voorhoofd en regelmatige trekken, leek op zijn moeder. Ze moest een schoonheid zijn geweest vroeger. Mooi, jong, met een baby... Waar was het zo verschrikkelijk fout gegaan?

De oude vrouw knipperde met haar ogen. 'Hallo? Hallo? Wie is daar?'

De andere vrouw, Janey, de zus van Tripp en Colton, zei tegen haar: 'Doe je bril maar op, mam.'

De oude vrouw deed wat haar dochter haar opdroeg, zette haar bril, die aan een koordje om haar hals hing, op haar neus en leunde naar voren om met een wantrouwende blik in de cameralens te kijken.

'Mam!' schalde Tripps stem door de stille kamer. 'Ik ben het! Tripp!'

'Tripp?' De stem klonk zwak en klagerig.

'Ja, mam, ik ben het!'

'Waar ben je?'

'In Schotland, ma, dat weet je toch? Ik heb je gisteren gebeld...'

De oude vrouw knipperde met haar ogen. 'O? Heb je me gebeld? O ja! Ja! Da's waar ook. Da's waar ook...'

De moed zakte Fintan in de schoenen. Coltons moeder was niet echt helder meer. En Colton was niet in staat om echt met haar te praten. Misschien was het toch beter geweest om alles te laten zoals het was. Maar Tripp, drong tot hem door, was nog steeds aan het woord, en plotseling voelde hij vreemd genoeg een vleugje respect voor hem; dat hij helemaal naar Schotland was gekomen, om welke reden dan ook, om zijn broer te vinden.

'Ma, er is hier iemand... Er is hier iemand die je graag wil spreken.'

'Huh? Wat?' Haar rimpelige gezicht vulde nu zowat het hele scherm, zo dicht boog ze zich ernaartoe.

Tripp liet zich naast Colton op het bed neerzakken en draaide de laptop naar Coltons gezicht. 'Mam... Hier is Colt.'

Het was doodstil in de kamer terwijl de oude vrouw in de lens tuurde.

Toen zei Colton, in een pijnlijke imitatie van zijn vroegere, relaxte manier van praten: 'Hi, mam.'

De hand van de oude vrouw vloog onmiddellijk naar haar mond en Janey sloeg haar arm om haar moeders schouders.

'Colton? Ben jij het?' fluisterde zijn moeder duizenden kilometers ver weg. 'Mijn Colton?'

Janey, in tranen, knikte en trok haar moeder dichter tegen zich aan. Ze zeiden geen van tweeën iets over hoe ziek Colton eruitzag, hoewel Janey in ieder geval wist hoe het ervoor stond. Coltons moeder leunde nog verder naar voren en zei maar drie woorden: 'Mijn kleine jochie.'

46

Daarna werd er niet veel meer gezegd. Geen lange gesprekken, geen uitleg, geen verklaringen.

Iedereen dacht aan zijn eigen moeder.

Joël voelde zich te veel en excuseerde zichzelf om even naar de wc te gaan, waar hij koud water in zijn gezicht plensde.

Saif staarde strak uit het raam en vroeg zich af hoelang het zou duren voordat hij, met Gods hulp, zijn eigen jongens kon herenigen met hun moeder. Daar kon het nooit te laat voor zijn.

En Fintan dacht eraan hoe erg hij zijn moeder miste; hoe dankbaar hij was voor haar onvoorwaardelijke liefde, zijn hele leven lang, en dat hij haar zo graag had toevertrouwd dat hij op jongens viel. Hij hoopte dat ze het wist. Zijn moeder had veel dingen geweten, zonder woorden.

Intussen raakte Coltons moeder het scherm aan alsof dat haar zoon dichterbij kon brengen, alsof ze hem daarmee echt aanraakte.

'Ik zal goed voor je zorgen, ma, dat beloof ik. Maak je geen zorgen...' zei hij, alsof zíj degene was die gerustgesteld moest worden, niet hij.

Fintan zag dat het hem veel kracht kostte, maar ook een goed gevoel gaf; dat hij zich even weer die oude, sterke, wereldwijze Colton voelde.

En toen zei zijn moeder: 'Ik mis je, jongen.'

'Ja, mam, ja,' zei Colton heel zacht.

En Fintan, die Colton beter kende dan wie ook, wist dat hij zich weer een jochie van zeven voelde.

'Ik ben zo... Ik heb nooit gewild... Ik bedoelde niet...' Het leek of Coltons moeder haar excuses wilde aanbieden, maar Colton kapte haar gedecideerd af.

‘Het maakt niet uit, mam,’ zei hij hees. ‘Het is allemaal niet belangrijk meer... Behalve dat jij mijn moeder bent.’

‘Ik hou van je.’ Haar stem beefde.

‘Ja, mam, ja,’ zei Colton schor. En toen, zacht, heel zacht: ‘Ik ook van jou.’

47

Na het gesprek hing er een zware stilte in de kamer.

Tripp trok een plechtig gezicht, alsof hij in de kerk was.

Fintan keek hem aan. 'Dank je wel,' zei hij zacht.

Colton had zijn ogen dichtgedaan en gromde: 'Haal Joël.'

Een seconde later was Joël terug in de kamer.

Colton wees naar Tripp en zei: 'Verander het testament en regel dat mijn familie goed verzorgd wordt straks.'

Tripp schudde zijn hoofd. 'Luister, man, ik hoef... Ik heb erover nagedacht en... Ik wil het niet. Je hoeft ons geen geld te geven. Láát gewoon, man. We redden het wel.'

'Alleen voor pa en ma; niet voor jóú, kloothommel,' zei Colton, maar verrassend genoeg vertrokken zijn uitgedroogde lippen zich in iets wat leek op een grijns. 'Maar zorg goed voor ma. En dat pa het kan redden.'

Tripp knikte.

'Dat regel ik, maak je geen zorgen,' zei Joël kalm.

Toen stapte Saif uit de schaduw van het donkere raam naar voren. Zijn lange, donkere silhouet zag er in Fintans ogen uit als een trieste engel, een voorbode van de toekomst.

'Fintan...'

Fintan keek naar het bed waarop Colton achterover in de kussens lag, de pijn die hij leed was op zijn gezicht te zien. Het was duidelijk dat het einde naderde...

De stilte werd wreed verscheurd door twee telefoons die bijna tegelijkertijd begonnen te rinkelen. Eerst die van Saif en vlak daarna die van Joël.

Saif werd gebeld door Charlie. Hij klonk bruusk en ernstig. 'Kun je meteen naar Annies Café komen? Flora is niet goed geworden.'

Joël werd door Lorna gebeld. Zij klonk veel botter: 'Als je ook maar íéts om Flora geeft, kom je verdomme meteen naar het café!' En zonder verder nog een woord, hing ze op.

48

De dag voor Kerstmis was het idioot druk geweest in Annies Café: iedereen moest nog wat laatste boodschappen doen en kwam even binnen om te vertellen over alle cadeaus die ze hadden gekocht en wat ze gingen doen met de feestdagen, of om nog wat extra plakken kerstcake of kerstbrood te halen. Flora had het gevoel dat ze er honderden hadden verkocht. Ze was helemaal kapot, maar ze wist dat ze, zodra ze thuiskwam, meteen wéér aan de slag moest: de kalkoen uit de vriezer halen, het hertenvlees voorbereiden, de rode kool en de broodsaus alvast klaarmaken. Ze was te moe om er zelfs aan te kunnen denken.

De meiden waren haastig bezig alles op te ruimen omdat ze zich allebei verheugden op het kerstavondbal in de Harbour's Rest, en hoe eerder ze alles klaar hadden, hoe beter. Ze verheugden zich erop hun feestelijke jurkjes aan te trekken, zich op te maken en hun Russische vriendjes – mét een takje mistletoe paraat – stiekem daar te ontmoeten.

Flora gunde hun alle plezier van harte – ze hadden zo hard gewerkt – en dus gaf ze hun met een brede glimlach een kerstbonus (die er het jaar daarvoor niet af had gekund), waarop Isla en Iona een gat in de lucht sprongen van blijdschap en ze elkaar allemaal omhelsden en een gelukkig kerstfeest wensten. Flora dacht bitter dat ze dit een geweldig moment zou hebben gevonden als dat gedoe met Joël...

Ze voelde zich echt klote. Vermoeidheid, wist ze. Al dat harde werken – wat natuurlijk ook geweldig was, dat Annies Café zo goed liep – en de stress van alle andere dingen die ze nog moest doen omdat ze thuis de taak van haar moeder min of meer had overgenomen, en dat ze nu zelf ook moeder ging worden, en...

Opeens voelde ze een stekende kramp in haar buik. Heel

plotseling... Ze werd overvallen door misselijkheid en voelde het bloed wegtrekken uit haar hoofd. Duizelig stak ze haar hand uit naar het aanrecht om steun te zoeken, maar het was al te laat. Ze gleed naar de grond, stootte haar hoofd en toen... niets meer.

Het was Charlie die haar vond. Hij had er een gewoonte van gemaakt om vlak na sluitingstijd even langs te komen, omdat dat het beste moment was om eventuele restanten op te halen. Maar vandaag was hij zonder zijn jongens. En zonder Jan, dus nam hij de kans waar om Flora speciaal een 'Gelukkig kerstfeest!' te wensen. Hij voelde dat het niet echt boterde tussen Jan en Flora, waarom wist hij niet, en normaliter deed hij net of hij daar niets van merkte. Maar hij vond het fijn om Flora even in zijn eentje een goede kerst te kunnen wensen en hij hoopte dat alles goed was met Joël en haar. Hij had niet het gevoel dat hij Joël goed kende – hoewel ze, als er een kampeergroep was, best veel tijd met elkaar doorbrachten – en hij had geen idee hoe Joël in elkaar zat, maar op de een of andere manier leek hij nog triester en afstandelijker dan anders, en daar maakte hij zich een beetje ongerust over.

Charlie was een eenvoudig mens met een goed hart en hij vond het prettig als iedereen het goed met elkaar kon vinden, en dus ging hij Flora nu een goede kerst wensen.

Alle lichten waren al uit in het café toen hij daar aankwam, maar het keukenlicht brandde nog en door het raam kon hij nog net zien...

Gelukkig bleef hij kalm. Hij probeerde de deur, maar die zat al op slot, en dus rende hij naar de achterdeur, die bijna altijd open was.

Flora lag in de keuken op de grond. Ze was buiten westen.

Charlies grondige EHBO-opleiding nam het automatisch van hem over. Flora zag bleek. Er lag bloed op de plavuizen. Hij griste zijn telefoon uit zijn zak en belde Saif. En daarna Lorna – Joël belde hij maar niet. Waarom wist hij niet goed. Hij trok zijn jas uit, legde die over Flora heen en overwoog de ambulancehelikopter te bellen toen ze begon bij te komen, met haar ogen knipperde en niet-begrijpend om zich heen keek. Haar gezicht zat onder het bloed. 'Sst,' probeerde hij haar gerust te stellen. 'Rustig maar. Saif is onderweg.'

Toen Joël een tijdje later, vlak vóór Saif, het café binnen kwam stormen, trof hij Charlie op z'n knieën naast Flora aan; hij hield haar voorzichtig en teder in zijn armen. Toen Joël ze zo zag, ging er een pijnlijke steek door zijn hart. Hij haalde meteen zijn telefoon tevoorschijn en zei: 'Ik bel de ambulance.'

Maar Saif, die intussen ook was gearriveerd, duwde beide mannen vriendelijk maar vastberaden opzij en schudde zijn hoofd. 'Nee, wacht even. Ik wil haar eerst onderzoeken. Als ik een helikopter laat komen voor iemand die is flauwgevallen, wordt me dat niet in dank afgenomen!'

Samen tilden ze Flora op en ze legden haar over Joëls schouders, toen Lorna binnen kwam stormen. Onderweg was ze Innes tegengekomen, dus die holde vlak achter haar aan.

Saif knipperde met zijn ogen. Nog even en het hele dorp was er.

'Breng haar maar naar mijn appartement,' instrueerde Lorna hen. 'Daar is het warm en het is aan de overkant.'

Iedereen vond het een goed plan, maar Flora protesteerde dat dat echt niet nodig was, hoewel ze bijna groen zag van ellende en zich verschrikkelijk slap voelde.

Joël keek naar buiten en besefte dat een helikopter, als die toch nodig zou zijn, niet eens zou kunnen landen. De wind kwam uit het oosten, het was Siberisch koud, en de storm had zijn hoogtepunt nog niet bereikt. Voor het eerst zei hij het hardop. 'Ze is... Ze is zwanger... Dat weet je?'

Saif knikte, zijn mond een dunne streep. 'Natuurlijk.'

Buiten stuitten ze op Tripp, wiens enorme gestalte goed van pas kwam bij het vervoer van Flora, en met z'n allen staken ze de straat over naar Lorna's appartement. Binnen legden ze Flora voorzichtig op het bed neer.

Saif had meteen een ongemakkelijke flashback; er flitsten allerlei beelden door zijn hoofd, waardoor hij zich hyperbewust was van Lorna, die vlak achter hem stond. Het kostte hem elke gram professionaliteit die hij in zich had om zich er niet door te laten overrompelen. 'Oké, iedereen de kamer uit,' zei hij, terwijl hij zich over Flora heen boog om haar te onderzoeken.

Op dat moment ging Charlies telefoon; het was duidelijk dat hij bevel kreeg naar huis te komen, en hij gaf er met tegenzin gehoor aan.

Tripp zei dat hij beneden zou wachten, voor het geval hij nog nodig was.

Iedereen knikte alsof ze hem al eeuwen kenden en het volkomen normaal was dat hij er was.

Joël, Innes en Lorna gingen naar de keuken, waar ze ongemakkelijk bij elkaar stonden. Innes wachtte op nieuws om aan Eck te kunnen vertellen en Lorna zette de waterkoker aan om thee te gaan zetten; ze wist niet wat ze anders moest doen en vreesde het ergste. De gedachte dat Flora de baby kon verliezen was zo vreselijk en maakte haar zo kwaad, dat ze het liefst per-ongeluk-expres een scheut kokend water over Joël heen had gegooid.

Joël was volkomen van de kaart. Het was... Hij had het over zich afgeroepen. Het was zijn verdiende loon. Precies op het moment dat hij er klaar voor was, precies op het moment dat hij met enige aarzeling had besloten te doen wat 'hoorde'... Plotseling werd hij overvallen door een emotionele tsunami. Hij wilde de baby, dat was hem opeens volkomen duidelijk! Hij was doodsbang – banger dan hij zich ooit had kunnen voorstellen – dat er iets met Flora was. Dat hij haar zou kwijtraken. Dat hij de baby zou kwijtraken. Of allebei... Overmand door verdriet en angst liet hij zich op een stoel zakken en zette hij zijn bril af.

Lorna, die nog stijf stond van frustratie en kwaadheid, draaide zich na een tijdje naar hem om. Hij huilde, zag ze, er rolden dikke tranen over zijn wangen – of hij dat nou zelf in de gaten had of niet. Beetje laat voor zelfmedelijden, dacht ze in eerste instantie niet bepaald vergevingsgezind, maar toen ze zijn hevig trillende handen zag, verzachtte ze. Kalm ging ze een pot thee maken en ze zette vijf mokken neer.

Innes gaf een troostend klopje op haar rug. Ze bedankte hem met haar ogen en knikte naar Joël, waarop Innes met zijn ogen rolde, maar na een duwtje van Lorna toch naar Joël toe liep en, terwijl Lorna de thee inschonk, voorzichtig een hand op zijn schouder legde.

'Sorry...'

Flora probeerde Saif te vertellen dat ze zich schaamde voor wat er was gebeurd, maar ze was te wazig om dat te kunnen zeggen. Ze had barstende koppijn; alsof ze een gigantische kater had, en alles voelde heel ver weg, alsof ze er niet echt bij was.

'Het sp...'

'Sst,' snoerde Saif haar de mond, terwijl hij gedecideerd doorging met zijn onderzoek. 'Maak je geen zorgen. Het valt mee: je hebt een hoofdwond die gehecht moet worden, één keer maar, het ziet er erger uit dan het is.'

'Oké. Ja...' Flora knipperde met haar ogen. 'Wat is er eigenlijk precies gebeurd?'

'Je bent flauwgevallen. En je moet alert zijn op signalen van een hersenschudding,' vervolgde Saif. 'Blijven praten.'

'Ja, ja. Dat gaat goed. Echt.' Maar er was nog iets belangrijkers. 'Saif, ik heb ook pijn in mijn buik. Krampen.'

Saif knikte. Dat was natuurlijk het zorgwekkendste.

Plotseling besefte ze dat ze op een handdoek lag. 'Saif... heb ik bloed verloren?'

Saif keek haar aan, zijn gezicht stond bezorgd. 'Een beetje.'

Flora barstte in tranen uit.

'Sst,' zei Saif weer. 'Alsjeblieft. Probeer kalm te blijven. Je druk maken helpt niet.'

Saif stak de gang over om naar de badkamer te gaan en zijn handen te wassen. Als iedereen wat alerter was geweest, hadden ze opgemerkt dat hij precies wist waar de badkamer was en waar de handdoeken lagen en dat vreemd gevonden...

Toen hij terug de slaapkamer in kwam, vroeg Flora: 'Saif, krijg ik een miskraam?'

Dat was de vervelendste kant van zijn beroep: slecht nieuws moeten brengen. 'Misschien,' zei hij. 'Maar bloedverlies kan ook voorkomen zonder dat er iets aan de hand is. Je had krampen, zei je?'

Flora knikte verdrietig. 'Vlak voor ik flauwviel.'

'En nu?'

Flora knikte stilletjes.

Saif keek haar meelevend aan. 'We zullen moeten afwachten hoe het verdergaat. Sorry. Ik heb pijnstillers als je wilt. Maar...'

Flora, haar gezicht nog onder het bloed, begon luidruchtig te snikken.

Joël hoorde haar huilen en kon het niet verdragen. Hij liep de keuken uit en duwde de slaapkamerdeur open. 'Wat is er?'

'Pardon,' begon Saif. 'Ik moet je vragen om te vertr...'

Maar Joël zat al op het bed en sloeg zijn armen om Flora heen. 'Het spijt me zo,' zei hij terwijl hij zijn gezicht in haar hals verborg. 'Het spijt me zo verschrikkelijk.'

'Je wilde toch geen kind? Dit is toch precies wat je hoopte?' reageerde Flora bitter.

'Nee! O god, Flora! Nee, alsjeblieft! Je hebt toch geen miskraam gehad?'

'Ik denk dat dat nu aan het gebeuren is,' zei Flora intens verdrietig. Haar stem brak. 'Ik denk dat ik het kindje aan het verliezen ben.'

Joël trok haar dicht tegen zich aan. 'Ik hou van je, Flora,' zei hij – voor de allereerste keer. 'Ik hou van je. En van de baby. Of van een andere baby. Van een baby van ons samen.'

'Maar ik wil dít kindje,' zei Flora terwijl de tranen over haar wangen stroomden.

'Het spijt me echt, echt heel erg.'

'Een miskraam komt vrij vaak voor in de eerste drie maanden. Dat is iets natuurlijks, daar kan niemand iets aan doen,' legde Saif uit.

Joël keek naar hem op. Zijn ogen brandden. Hij wist dat dat niet waar was. Als Flora beter had geslapen... Als ze niet zo van streek was geweest... Als ze een eigen huisje had gehad om 's avonds thuis te komen... Dit was allemaal zijn schuld. Hij drukte zijn gezicht weer tegen haar schouder. 'Ik zal het goedmaken. Echt. Dat beloof ik.'

'Dat interesseert me niks,' zei Flora.

Saif hechtte Flora's hoofdwond met een plaatselijke verdoving en drukte haar op het hart alert te blijven op een eventuele hersenschudding en in de gaten te houden of het bloedverlies toenam. 'Er is een kans op een buitenbaarmoederlijke zwangerschap. Als dat zo is, moet je met spoed naar het vasteland.'

Joël protesteerde meteen door te zeggen dat er dan metéén een helikopter moest komen, maar Saif antwoordde kalm dat het sowieso moeilijk zou zijn omdat niemand zomaar een helikopter zou laten vertrekken in zo'n storm, terwijl er ongelukken gebeurden en bomen omwaaiden door de harde wind, dingen die veel spoedeisender waren dan het vermoeden van een miskraam – hoe ernstig dat voor hen persoonlijk ook was.

Innes kwam de slaapkamer binnen, omhelsde zijn zusje en deed zijn best te verwerken dat ze zwanger was en nu misschien een miskraam kreeg, en ging terug naar de boerderij om verslag uit te brengen.

Lorna was druk bezig in de keuken; ze maakte soep voor iedereen.

Toen ging Saifs telefoon weer. 'Het is druk vanavond.'

'Waar ga je naartoe?' vroeg Joël opgewonden. 'Je bent hier nodig.'

Saif slikte. 'Het was... Het was Fintan,' zei hij. 'Ik moet terug.'

Flora beet op haar lip. Buiten huilde de wind. Het was echt een verschrikkelijke avond. 'O mijn god.'

'Ik kom zo snel mogelijk terug.'

'Alsjeblieft,' zei ze. 'Ga er alsjeblieft zo snel mogelijk naartoe. 'Ik... Ik red het wel.' Er ontsnapte iets tussen een lachje en een snik uit haar keel. 'Geen idee hoe, maar ik red het echt wel.'

'En ik ben bij je,' zei Joël, maar Flora negeerde hem.

Saif pakte zijn tas op; hij vond het vervelend dat hij weg moest. 'Flora, ik bel je, dus hou je telefoon bij de hand. En zorg dat hij opgeladen is en zo.' En tegen Joël: 'Meteen bellen als er iets verandert, als ze koorts krijgt. En als de bloeding hevig wordt, bel je het alarmnummer. Oké?'

Joël knikte.

'En laat haar niet alleen.'

'Nee.'

Lorna kwam de keuken uit lopen toen Saif zijn jas aantrok. Ze had een thermosfles verse groentesoep in haar hand.

Zoals altijd als hij Lorna zag, verdween al het andere naar de achtergrond. Ze keken elkaar aan terwijl hij automatisch zijn hand uitstak en zonder nadenken even over haar wang streek – hoewel hij tegelijkertijd besefte dat dat niet fair van hem was. Zijn hart was verzwaard door een diepe, diepe triestheid. Ze wisten allebei dat het verlengen van dit moment alles alleen maar pijnlijker maakte. En er viel niets meer te zeggen.

Maar Lorna probeerde het toch nog een keer. 'Je... Je weet zeker dat je weggaat hier?' Haar stem trilde. 'Na alles?'

'Ja...' zei Saif. 'Dat lijkt me het beste. Toch?'

Lorna vertrouwde haar stem niet. 'Ik weet het niet...' Hortend ademde ze diep in. 'Veel geluk. Ik hoop dat je haar vindt,' zei ze uiteindelijk.

'Dank je wel,' zei Saif. 'Dank je wel... voor alles wat je voor mijn jongens hebt gedaan.'

'Natuurlijk.'

'Bel me als je me nodig hebt.' Hij bedoelde natuurlijk voor Flora, maar Lorna wenste met heel haar hart dat hij er méér mee bedoelde. 'Ze hebben wel wat tijd met z'n tweeën nodig, geloof ik,' vervolgde hij met een knikje naar de slaapkamer.

Lorna knikte en ze stonden nog even tegenover elkaar. 'Nou, neem dit in ieder geval maar mee,' zei ze, en ze duwde de thermosfles in zijn handen.

49

Saif haastte zich niet. Het voelde ongepast. Het had geen zin om als een idioot terug naar Colton te racen, het was geen spoedgeval – er viel niets te redden door er snel te zijn.

Hij had nog niets gehoord uit Glasgow, maar dit kon heel goed zijn laatste bezoek aan een patiënt op Mure zijn. Een vreemd idee.

Het was de hele dag niet echt licht geweest. En de storm was steeds erger geworden, de wind huilde nu om zijn oren. De sneeuwvlokken kolkten om hem heen. Ze bleven niet liggen en als dat toch even gebeurde, waaiden ze onmiddellijk weer op. Het was ijskoud. De wolken joegen in alle tinten grijs langs de hemel, alsof ze elkaar achternazaten.

Ash was er die ochtend enorm door gefascineerd geweest toen hij zijn schoenen moest aantrekken om naar school te gaan. Saif had hem zoals altijd weer moeten opjutten om haast te maken.

Hij vroeg zich af hoe hij zijn jongens zou vertellen dat ze gingen verhuizen. Met het argument van een eigen kamer misschien? En dat ze andere Arabisch sprekende kinderen zouden leren kennen. Ib zou het heerlijk vinden. En Ash zou er wel aan wennen. Natuurlijk. Ze zouden er allemaal wel aan wennen. Uiteindelijk.

Het was triest dat Colton zijn laatste patiënt werd. Hij kende hem niet echt goed, maar hij had respect voor hem om hoe hij zijn eigen dood onder ogen had gezien en alles had gepland. Heel dapper, vond hij. Zijn weigering om naar het ziekenhuis te gaan vond hij ook volkomen terecht; als je uit het ziekenhuis kon blijven, moest je dat altijd doen. En dat hij elke behandeling weigerde... Daar had hij strijdige gevoelens over. Als hij in Fintans schoenen had gestaan, zou hij zeker hebben gevochten als een leeuw om Colton ervan te overtuigen alles wat hij maar kon te proberen om zijn leven te verlengen. Hoewel de uitkomst uiteindelijk natuurlijk altijd hetzelfde bleef... Daar had hij Colton nooit sprookjes over verteld.

Sterven in een prachtig huis, met een fantastisch uitzicht op de oceaan, zonder ruzie met je familie, in het bijzijn van je grote liefde... Ja. Dat begreep hij. Dat begreep hij helemaal.

Hij checkte zijn dokterstas. Als de tijd daar was, had hij alles bij zich.

Toen hij aankwam, stond Fintans gezicht heel ernstig.

Coltons ademhaling was uiterst oppervlakkig, Saif hoefde zijn pols eigenlijk niet te voelen, hij wist al hoe zwak die zou zijn. Colton zweette en had zoveel pijn dat hij niet kon praten.

Nog maar één dosis, wist Saif. Uiteindelijk kwam palliatieve zorg daarop neer: de balans tussen het in leven houden van de patiënt en de pijn, of beter: de afwezigheid daarvan. En op een gegeven moment was die pijn niet meer te temmen. Dan sloeg de weegschaal door naar één kant, lukte het niet meer om beide te doen en kwam de keus: de laatste uren – misschien wel meer dan vierentwintig – van de patiënt, ten prooi aan die vreselijke ziekte die geen genade kende en hem van binnenuit verteerde, ondraaglijk maken en hem laten lijden, of hem verlichting geven in de vorm van een shot morfine – ook al wist je dat je daarmee zijn leven beëindigde. *Nee, kón beëindigen*, hield Saif zichzelf streng voor. Dan gleed de zieke zonder pijn in een diepe slaap waaruit hij hoogstwaarschijnlijk nooit meer wakker zou worden.

Saif had genoeg mensen zien sterven in de oorlog om te weten dat er niet zoiets bestond als een waardige, eervolle dood. In pijn en lijden bestaat geen eer, dan verwordt een mens door zijn lijden tot een beest.

Desondanks...

'Dag Fintan,' zei hij zacht terwijl hij zijn jas uittrok en zijn zwarte tas op het bed neerzette.

Zo vriendelijk, dacht Fintan later, als de dood bij zijn laatste bezoek maar kon zijn.

‘Goedenavond Colton.’

‘Alsjeblieft. Laat dit ophouden. Ik kan niet meer, ik kan niet meer...’ bracht Colton moeizaam uit, tussen het benauwde hoesten door. Er droop wat speeksel over de grijze stoppels op zijn kin.

Zelfs voor Saif, die redelijk ervaren was in dit soort situaties, was het pijnlijk om aan te horen: Colton die smeekte om uit zijn lijden verlost te worden. Hij wierp een blik naar Fintan, die lamgeslagen met zijn rug naar hen toe uit het raam stond te staren. Van beneden klonk kerstmuziek. Saif liep naar Fintan toe, die hem niet kon aankijken. ‘Ik ga hem nu morfine geven,’ zei Saif. ‘De toegestane dosis. Maar ik moet jouw toestemming hebben – van jullie allebei – omdat Colton in zijn verzwakte toestand door deze dosis in een diepe slaap zal geraken.’

‘Gaat hij er dood aan?’ vroeg Fintan onzeker.

‘Nee. Hij sterft aan kanker. Heel snel nu. Maar het verlost hem van de pijn nu het einde daar is. Dit is het einde, Fintan, wat we ook doen. En hierdoor valt hij in slaap.’

Fintans gezicht was een strak masker van verdriet. ‘Wordt hij dan nog wakker?’

‘Dat is niet in onze handen,’ zei Saif rustig.

Fintan knikte. Hij keek naar het bed waar Colton op zijn zij lag, in foetushouding opgerold van de pijn. ‘Oké,’ zei hij.

‘Is er nog iemand anders van wie hij afscheid moet nemen?’ vroeg Saif zachtjes.

Fintan glimlachte flauwtjes. ‘Hij heeft de hele zomer niets anders gedaan. Een heel lang afscheidsfeest.’

Saif knikte. ‘Ik haal nog even iets...’ Hij had alles bij zich, dus dat was niet nodig, maar hij voelde dat hij Colton en Fintan nog even alleen moest laten.

Fintan knikte.

Saif verliet de kamer en liet hen alleen.

50

Fintan ging naast Colton zitten en sloeg zijn arm om zijn geliefde heen.

'Alsjeblieft,' mompelde Colton smekend.

Fintan had bedacht wat hij wilde zeggen. Dat was veel: dat Colton de eerste en enige was van wie hij had gehouden. Dat hij had gedacht dat hij dat nooit in zijn leven zou meemaken en dat dat toen toch zo was. Dat het geweldig en fantastisch was geweest en dat hij elk moment van hen samen en alles zou onthouden...

Maar het was duidelijk dat een lang verhaal nu heel egoïstisch zou zijn, omdat Colton, de man van wie hij het meeste hield op de hele wereld, dan langer zou moeten lijden. Dus was het enige wat hij zei: 'Ja.'

Er rolden twee dikke tranen over Coltons wangen.

Fintan stond op om Saif te roepen, die nog niet eens bij de trap was, zo kort had het geduurd.

Even later vulde Saif de injectiespuit geroutineerd met morfine.

Buiten cirkelden de winterganzen om het huis, verzeild geraakt in de storm en nauwelijks te onderscheiden van de witte sneeuwvlokken.

Binnen hield Fintan Coltons bevende lichaam in zijn armen, hun vingers in elkaar verstrengeld, en fluisterde liefdevol in zijn oor: 'Ik hou van je, ik hou van je, ik hou van je.'

Colton tilde zijn andere hand nog heel even op, maar hij zei niets meer en na de injectie vertraagde zijn ademhaling langzaam, verdween de pijnlijke grimas van zijn gezicht en ontspande zijn lichaam.

'Hij slaapt,' zei Saif.

'En als hij nou nog wakker wordt? Wat gebeurt er dan?'

'Ik blijf hier,' zei Saif met een snelle blik op zijn telefoon. Geen bericht van Flora en Joël, dus dat was, nam hij aan, een goed teken.

Fintan maakte zich zachtjes van Colton los en gaf hem een kus op zijn voorhoofd. Toen liep hij naar de deur en wenkte de man die daar geduldig had zitten wachten – Tripp.

51

Flora's hoofdpijn begon minder te worden, maar desondanks voelde ze zich met de minuut slechter nu ze de tijd had om na te denken over het feit dat ze was flauwgevallen en zelfs gehecht had moeten worden.

Joël zat op de vloer en hield haar hand vast, als de een of andere galante ridder naast een graf. *Pff.* Ze keerde haar gezicht naar hem toe. 'Echt idioot hoe je daar zit,' zei ze kattig. 'Kun je een kop thee voor me zetten?'

Lorna was nog even binnen geweest om te checken hoe het met Flora ging. Ze had haar een enorme knuffel gegeven en gefluisterd dat ze zich niet druk hoefde te maken over het kerstdiner; zij nam gewoon wat worstjes mee en dat was heus wel voldoende.

Joël en Flora hadden privacy nodig, dat was overduidelijk. Maar het was ook vreemd voor Lorna, al die mensen in haar huis. Ze had gedacht dat ze het fijn zou vinden als ze het aan Joël en Flora kon verhuren, zodat zij verder kon met haar leven en de verkoop van de boerderij. Maar nu, na Saif, voelde het als húń plek, van Saif en haar, ook al konden ze dan niet samen zijn. Hun speciale plek, in ieder geval één keer. Ze wilde er toch niet weg, maar ze wist niet goed hoe ze hun dat moest vertellen...

Ze had behoefte aan een flinke borrel en ging op weg naar de Harbour's Rest. Binnenkort zou ze Saif voor de allerlaatste keer zien, als hij op de veerboot naar het vasteland stapte om nooit meer terug te keren, en voorgoed uit haar leven zou verdwijnen. Dat beeld spookte door haar hoofd en daar kon alleen een flink glas whisky iets tegen uitrichten.

Ze had een vrolijke boel verwacht in de Harbour's Rest en dat was het ook wel, maar niet voor iedereen. Tripp zat in een hoekje te huilen. De gasten waren heel aardig voor hem en gaven hem drankjes en fluisterden dat 'het maar beter was zo' en dat 'het goed was dat hij was gekomen en het had bijgelegd' en Tripp vond hen de geweldigste mensen op aarde en zei dat hij verdomme op Mure kwam wonen en de droom van zijn broer ging waarmaken en dat was in ieder geval íéts, hoewel niet duidelijk was of hij zich dat de volgende ochtend nog wel zou herinneren.

Lorna begreep er in ieder geval uit dat Colton was overleden. Triest bedacht ze dat dat dus twee doden op één dag waren. Ze bestelde een dubbele whisky en ging aan de bar zitten, waar Inge-Britt met een trieste glimlach zei dat ze alles kon bestellen wat ze wilde – dat had Colton al maanden geleden geregeld. Lorna dacht er even over na, maar besloot het toch bij whisky te houden, waarop Inge-Britt zei dat ze het zelf moest weten maar dat ze nog twee flessen goede bubbels had liggen. Lorna hapte naar adem en zei dat het toch niet de gelegenheid was voor champagne. Maar Inge-Britt reageerde met een knipoog en zei dat Colton dat absoluut geen punt zou hebben gevonden, en daar had ze hoogstwaarschijnlijk gelijk in.

'Hoe gaat het met Flora?' Innes en Hamish stonden naast haar. 'Kunnen we naar haar toe?'

'Nee, ik denk dat dat niet zo'n goed idee is,' antwoordde Lorna. 'Die twee hebben het een en ander uit te zoeken met elkaar.'

'Precies,' zei Innes. 'Nou, daar kunnen we hem wel bij helpen, hoor. Een schop onder z'n reet kan hij krijgen. Richting Amerika.'

'Zo eenvoudig is het niet, vrees ik.'

'Jawel hoor. Supersimpel. Hamish' schop en Joëls reet. Heel simpel.'

'Komt het weer goed met Flora?' vroeg Hamish bezorgd.

'Vast wel,' stelde Lorna hem gerust. 'Ze zal verdrietig zijn, maar dat is alles. Jullie moeten maar extra lief voor haar zijn.'

'En voor Fintan,' zei Innes triest. 'Tjezus.'

En toen gingen alle lichten in één keer uit.

52

De rode waarschuwingsvlaggen voor sneeuw en storm hingen er al zo lang, dat niemand die nog echt opmerkte. De veerboten gingen niet, maar Murianen hadden altijd genoeg bloem en dergelijke op voorraad, en daarbij kwamen de melk en de eieren van het eiland zelf, dus was er zolang je niet dringend verlegen zat om bijvoorbeeld een ananas, geen enkel probleem.

Het was de gewoonte om bij dit soort omstandigheden te checken of alles bij de buren in orde was en de beesten stonden allemaal warm en veilig op stal. Hamish was een van de vrijwilligers op de strooiwagens en hij vond het geweldig om eropuit te gaan en ervoor te zorgen dat de landweggetjes veilig waren. Het leven ging grotendeels gewoon door.

Maar nu was de Land Rover van de convectorspoelencontroleur door een plotselinge hevige windvlaag van de weg geraakt. Het gevolg was een elektriciteitsstoring en terwijl de storm nog steeds in kracht toenam en het er buiten steeds heviger aan toeging, zat het hele eiland – dat kleine baken van licht en warmte in het noorden van de Atlantische Oceaan – plotseling in het donker. De onstuimige koude golven sloegen tegen de lange kilometers kust. Alles was nu zwart, af en toe onderbroken door een vuurtoren die natuurlijk een noodaggregaat had om nog lichtsignalen uit te zenden naar de eenzame boten die op en neer gesmeten werden op de woeste zee.

Ook in Coltons huis was het aardedonker, maar Fintan merkte het niet eens. Hij zat voor het raam en staarde uit over de zee. Ondanks het weer was de begrafenisondernemer onderweg. Colton had een Vikingbegrafenis gewild en een begrafenis op zee kwam daar het dichtst bij in de buurt. Saif had alle papieren ondertekend waarin hij verklaarde dat een autopsie niet noodzakelijk was, wat het bij uitzondering mogelijk maakte dat het lijk niet eerst naar het vasteland hoefde te worden overgebracht. Maar dat betekende ook dat het lichaam niet in de meest luxe omstandigheden zou worden bewaard, omdat de begrafenis werd geregeld door Hector, die, naast zijn werk als visser, als dat nodig was ook was in te schakelen als begrafenisondernemer.

Fintan maakte het allemaal niet uit. Hij wist alleen dat Colton was gestorven op de manier die hij had gewenst: omringd door mensen die van hem hielden. Ook al had een deel van die liefde er een heel leven voor nodig gehad om aan de oppervlakte te komen.

Pas toen er zachtjes werd geklopt, drong tot hem door dat alle lichten uit waren. Het personeel kwam binnen en zette overal brandende kaarsen neer, wat de kamer een zachte, troostrijke sfeer gaf – de juiste plek om zich in stilte over te geven aan zijn herinneringen.

In de Harbour's Rest werd er vrolijk gegild en gejuicht toen alle lichten opeens uitgingen, waarna er meteen zaklampen werden aangeknipt en kaarsen werden aangestoken – Inge-Britt vergat regelmatig de elektriciteitsrekening te betalen, dus viel het licht wel vaker uit en was iedereen erop voorbereid. Er werden wat houtblokken op het vuur gegooid en Inge-Britt schonk nog een rondje whisky in om op Colton te proosten, want er was niets fijners dan op een stormachtige avond in de warmte en gezelligheid van een café te zitten dat zich opeens niet meer aan de normale sluitingstijden hoefde te houden (alsof dat ooit gebeurde).

Alleen Lorna glipte de deur uit om te kijken hoe het met Flora ging.

Aan de overkant, toen alles donker werd in Lorna's appartement, knipperde Flora alleen even met haar ogen. Haar mond vertrok in een flauwe glimlach.

'Wat is er aan de hand?' vroeg Joël ongerust.

'Het zal de storm wel zijn,' zei Flora, en ze maakte aanstalten om op te staan.

'Nee, niet doen,' zei Joël vastberaden terwijl hij haar arm zachtjes beetpakte. 'Alsjeblieft, blijf liggen.' Het was even stil. 'Verlies je nog steeds bloed?'

'Dat weet ik niet,' zei Flora. 'Het is te donker. En... ik wil het liever niet weten.'

'Heb je nog buikpijn?'

'Een beetje.'

'Zal ik nog theezetten?'

'Dat zal niet gaan. Elektriciteitsstoring, dus de waterkoker doet het niet.'

Nu het donker was, durfde Joël naast Flora op het bed te gaan zitten. Gelukkig protesteerde ze niet. 'Is dit het appartement waarin je wilde gaan samenwonen?'

'Hm,' bevestigde Flora. 'Stom idee, ik weet het.'

'Nee,' zei Joël. 'Helemaal niet. Het is een fijn appartement. Het zou perfect geweest zijn.'

Hij zei niets over het feit dat Colton hem had aangeboden in te trekken in zijn enorme huis. Dit was niet het juiste moment. Het was sowieso nergens het juiste moment voor.

'Nou, het maakt nu toch niks meer uit,' zei Flora.

'Maar het is toch nog steeds te huur? Ik kan trouwens toch niet op The Rock blijven; het hotel is nu van Fintan. Ik was er als gast van Colton.'

'O! Dus nu dacht je bij mij in te trekken omdat je geen onderdak meer hebt?'

'Nee!' zei Joël. 'Ik kan overal op de wereld wonen waar ik maar wil, natuurlijk. Maar dat wil ik niet. Ik heb een enorme fout gemaakt, Flora. Een enorme fout. Denk je dat je me ooit kunt vergeven?'

'Joël...' Flora's stem trilde. 'Ik ben bezig een miskraam te krijgen. Mijn hele leven staat op z'n kop, alles valt uit elkaar. En het is verdomme aardedonker hier. Dus kunnen we het voor een keer eens níét over jou hebben?'

Joël hield zijn mond dicht en ging stilletjes naast haar liggen.

In The Rock waren Mark en Marsha bezig zich te verkleden toen het licht even flikkerde. Ze keken elkaar aan en tuurden uit het raam; het sneeuwde en het zicht was heel slecht, maar de lichtjes aan het andere einde van Endless Beach waren allemaal gedoofd.

'Lieve hemel!' zei Marsha. 'Wat is dit voor een plek waar je me mee naartoe hebt genomen?'

'De stroom moet zijn uitgevallen,' zei Mark. 'En het hotel heeft blijkbaar een aggregaat.'

'Misschien gebeurt dat regelmatig hier en zijn ze eraan gewend,' zei Marsha peinzend. 'Wat denk jij?'

Ze had zich nogal verheugd op mosselen en een lekker glas wijn in het prachtige restaurant van The Rock, maar Mark had die bepaalde blik in zijn ogen; hij had iets in zijn hoofd wat hij ging doen, of zij het daar nou mee eens was of niet.

'Ik vind dat we erheen moeten om te helpen,' zei hij. 'Flora is heel kwetsbaar nu, om te beginnen.'

'Flora zit gewoon thuis met al die broers van haar over wie je hebt verteld,' wierp Marsha tegen.

Mark fronste zijn voorhoofd en stuurde Joël een appje dat er elektriciteit was op The Rock en of ze wilden worden opgehaald?

Een seconde later kwam het antwoord: een enthousiast 'ja'.

'Ik ga wel,' zei Mark tegen Marsha. 'Blijf jij maar hier in de warmte.'

Marsha keek hem boos aan. 'Dacht je?' Toen liep ze naar de kast om haar laarzen te pakken en trok het dikke, knalgele jack aan dat ze voor de januarimaand in New York had. Het was haar iets te groot en ze zag er in Marks ogen in uit als een tiener (en in die van alle andere mensen als een piepklein uitgevallen visser).

Het was een hobbelige route naar beneden en Mark reed ongelofelijk langzaam – stapvoets. Er waren geen straatlantaarns om de weg te markeren, dus moesten ze het doen met het zoeklicht van de Land Rover waar Colton van had gezegd dat die tot hun beschikking stond. Pas veel later drong tot Mark door dat hij het hele stuk aan de verkeerde kant van de weg had gereden.

'Gelukkig zijn ze samen,' zei hij geruststellend tegen Marsha.

'Ik denk dat we het nu maar moeten doen...' zei ze, en Mark knikte omdat hij precies begreep wat ze bedoelde.

Ze vergaten die rit allebei nooit meer. Pijnlijk traag, in het pikkedonker, Mark met zijn hand op de versnellingspook – waaraan hij niet gewend was – en Marsha's hand daar weer geruststellend bovenop, met buiten alleen maar wild wervelende sneeuwvlokken. Duizenden kilometers van hun beschermde stadse leven voelde het alsof ze alleen op de wereld waren en alsof het einde der tijden naderde. Onderweg lichtten plotseling in de koplampen de ogen van een overstekend hert rood op, die meteen daarna weer verdwenen waren. Ze zagen nauwelijks een hand voor ogen; het was één kolkende massa van sneeuwvlokken om hen heen die alle kanten op leken te gaan.

'We moeten zo veel mogelijk mensen mee terug nemen, denk ik,' zei Mark na een tijd. 'En iedereen ziet natuurlijk dat de lichten op The Rock nog wél branden.'

Marsha knikte. 'Ja,' zei ze, en ze gaf een geruststellend klopje op zijn hand. Ze voelde zijn spanning. 'Ik weet zeker dat alles in orde is met hen.'

Mark snoof. 'En als dat niet zo is, Marsh? Wat dan? Wat betekent dat dan voor onze jongen?'

Marsha schudde haar hoofd en keek uit het raam – hoewel er alleen maar sneeuwvlokken te zien waren. Ze wisten allebei dat dit Joëls enige kans was om te breken met de pijnlijke ervaringen uit zijn jeugd. Flora was zijn enige hoop. Maar zou hij dat op tijd beseffen? En zo ja, zou Flora dan nog wel met hém door willen?

Er brandde nog steeds geen licht in het appartement, maar gelukkig was het gemakkelijk te vinden, zelfs in het donker. Toen Mark naar Joël belde dat hij voor de deur stond, wierp Flora Joël een ongeruste blik toe.

'Op The Rock is wél stroom,' zei hij terwijl hij de kamer verlichtte met zijn telefoon. 'Ik dacht... Ik dacht dat we misschien beter daarnaartoe konden gaan. Dat het daar veiliger is.'

'Ik moet zo veel mogelijk rust houden,' siste Flora.

'Ja, dat weet ik,' zei Joël. 'Sorry, maar ik dacht dat we je misschien kunnen dragen? Op The Rock is het comfortabeler en de batterij van mijn telefoon is bijna leeg en dan hebben we niets meer... En dan kan ik ook thee voor je zetten.'

'Maar ik lig in bed!' protesteerde Flora.

'Lorna wil op een gegeven moment natuurlijk ook gaan slapen...'

Flora slaakte een zucht. Ja, ze kon natuurlijk Lorna's bed niet zomaar in beslag nemen, en al helemaal niet op zo'n stormachtige avond. En ze voelde zich minder slecht dan eerder die dag; nog wel misselijk en van streek en een beetje wiebelig, maar niet zo duizelig dat ze het gevoel had dat ze elk moment kon flauwvallen. Ze raakte haar voorhoofd even aan. 'Hoe ziet mijn hechting eruit?' vroeg ze aan Joël.

'Geen idee,' zei Joël. 'Fantastisch, net als jij, al kan ik niks zien in het donker.'

Flora moest bijna glimlachen.

Even later kwamen Mark en Marsha de slaapkamer binnenlopen; de buitendeur van het appartementengebouw was, zoals de gewoonte was op Mure, niet afgesloten. Ze hadden een zaklantaarn bij zich en schenen er meteen mee op het bed.

Joël en Flora keken allebei op en ze zagen meteen dat er iets aan de hand was. Mark vroeg ongerust: 'Wat is er?', en Marsha legde haar hand op zijn mouw. Ze wist direct wat het was – iets wat ze heel goed kende. De verslagenheid. Het verdriet. Ze zou er alles voor over hebben gehad hun dat te besparen.

'Ik ben flauwgevallen,' zei Flora. 'En ik denk... Ik denk dat ik misschien...'

Marsha onderbrak haar. 'Laten we zorgen dat we zo snel mogelijk in het hotel komen. Kom, Mark...'

Joël boog zich met zoveel tedere zorgzaamheid over Flora heen dat Marsha en Mark een blik uitwisselden. 'Wikkel die deken maar lekker om je heen, dan draag ik je naar de auto.'

'Ik ben toch veel te zwaar!' protesteerde Flora.

'Ik kan twee-tachtig bankdrukken,' zei Joël, wat niemand iets zei. 'Dus dat lijkt me geen probleem.'

En inderdaad tilde hij Flora op alsof ze vederlicht was. Zodra ze zijn warmte voelde en zijn vertrouwde geur rook, ging ze overstag. Ze vervloekte zichzelf erom – ze voelde zich helemaal week worden van liefde voor hem. In zijn armen was alles zoveel beter...

Heel langzaam hobbelde de Land Rover langs Endless Beach terug de heuvel op. Joël hield Flora de hele weg stevig vast en ving elke hobbel en elke kuil op met zijn lichaam, zodat zij er geen last van had.

Op een gegeven moment drong tot Flora door dat ze Joëls tranen op haar wangen voelde.

'Het spijt me zo,' bleef hij maar fluisteren. 'Ik hou van je. Ik hou van ons kindje. Ik hou van jullie allebei.'

Ze vond het niet fair van hem dat steeds te zeggen terwijl ze zo weerloos was en zich zo zwak voelde, maar aan de andere kant was ze plotseling heel dankbaar voor zijn sterke armen om haar heen en dat hij er wás.

'Hou op,' probeerde ze te zeggen, maar ze was zelf ook in tranen en merkte dat ze niet tot méér in staat was dan het maar gewoon te laten zoals het was.

53

De halve bevolking van het eiland – de helft die niet vrolijk feestend in de Harbour's Rest zat – bleek over het strand naar The Rock te zijn gekomen, aangetrokken door de lichten en de wens om nog een laatste keer op Colton te proosten.

Zodra ze de auto uit waren, zette Joël met Flora in zijn armen koers naar het gastenverblijf. 'Dank jullie wel! Dank jullie wel dat jullie ons zijn komen halen!' riep hij boven de storm uit. Hij wilde niemand zien of spreken nu.

Mark en Marsha keken elkaar twijfelend aan. 'Denk je?' vroeg Mark haastig.

'Nee...' zei Marsha terwijl ze door de sneeuw naar de ingang van het hotel ploegden. En toen ze binnen waren, vervolgde ze: 'Ik denk dat we een beter moment moeten kiezen.'

Mark vertrok zijn gezicht in een grimas, niet helemaal overtuigd.

Eenmaal op hun kamer, waar ze zich ontdeden van hun natte jassen en laarzen, besloten ze toch maar naar Joël en Flora toe te gaan.

Het gastenverblijf was, zoals gewoonlijk, smetteloos schoon en opgeruimd. Typisch Joël, schoot het door Flora's hoofd. Hoewel er bijna niets persoonlijks van hem te vinden was, was het toch een gezellige ruimte. En het was er lekker warm. Joël legde haar heel behoedzaam op het bed neer. Ze keek naar hem op.

Dit was de Joël op wie ze altijd had gehoopt, naar wie ze verlangde. Maar was dit de echte Joël, of gedroeg hij zich nu alleen zo uit angst? Schuldgevoel? Frustratie? Kwam dit doordat hij zijn hele leven het gevoel had gehad dat hij niet goed genoeg was en van hot naar her was gestuurd, maar nergens had mogen blijven?

Ze besloot het hem gewoon te vragen.

Hij duwde zijn bril verder op zijn neus en antwoordde langzaam en ernstig: 'Ik geloof dat er iets verschrikkelijks moest gebeuren voordat ik het wist... hoe ik me erover voelde. Of eigenlijk aan mezelf durfde toe te geven hoe ik me voelde. Klinkt dat enigszins begrijpelijk?'

'Dus als ik in de toekomst met je wil praten, als ik tot je wil doordringen, moet er iets... iets vreselijks gebeuren voordat...' Flora begon weer te huilen.

'Nee! Nee, mijn liefste. Nee, nooit meer!'

Ze keek naar hem op en hield haar adem in, zich er idioot van bewust dat ze er vreselijk uit moest zien. 'Hoe noemde je me net?'

54

Saif was een uur daarvoor thuis aangekomen, uitgeput, zowel geestelijk als fysiek. Hij wilde zijn jongens zien, ze tegen zich aan voelen. Godzijdank bestond Mrs. Laird, dacht hij. Zonder haar zou zijn leven een chaos zijn – hij was zelfs gewend geraakt aan haar lasagne. Straks zou hij haar een flinke bonus geven.

God, wat was hij moe. En hij voelde zich oud. Het idee om zijn hele boeltje weer te moeten oppakken en ergens anders opnieuw te beginnen... O, hij zag er enorm tegen op.

Hij sloot zijn auto niet af; dat deed niemand hier, had hij ontdekt, en binnen had hij een kluis om zijn morfine en dergelijke in op te bergen. Hij kwam bijna niet vooruit, zo hard moest hij optornen tegen de wind, en het kostte hem alle energie die hij nog had. Toen keek hij op naar het huis.

Ash en Ib stonden voor het raam, waar ze duidelijk al heel lang op hem stonden te wachten... Sinds hij de eerste keer werd weggeroepen – hij kon zich niet eens meer herinneren hoe laat dat was geweest. Ze waren in pyjama en sprongen opgewonden op en neer. Wat waren ze toch geweldig, die twee! Hij kon alleen maar glimlachen, hoe moe hij ook was.

Maar wat stond er nou achter hen? Hij kneep zijn ogen tot spleetjes. Er glinsterde iets. Het moest een reflectie van de auto zijn...

Zijn stap werd wat lichter bij het vooruitzicht Ib en Ash dadelijk in zijn armen te voelen. Dat zou de stress van deze sombere dag een beetje verlichten. Maar voordat hij de sleutel in het slot kon steken, trok Mrs. Laird de voordeur al open. Ze keek ongerust.

O nee! Alsjeblieft. Niet nog meer problemen. Laat er niets mis met haar zijn. Laat er alsjeblieft niets gebeurd zijn.

'Wat is er?' Het kwam er bruusker uit dan hij bedoelde.

'O, dokter Hassan!' begon ze; ze wilde hem nooit bij zijn voornaam noemen. 'Het spijt me... Het was bedoeld als een kleine geldinzameling, maar het is een beetje uit de hand gelopen...'

Op dat moment kwamen de jongens de woonkamer uit rennen; zelfs Ib, die normaal zo kalm en beheerst was.

'Abba! Abba!' Ze trokken hem mee de kamer in.

Het huis was normaliter nogal ongezellig, maar vanavond hing er een heel andere sfeer: warm en feestelijk. In de hoek stond een enorme boom met lichtjes. Eronder lagen allerlei cadeaus, stuk voor stuk in kleurig papier ingepakt met een glanzende strik eromheen. Saif keek er ontsteld naar.

'Het spijt me enorm,' zei Mrs. Laird haperend. 'Ik heb tegen iedereen gezegd dat u misschien helemaal niet van Kerstmis hield of dat het misschien ongepast was en dat soort dingen... Maar ze bleven maar langkomen om iets te brengen.'

'Waarom? Vinden ze ons zielig of zo?'

Saif kon zijn tong wel afbijten toen hij het gezicht van Mrs. Laird zag. Ze keek volkomen verward.

'Nee, dokter Hassan, nee... Omdat ze blij met u zijn!'

De jongens waren zo opgewonden dat ze van Saif allebei al een cadeautje mochten uitpakken – een kiepauto voor Ash waar hij superblij mee was en een 'Transformer' voor Ib, waar hij misschien nog iets te jong voor was maar die hij met een verlegen lachje bekeek – wat betekende, wist Saif, dat hij het een geweldig cadeau vond.

Saif slaakte een zucht en leunde naar achteren in zijn stoel. Mrs. Laird was zo vriendelijk geweest het avondeten voor hem op te warmen. 'Dank u wel,' zei hij nog een keer. 'Ik heb geen cadeau voor u, het spijt me.'

Mrs. Laird ging de dag erop, zodra Saifs dienst was afgelopen, naar haar dochter – waar ze zou worden overspoeld door haar kleinkinderen, neefjes en nichtjes en heel veel andere Lairds, die vlak voordat het vliegveld sloot vanwege de storm, in groten getale waren gearriveerd. Ze zou meer badzout en zakdoeken krijgen dan ze aankon. 'O, dat is helemaal niet erg,' zei ze. 'Ik ben blij dat u... dat u het niet vervelend vindt.'

'Dit is een enorme verrassing,' zei Saif terwijl hij de boom opnieuw bewonderde. 'Ik ben een beetje overrompeld.'

'Ik was bang dat u beledigd zou zijn.'

'Nou, dat ben ik niet,' zei Saif met een blik op de jongens, die druk bezig waren met hun nieuwe speelgoed. In een plotselinge vlaag van energie stond hij op en trok hij zijn zoontjes tegen zich aan. Ze lachten en gilden het uit van plezier. 'Het is goed zo, toch? Gelukkig kerstfeest!'

'Gelukkig kerstfeest,' riepen ze terug terwijl hij op zijn knieën zakte en hen begon te kietelen.

Mrs. Laird schudde haar hoofd. 'We zullen u missen als u weg bent hier,' zei ze. Saif had haar verteld dat ze haar in het nieuwe jaar niet meer nodig zouden hebben.

De jongens verstijfden onmiddellijk.

'Wat?' vroeg Ib in het Arabisch.

'Gaan we naar mama toe?' vroeg Ash.

Mrs. Laird sprong op. 'O mijn god!' zei ze. 'O! Het spijt me! Ik wist niet... Ik wist niet... O, het spijt me!' Ze kleurde hoogrood van ongemakkelijkheid.

'Het is goed,' zei Saif zuchtend. Mijn god, wat was hij moe. Hij stak zijn hand op. 'Maak u niet ongerust. We moeten er nog over praten.'

De jongens hadden ogen als schoteltjes. Het was eigenlijk al veel te laat voor hen. En hij moest nog een keer langs Flora om haar te controleren. En nu dit ook nog...

'Nou,' begon hij.

En toen vielen alle lichten uit.

55

Er werd geklopt en toen Joël een beetje verbaasd de deur opendeed, bleken Mark en Marsha ervoor te staan.

'We wilden alleen even weten hoe het gaat?' vroeg Marsha.

'O, eh...' Joël spreidde zijn handen in een hulpeloos gebaar.

'Nou?' hield Mark aan terwijl hij, hoewel Marsha hem een boze blik toewierp, over de drempel stapte. Hij begon meteen uit te leggen wat ze kwamen doen. 'Eh... Marsha en ik hebben dit besproken. We wilden... Ik weet dat het misschien niet het juiste moment is, dat we misschien beter even hadden kunnen wachten, maarre... Dat kunnen we eigenlijk niet. En aan de andere kant... Aan de andere kant is dit misschien juist wél het goede moment. Zodat jullie allebei weten... allebei weten... voor het geval jullie misschien overhaaste beslissingen gaan nemen... na... na alles...' Zijn stem stokte.

Marsha stond naast hem en pakte zijn hand vast.

Mark zette zijn bril af en ademde diep in. Zijn stem trilde toen hij verder probeerde te gaan. 'Tjee... En ik ben die man die altijd tegen iedereen zegt dat je gewoon moet zeggen wat je voelt...'

'Ik doe het wel,' zei Marsha.

'Ja. Ja graag,' zei Mark terwijl hij in zijn ogen wreef.

'Wat is er dan?' vroeg Flora vanaf het bed.

'Niets om je zorgen over te maken,' zei Marsha snel. Ze richtte zich tot Joël, die haar angstig aankeek. 'Je moet weten dat we dit al heel lang van plan zijn. We wisten helemaal niet dat het kón, tot we er toevallig iets over lazen. En omdat jullie voor ons gevoel nu op een belangrijk punt in jullie leven zijn aangeland – misschien wel een breekpunt, wat we heel erg verdrietig zouden vinden... We mogen ons er natuurlijk niet mee bemoeien, maarre... We wilden toch iets tegen je zeggen; misschien helpt het een beetje en slaat de weegschaal net naar een kant door of zo, of eh... Nou ja, het is het proberen waard, dachten we...' Ze ademde diep in. 'Wij hebben lang geleden een fout gemaakt. Een enorme fout... Toen wij, of Mark in ieder geval, je als klein jongetje leerden kennen, merkten we hoeveel potentie je had en hoe hard je een gezin nodig had om veilig te kunnen opgroeien. En dat hadden wíj moeten zijn, dat gezin. En toen hebben we dus een grote fout gemaakt. Dus... Dus hebben we absoluut het recht niet je te vragen wat we je willen vragen...'

Flora begreep er niks van en Joël stond als aan de grond genageld.

'We zijn...' En toen was het Marsha's beurt om te geëmotioneerd te zijn om iets te kunnen zeggen. Ze keek naar haar echtgenoot, wiens hand ze nog steeds omklemde, haar knokkels waren wit.

Mark knikte naar haar als teken dat hij het weer van haar overnam, waarop Flora voor de honderdste keer dacht hoe lief en sympathiek ze samen waren en ook zo geweldig op elkaar ingespeeld; ze voelden elkaars emoties en behoeften feilloos aan. Ze keek naar Joël en hoopte vurig dat zij samen op een dag ook zo met elkaar zouden zijn. Was dat mogelijk? Zou dat ooit lukken?

Mark schraapte zijn keel. 'We dachten dat we hadden verwerkt dat we nooit kinderen hebben gekregen, dat we eroverheen waren.'

Marsha beet op haar onderlip.

'Maar op de een of andere manier komt het verdriet telkens terug, bij alles wat we daardoor missen. En toen we hoorden over de baby... toen vroegen we ons af of het überhaupt mogelijk is...'

'En Flora, dit is ook jouw beslissing,' voegde Marsha eraan toe.

'Als jullie zouden willen... We vroegen ons af of... We hadden gelezen dat... dat je ook volwassenen kunt adopteren. Dat wist ik niet. En we dachten... dat we jóú misschien konden adopteren. En je kinderen... We vinden het zo verdrietig van de baby, maar op een dag... Jullie kinderen zouden dan onze kleinkinderen zijn en... dan kunnen we in hun leven zijn zoals we in jouw leven hadden moeten zijn. En als we doodgaan is er natuurlijk ook een erfenis en... We zouden graag voor hun school betalen en zo...'

Flora luisterde niet meer. Ze was zo geschokt dat haar mond openviel. En ze staarde strak naar Joël om zijn reactie te peilen.

Marsha had haar hand nu voor haar mond geslagen en met de andere hield ze Marks hand nog steeds stevig vast.

Joël stond als aan de grond genageld.

Flora raakte zijn hand even aan, wat Marsha en Mark niet ontging. 'Joël?' vroeg ze zacht.

Maar Joël gaf geen antwoord, hij vertrouwde zijn stem niet. Zonder een woord boog hij zich naar Mark toe en sloeg zijn armen om hem heen. Marsha's gezicht lichtte op in een stralende glimlach.

Het volgende moment omhelsden ze elkaar alle drie.

Marsha stak haar hand uit naar Flora om haar erbij te halen en fluisterde in haar oor: 'Weet je zeker dat je het geen probleem vindt om een schoonmoeder te hebben?'

En Flora antwoordde in tranen dat ze niks fijners kon bedenken. Maar dit ging niet over haar. Het ging over de toekomst, over de man van wie ze hield, die nu familie kreeg, mensen die om hem gaven. Nu was ze niet meer zijn enige vangnet en hoefde ze het niet allemaal in haar eentje te doen – niet altijd voorzichtig met hem om te springen, rekening te houden met zijn akelige jeugd. Nu kon ze haar zorgen delen met zijn familie. En bovendien had die onzin dat Mark en Joël slechts een professionele relatie met elkaar hadden, onderhand wel lang genoeg geduurd.

Ze legde haar hand op haar buik en werd plotseling overmand door verdriet om het verlies van haar kindje.

Marsha zag het en sloeg haar arm in een troostend gebaar om haar heen. 'Het komt wel goed,' fluisterde ze terwijl ze over Flora's haren streek.

En hoewel Flora natuurlijk wist dat Marsha haar moeder niet was en dat ze dat ook niet probeerde te zijn, was het voor allebei een fijne ervaring.

'O, en jullie hoeven niet voor ons te zorgen of zoiets als we oud zijn, hoor,' zei Mark toen hij weer wat was bijgekomen van alle emoties en Marsha een fles champagne uit de koelkast pakte. 'Dat hebben we allemaal geregeld – dus daar hoeven jullie niet bang voor te zijn.'

'Wij gaan het net zo doen als die mensen op dat Griekse eiland waar ze vergeten dood te gaan...' zei Marsha. 'Helemaal niet moeilijk! Gewoon heel veel olijfolie drinken.'

Flora glimlachte. 'Of jullie komen op een Schots eiland wonen... Als we oppas nodig hebben voor de kinderen.'

Mark trok een verlangend gezicht en Marsha keek naar buiten en vroeg: 'Is het altijd zulk weer hier?'

'Meestal wel, ja,' zei Flora.

'Ach, je went er waarschijnlijk aan,' zei Marsha.

Mark en Marsha vertrokken omdat Flora moest rusten, maar daar kwam natuurlijk niet veel van. In plaats daarvan omklemden ze elkaar als drenkelingen die net een schipbreuk hadden overleefd.

'Je voelt je niet... Je voelt je niet bezwaard tegenover je echte familie?' vroeg Flora aarzelend. 'Er kunnen natuurlijk nog familieleden van je rondlopen ergens op deze wereld.'

'Nee. Ik heb nooit iemand gehad die er voor me was, nooit gevoeld dat ik familie had. Nooit.'

En dat was waar: de familie van zijn moeder had haar onterfd, lang voordat ze aan de drugs verslaafd raakte, en nooit meer willen zien. En zijn vader had zijn vrouw voor de ogen van Joël, hun zoontje van vier, doodgestoken.

'Er heeft nooit iemand van me gehouden,' zei hij uiteindelijk zachtjes. 'En nu heb ik opeens drie mensen die om me geven! Dat laat ik nooit, nooit los. Dat beloof ik je.'

En weer werd er op de deur geklopt.

'Jezus, wat is dit? Piccadilly Circus?' mopperde Joël.

'De kerstman?' vroeg Flora zich af.

'Die klopt toch nooit?' Joël stond op.

Het was Saif die voor de deur stond. Hij zag er koud en verwaaid uit terwijl hij de sneeuw van zijn jas klopte. Hij trok een karretje met zich mee met een apparaat erop. 'Ik kom Flora controleren,' zei hij verontschuldigend.

'O, mijn god! Ja! Natuurlijk! Sorry!' zei Flora. Ze voelde zich minder slecht dan een paar uur eerder.

Saif nam haar temperatuur en bloeddruk op en vroeg of ze nog meer bloed had verloren of krampen had gevoeld. Flora antwoordde 'nee' op beide vragen, waarop Saif haar eraan herinnerde dat dat de komende dagen nog wel kon gebeuren. Toen begon hij het apparaat dat hij had meegebracht aan te sluiten.

Iona had nauwelijks iets van het uitvallen van de elektriciteit gemerkt omdat ze in een hevige vrijpartij met Anatoly was verwikkeld, die ze, met zijn ruim een meter negentig, blonde haar en hoge jukbeenderen, een ongelofelijk knappe jongen vond. Überhaupt, niet alleen voor Mure.

Isla was met Vlad aan het dansen – een technicus uit Sint-Petersburg en overigens ook een hottie – toen de lichten uitgingen. Omdat het nu aardedonker was buiten, belde Vlad meteen zijn matties, die zich 'écht waar, honderd procent' níét schuilhielden in een nucleaire onderzeeër die voor de kust lag.

En zo kwam het dat iedereen dacht dat hij dubbel of misschien wel driedubbel zag toen twee uur later de lichten in de Harbour's Rest weer aangingen en er heel veel bleke jongens in de bar stonden die een aanval deden op de wodka en de Murianen 'Tiha noc, divnaja noc' (stille nacht, heilige nacht) leerden zingen.

Saif inspecteerde het apparaat zorgvuldig.

'Maar je zei toch dat je dat ding echt niet het hele eiland over ging slepen,' zei Flora verbouwereerd.

Saif keek naar haar op. 'Mensen veranderen soms van mening,' mompelde hij.

Joël sprong op, hij wist niet helemaal wat er ging gebeuren.

Saif waste zijn handen, pakte de tube blauwe gel en spoot een dikke klodder op Flora's ontblote buik.

Het was doodstil terwijl de sneeuw langs de ramen danste en

de scanner met een diep gebrom opstartte. Iedereen hield zijn adem in.

'Niet bewegen,' zei Saif. Hij keek hen allebei niet aan, maar pakte de kop van het echoapparaat. Hij wilde iets zeggen – iets troostends – maar terwijl hij erover nadacht wát, gleed de kop van het echoapparaat al over de gel en zelfs nog voordat het apparaat echt warm was, voelde hij al een soort trilling in zijn vingers. Hij duwde de kop steviger op Flora's buik. Het scherm van de monitor was – volgens de standaardprocedure – van Flora en Joël af gedraaid en hij wachtte tot hij het zeker wist.

Toen keerde hij het scherm naar hen toe en draaide de volumeknop van de scanner voluit zodat ze het kloppen van het hartje hoorden, snel en duidelijk en echt waar.

'Het is een taaie,' zei Saif met een glimlach.

En dat gold op dat moment voor iedereen in de kamer, en misschien wel voor iedereen op de wereld – de wereld die Mure heette.

56

Saif had het echoapparaat weer terug naar de praktijk gebracht en de auto daar laten staan omdat hij behoefte had aan frisse lucht en naar huis ging lopen. Het was donker en stil, de straten waren verlaten, hoewel de storm een stuk minder hevig was.

Hij dacht aan zijn jongens die, wist hij, samen opgekruld op de bank lagen, nadat hij hen eerst had moeten geruststellen dat de stroomuitval – die hen op een akelige manier aan vroeger herinnerde – niet eng was, maar een spannend avontuur. Daarna waren ze in slaap gevallen, Ash met een enorme knuffeltijger in zijn armen – hij leek volkomen buiten zinnen van alle cadeautjes – en Ib nog steeds helemaal beduusd en verbaasd. Een PlayStation! Daar droomde hij zowat zijn hele leven al van. Hij kon nauwelijks geloven dat iemand die zomaar aan hém had gegeven! Saif hoopte dat zijn oudste zoon begon te begrijpen dat hij blijkbaar welkom was, ook al gedroeg hij zich soms agressief en boos.

Hij liep naar de zeewering en staarde uit over de donkere zee. Het was precies middernacht: Kerstmis. Plotseling was alles stil, zelfs de wind viel even weg en toen hij omhoogkeek, bleken de wolken verdwenen en twinkelden er sterren aan de hemel. Er klonk een piepje uit zijn binnenzak. Hij had zijn telefoon, die helemaal leeg was geweest, onderweg in de auto opgeladen en staarde verrast naar de e-mail die nu pas binnenkwam.

Hij wist niet dat Neda achter de schermen druk bezig was geweest. Natuurlijk kende ze dokter Mehta. Neda kende iedereen in Glasgow. En ze wist ook wat goed was voor iemand.

'Beste dokter Hassan,' stond er. 'Helaas moeten wij u berichten dat we na zorgvuldige afweging hebben besloten niet verder...' Hij stopte met lezen en knipperde alleen even met zijn ogen, waarna hij weer strak over de zee uit staarde.

Lorna liep nogal onvast vanaf de Harbour's Rest naar huis. Ze had een warrig berichtje van Flora ontvangen waarin stond dat het toch niet zo erg was als het leek en dat ze echt alle worstjes moest meenemen. Ze glimlachte en schudde haar hoofd terwijl ze voorzichtig haar weg naar de overkant zocht, haar hakken tikten op het plaveisel.

Ze schrok toen ze voor zich opeens een donker silhouet op de kademuur zag staan. Ze keek een beetje angstig om zich heen, het was zo stil op straat en de gestalte stond zo bewegingloos voor zich uit te staren.

En toen drong tot haar door wie het was.

Epiloog

Bramble was uit z'n doen.

Om te beginnen was hij die ochtend ruw uit zijn slaap gewekt door een klein heksje dat op en neer had staan springen en keihard had gegild: 'Opstaan! Opstaan! Kessemis! De Kesseman is geweest!'

Daarbij stond er al een tijdje een enorme boom in de hoek van de kamer en elke keer als hij zijn poot optilde om er een klein plasje tegen te doen, kreeg hij enorm op zijn lazer. Dus waren die boom en hij wat hem betrof gezworen vijanden.

En bovendien rook het de hele tijd naar heel lekker eten, waardoor hij elke vijf minuten dacht dat het etenstijd was, maar dan zette niemand zijn etensbak voor hem neer.

Dus hij was van slag, zelfs in zijn eigen ogen. Toen hij naar buiten ging voor zijn dagelijkse wandelingetje naar het dorp zag hij dat er, en dat was echt vreemd, een groepje gasten uit de Harbour's Rest naar buiten kwam wankelen, die, net als hij, nogal warrig uit hun ogen keken, en helemaal niet lekker roken.

En toen bleek de kiosk ook nog dicht. Dat was echt heel erg raar. Hij bleef er een tijdje beleefd voor staan wachten, maar er kwam niemand naar buiten om hem een krant te geven.

Op het strand was ook al niks te doen: nergens vissers die bezig waren hun netten te repareren. En Milou viel nergens te bekennen.

Bramble wachtte en snoof en jankte zachtjes en wachtte nog een tijd totdat de flauwe winterzon al bijna boven de horizon uit was en de besneeuwde hellingen roze kleurde. Uiteindelijk kwam Mrs. Johanssen langslopen met Henzil, een grommend mormel dat hij helemaal niet mocht. Terwijl het rotbeest naar zijn poten hapte, vertelde ze hem dat hij beter naar huis kon gaan omdat er geen kranten waren die dag, maar dat deed hij niet. Hij bleef zitten. Toen kwam er een zwaarlijvige man met een dikke pens de Harbour's Rest uit die hem uitgebreid begon te aaien en zijn handen begroef in zijn vacht alsof hij behoefte had aan troost en warmte of zoiets.

Uiteindelijk gaf Bramble het maar op: hij schudde zich uit en ging op weg naar huis.

Maar daar was van alles te doen!

Er stond een enorm ontbijt op tafel: geroosterd brood en bacon en stroop en pap met dikke room en scones en warm, versgebakken brood met een knapperige korst uit Annies Café dat erom smeekte opengescheurd te worden en bedropen met honing opgegeten te worden...

Innes was er met een blozende, supergelukkig uitziende Eilidh tegen zich aan.

Agot zat met een heel tevreden gezicht op haar moeders schoot en zag er raar uit: ze leek op een eenhoorn maar ook op een beer (omdat ze haar kerstcadeaus per se allemaal tegelijk aan had gewild).

Uit de oude pot werd thee geschonken in de enorme mokken met hier en daar een schilfertje eraf. En Flora's ingewikkelde, luxueuze koffieapparaat draaide overuren.

Joël was er, hij zag er doodmoe uit maar ook ongelofelijk gelukkig; hij stond achter Flora bij het aanrecht met zijn armen om haar middel en hield haar stevig vast – maar niet té stevig – alsof ze een enorme pot met gesmolten goud was en hij niet één druppeltje mocht morsen.

Eck zat bij het vuur en werd door iedereen bediend.

En Hamish liep nog steeds door de kamer te huppelen omdat Colton tegen Fintan had gezegd dat hij uit zijn naam een cadeau voor hem moest kopen; het was een racebaan, Hamish' allergrootste wens, en hij kon gewoon niet rustig blijven zitten, zo blij was hij ermee.

Bramble koos zorgvuldig een plekje uit, zodat hij precies goed zat om de restjes toegeworpen te krijgen.

En Marsha en Mark arriveerden met adembenemend dure cadeaus voor iedereen die heel zorgvuldig waren uitgezocht, wat een beetje ongemakkelijk was omdat zij gewoon wat shortbread en Schots geruite ovenhandschoenen kregen – de MacKenzies hadden het dit jaar te druk gehad met andere dingen om op zoek te gaan naar attente en bijzondere cadeaus, maar iedereen deed net of shortbread en ovenhandschoenen net zo leuk waren als sieraden en kasjmier truien en dus was het geen probleem.

En terwijl ze zaten te eten en te kletsen, cadeaus uitpakten en zich voorbereidden op de wandeling naar de kerk later, waar ze iedereen van het eiland zouden zien, ging de deur zachtjes open. Iedereen keek op, Bramble als eerste.

Het was Fintan die binnenkwam, bleek en triest. Hij werd meteen door iedereen omhelsd en op een stoel neergezet, kreeg een mok thee in zijn handen geduwd terwijl er een vierjarig meisje op zijn schoot klom om een glinsterend kroontje op zijn hoofd te zetten en er een oude hond aan zijn voeten kwam liggen – zodat hij niet eens de kans kreeg om te vertellen dat hij nooit, echt nooit, terug wilde naar Coltons prachtige huis, dat akelige, benauwende huis (in zijn ogen), en Joël en Flora te vragen of zij het alsjeblieft, alsjeblieft wilden huren – omdat hij binnen een seconde een vol bord voor zich had en de armen van de mensen die van hem hielden om zich heen voelde alsof hij de verloren zoon was die eindelijk weer thuis was.

Toen Flora opkeek, zag ze iemand buiten staan die er ongemakkelijk en nogal hopeloos uitzag. Ze maakte zich los uit Joëls beschermende omstrengeling, liep naar de deur en wenkte Tripp met een blik op Fintan naar binnen, terwijl Agot luidkeels aankondigde: 'Ik doe kessespel, oom Fintan!', en Fintan vermoeid glimlachte en zei: 'Toe maar dan, liefje.' Ze nam haar beste engelenpose aan en krijste keihard: 'Ik blije boodschap! Je zus is gebowen! Je zus is gebowen!'

Dankwoord

Bedankt Maddie West, Jo Unwin, Milly Reilly, Joanna Kramer, Charlie King, David Shelley, Stephie Melrose, Emma Williams en iedereen bij Little, Brown; Deborah Schneider, Dan Mallory, Rachel Kahan, Alexander Cochran en zijn oprecht verbazende team bij C+W; het Faceboard en mijn Beatons, groot, klein en belachelijk groot aan het worden, zelfs groter dan ik, hoewel ze in mijn hoofd nog steeds best klein zijn.

Laraine natuurlijk, zonder wie ik niks kan; Sandy Tjolle en Major Kat voor de suggestie dat ik het hele boek door de ogen van een hond moest schrijven (dat heb ik niet gedaan, maar wel twee hoofdstukken). En mijn excuses aan kattenliefhebbers die me na een boek met honden of papegaaiduikers altijd schrijven dat katten ook heel leuk zijn, en ja, dat is ook zo, katten zijn ook heel leuk.

In dit boek heb ik over kanker geschreven. Terwijl ik bezig was met dit verhaal, zijn er twee mensen op wie ik heel dol was aan die rotziekte gestorven en ik wil hen hier allebei eren. Mijn geliefde Tantan, Anne Kilkie (1942–2018), en Kate Breame (1979-2018). En ook de ziekenhuizen waarin ze zo goed werden verzorgd. Zowel Cancer Research als de Macmillan Nurses doen bewonderenswaardig werk voor kankerpatiënten.

Recepten

LANARK-SCONES MET BLAUWE KAAS

Onthoud bij scones: hete oven, koude boter!

200 gram zelfrijzend bakmeel
75 gram boter, in blokjes
75 gram blauwe kaas, natuurlijk Schotse, ook in blokjes
1 theelepel mosterd
1 theelepel bakpoeder
Een flinke snuf zout
Een scheutje tonic
Melk, naar behoefte (ongeveer 100 ml)

Verwarm de oven tot 220 graden Celsius.

Meng het bakmeel met het zout en de bakpoeder, kneed de boter en de kaas erdoor tot het deeg kruimelig wordt. Voeg de mosterd toe, plus veel zout en voor de zekerheid een scheutje tonic (mijn vriendin Sez zweert erbij) en daarna langzaam de melk totdat het een vrij natte, consistente massa is. Rol het deeg uit tot een dikke plak en snij er rondjes uit met deegvormpjes of (als je die, net zoals ik, nooit kunt vinden op het moment dat je ze nodig hebt) een jampotje of een glas.

Als je wilt kun je de bovenkant voor de glans bestrijken met een geklopt ei, maar volgens mij geldt dat alleen voor zoete scones, hartige hebben dat niet nodig.

Als je in een avontuurlijke bui bent, kun je er bijvoorbeeld nog wat chorizo en een restje geroosterde paprika aan toevoegen, dat is heerlijk. Of een paar gesneden olijfjes, ook heerlijk.

Bekleed een bakplaat met bakpapier, leg de rondjes een eindje uit elkaar zodat ze genoeg ruimte hebben om te rijzen en zet ze tien minuten tot een kwartier in de oven. Je weet dat ze klaar zijn als opeens een ongewoon aantal vrienden dat voorbijloopt besluit even binnen te komen.

Black Bun wordt gegeten op Hogmanay – oudejaarsavond – zodat je een flinke bodem legt en het warm genoeg hebt om, zodra het nieuwe jaar begint en de klokken middernacht hebben geslagen, naar je buren te gaan en daar hopelijk een klein whisky'tje krijgt en dan door kunt naar de volgende en de volgende en de volgende... Dus je hebt echt iets in je maag nodig wat al die whisky absorbeert. Het is een zwaar gerecht, maar je hoeft er niet veel van te eten. En als je modern bent, kun je er een beetje room bij doen. ;-) Het is eenvoudig te maken en moet twee uur in de oven, zodat je het het beste al een dag van tevoren kunt doen. En: je hóéft het natuurlijk niet te eten, maar ik raad het wel aan.

250 gram bloem
450 gram krenten
250 gram rozijnen
125 gram bruine suiker
125 gram gekonfijte citrusschil (volgens de meeste recepten, maar ik zeg: zo veel mogelijk)
1 theelepel baking soda
50 gram maraschinokersen
1 glas whisky naar smaak
1 theelepel kaneel, gemengde specerijen, gemberpoeder
1 kruidnagel
1 ei
melk om te bevochtigen

Meng alle ingrediënten door elkaar – tussen haakjes: dit gerecht smaakt nog beter als je dat een dag van tevoren doet en het mengsel een nacht laat staan (zonder het ei en de melk natuurlijk).

Beboter een broodvorm en rol het deeg uit tot de juiste lengte (wat je wilt is een lange, rechthoekige soort worst) en druk goed aan. Smeer het deeg dan in met wat geklutst ei en bak het twee uur in een oven van 180 graden. Laat goed afkoelen en snij dan in kleine, maar overheerlijke plakjes – en moge de eerste persoon die na twaalven je huis binnenkomt een lange, knappe donkere man zijn (want dat brengt geluk).

SHORTBREAD

Je kunt geen Schotse recepten maken zonder shortbread erbij, en bovendien kunnen kinderen bij dit recept heel goed meehelpen omdat het heel simpel is. Als je Fintans fantastische ongezouten boter niet in handen kunt krijgen, koop dan de aller- allerbeste boter die je kunt vinden.

150 gram heel goede boter
60 gram basterdsuiker
200 gram bloem

Verwarm de over voor op 180 graden Celsius en bekleed een bakplaat met bakpapier.

Meng de boter en de basterdsuiker tot een crèmige massa en voeg bloem toe totdat het de substantie van deeg heeft. Rol dat uit tot ongeveer 1 centimeter dik en snij er dan vormen uit. Wat je maar wilt, laat je fantasie de vrije loop en wees creatief (of ben, zoals ik, gewoon lui en pak een glas om er rondjes uit te snijden. 😉)

Strooi er nog wat extra suiker overheen en bewaar het deeg minstens een halfuur in de koelkast.

Zet twintig minuten in de oven, of totdat het baksel goudbruin (en overheerlijk) is.